AF304668

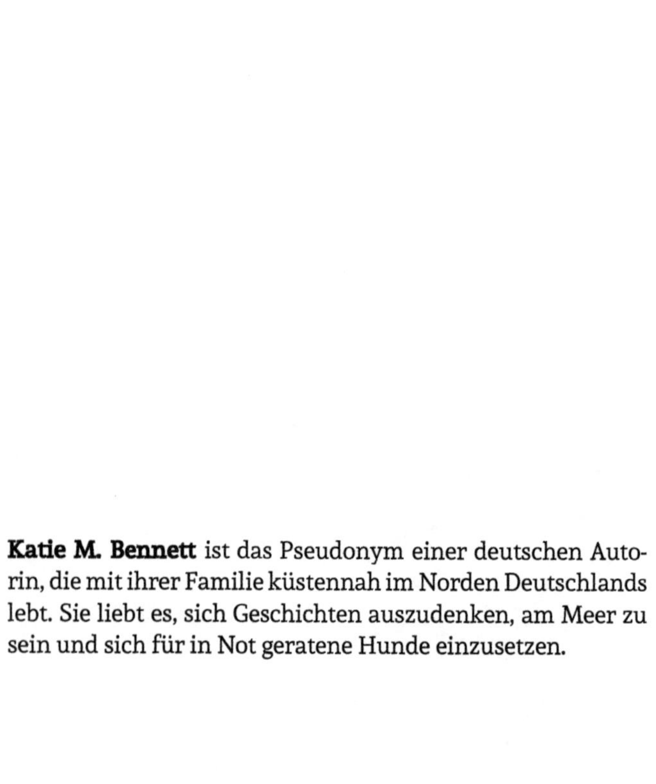

Katie M. Bennett ist das Pseudonym einer deutschen Autorin, die mit ihrer Familie küstennah im Norden Deutschlands lebt. Sie liebt es, sich Geschichten auszudenken, am Meer zu sein und sich für in Not geratene Hunde einzusetzen.

Katie M. Bennett

MESSAGE FOR YOU

Erstausgabe Dezember 2020

© 2020 dp DIGITAL PUBLISHERS GmbH

Made in Stuttgart with ♥
Alle Rechte vorbehalten

Dem Herzen so nah

ISBN 978-3-96817-343-6
E-Book-ISBN 978-3-96817-342-9

Covergestaltung: Coverboutique
Umschlaggestaltung: ARTC.ore
unter Verwendung von Abbildungen von
depositphotos.com: ©eriklam, ©HayDmitriy, ©almoond
stock.adobe.com: ©Danita Delimont/Peter Bennett
Lektorat: Claudia Steinke
Satz: dp DIGITAL PUBLISHERS
Druck und Bindung: Books on Demand GmbH, Norderstedt

1.

„Die Augentropfen geben Sie bitte zweimal täglich. Und in einer Woche sehen wir uns noch einmal zur Kontrolle." Dr. Andrew Martinez hob die amerikanische Bulldogge vom Behandlungstisch und setzte sie behutsam auf den Boden. Mit einem flüchtigen Lächeln verabschiedete er die ältere, sichtlich erleichterte Besitzerin. Mrs. Miller war in steter Sorge, Rüde Charlie könnte in alte Verhaltensmuster zurückfallen und beißen. Eigentlich müsste sie inzwischen wissen, dass ihr Hund sich in dieser Praxis mustergültig verhielt. Andrew vermutete, dass immer noch frühere Bilder vor dem inneren Auge der älteren Dame aufblitzten. Bilder, in denen Charlie versuchte, Tierarzthände zu schreddern.

„Danke, Herr Doktor!" Sie schob sich eine graue Locke aus der verschwitzten Stirn und bückte sich umständlich, um ihren Hund anzuleinen.

Andrew verkniff sich ein Schmunzeln. Körperbau und Bewegungen von Frauchen und Hund ähnelten sich verblüffend. Nachdem die Tür mit einem leisen Klicken ins Schloss gefallen war, lehnte Andrew sich seufzend gegen einen der Schränke. Manche Menschen bezeichneten ihn als „Dr. Doolittle", der imstande war, mit Tieren zu sprechen. Zu seinem Bedauern konnte er das nicht. Aber seine Stärke lag darin, zu erkennen, was seine Patienten ihm klar mit Ausdruck und Körpersprache vermittelten. Charlies Vertrauen zu gewinnen, war einfach gewesen. Das einzige, was es hierfür gebraucht hatte, war, dem Rüden mit Respekt und Freundlichkeit zu begegnen. Ein plumpes Begrapschen stellte für ihn eine grobe Unhöflichkeit dar, auf die er prompt mit allen zur Verfügung stehenden Mitteln reagierte. Viele Hunde tolerieren schlechtes Verhalten stoisch, Charlie nicht. Nachdem er merkte, dass hier ein freundlicher Umgang mit den Patienten als selbstverständlich erachtet wurde, war das Eis schnell gebrochen gewesen. Andrew mochte solche besonderen Charaktere.

Sein Blick fiel auf den Kalender neben der Tür. Obwohl ihm seit dem Aufwachen am frühen Morgen sehr bewusst war, welches Datum heute war, krampfte sich seine Brust dennoch schmerzhaft zusammen, als er es jetzt wieder schwarz auf weiß las. Fünfter Februar. Heute vor sechs Jahren war Lisa gestorben, der wichtigste Mensch in seinem Leben. Still und leise war sie gegangen. Nichts hatte ihn darauf vorbereiten können. Nicht die schlechte Prognose, die bereits ein Jahr zuvor von diversen Ärzten gestellt worden war. Nicht die langsame, aber stetige Verschlechterung ihres Zustands. Nicht zuletzt konnte ihm auch das eigene medizinische Wissen kaum dabei helfen zu begreifen, was nicht zu begreifen war. *Lisa wird sterben.* Dieser Satz, den er hundertfach gedacht hatte, und der es dennoch nie geschafft hatte, sein Herz zu erreichen. Sein Herz hatte trotzig und unbeirrt auf ein Wunder gewartet. Bis zum fünften Februar. Die Wucht, mit der die Erkenntnis sich endlich durchgesetzt hatte, raubte ihm mitunter noch heute den Atem. Daran konnten auch sechs lange Jahre ohne sie nichts ändern. Er hatte weitergemacht mit dem Leben. Irgendwie. Was sollte er auch sonst tun, die Tiere brauchten ihn schließlich. Er schien zwei Herzen besessen zu haben. Eins für die Tiere, das unverändert weiter existierte. Das andere war mit Lisa gegangen. Er holte tief Luft und straffte sich. Heute Abend war noch genug Zeit zu trauern. Am Morgen hatte er weiße Rosen, Lisas Lieblingsblumen, zu ihrem Grab auf dem Green-Wood Friedhof gebracht. Einen weiteren Strauß hatte er im Atelier im Obergeschoss ihres Hauses arrangiert. Eins der Rituale, das er nach ihrem Tod ganz selbstverständlich beibehielt. Dort würde er sich heute Abend wie gewohnt zur stillen Zwiesprache mit Lisa zurückziehen. Aber erst musste er seine Patienten versorgen. Seine Hand lag schon auf dem Türgriff, als ein dumpfer Knall von der Straße ihn innehalten ließ. Er eilte zum Fenster, schob die Gardine zur Seite und blickte hinaus in den verregneten Februarnachmittag. An der Kreuzung, die kaum fünfzig Meter von der Praxis entfernt war, standen zwei Autos schräg ineinander verkeilt. Ein Kleinwagen, dessen Marke er nicht identifizieren konnte, weil nicht mehr viel von ihm übriggeblieben war, und ein Dodge, der seltsam unversehrt wirkte. Die Härchen auf Andrews Armen stellten sich auf und in seinem Magen bildete sich ein heißer Knoten. Sein erster Impuls war hinauszulaufen und Hilfe zu leisten. Schnell konnte er aber erkennen, dass neben einigen Ersthelfern bereits ein Krankenwagen am Unfallort stoppte und zwei

Sanitäter hinaussprangen. Eine glückliche Fügung. Zögernd zog Andrew die Gardine wieder vor das Fenster. Seine Anwesenheit wurde hier gebraucht, dort draußen bei dem schrecklichen Unfall wurde schon für alles gesorgt. Vielleicht sah es schlimmer aus, als es war. Er hoffte es für die Unfallbeteiligten. Verdrängte den Gedanken, dass Raserei oder ein unbedachter Blick aufs Smartphone die Ursache des Unglücks gewesen sein könnte.

Der nächste Patient war eine junge schwarze Labradorhündin, die hektisch durch den Behandlungsraum sauste und auf den ersten Blick gesund, aber vollkommen überdreht wirkte. Erst beim dritten Anlauf gelang es dem Besitzer, seinen Wildfang auf den Behandlungstisch zu platzieren.

„Marla kratzt sich, als wolle sie sich den Pelz runterreißen." Mit einer hilflosen Geste tätschelte der magere, junge Mann seiner Hündin den Kopf.

„Seit wann macht sie das?" Andrew teilte bereits das Fell, um die darunterliegende Haut in Augenschein zu nehmen.

„Sie hat sich eigentlich schon immer ab und zu gekratzt, aber in letzter Zeit wurde es richtig schlimm." Der Besitzer hob die Schultern und sah Andrew aus blassblauen Augen unsicher an.

„Ihr erster Hund?"

Der junge Mann nickte. „Meine Freundin wollte Marla haben. Na ja, inzwischen ist sie meine Ex-Freundin und nach dem Hund hat sie kein einziges Mal gefragt, seitdem sie ausgezogen ist."

„Wurde das Kratzen nach dem Auszug Ihrer Freundin so schlimm? Dann wäre es möglich, dass Marla mit dem Verlust noch nicht zurechtkommt." Andrew musterte Hund und Herrchen, die auf ihn denselben verlassenen Eindruck machten.

Die Antwort war ein zögerndes Nicken.

„Das könnte schon die Erklärung sein. Zur Sicherheit können wir aber auch testen, ob vielleicht eine Nahrungsmittelallergie dahintersteckt. Parasiten sind jedenfalls nicht zu erkennen."

„Ich glaube, dann warten wir erstmal ab. Seitdem ich alles alleine bezahlen muss, ist es finanziell ganz schön eng ..." Der junge Mann sah angestrengt auf den Boden. Die Ehrlichkeit kostete ihn offensichtlich Überwindung.

„Unternehmen Sie einfach so viel Schönes wie möglich zusammen. Joggen im Park, Spielen mit anderen Hunden, alles, was der Seele guttut." Andrew lächelte schief. Es gab Verluste, bei denen die einfachen Rezepte halfen. Ob das hier der Fall war, musste man abwarten.

„Ist gut, das machen wir." Leise Resignation klang in der Stimme des jungen Mannes, der seine Hündin nun vom Behandlungstisch herabnahm.

Andrew wollte sich gerade von den beiden verabschieden, als ein kurzes Klopfen an der Tür ertönte, die praktisch im selben Moment aufflog.

Überrascht hob Andrew eine Augenbraue.

„Wir brauchen dich, Doc! Sofort!" Der uniformierte Beamte, der im Türrahmen stand, machte auf dem Absatz wieder kehrt. Andrew überlegte nicht, sondern folgte ihm sofort durch den Flur Richtung Ausgang. Er kannte Bob Connely schon einige Jahre, und wenn er seine Hilfe verlangte, dann ging es um ein Tier in Not. Mehr musste Andrew nicht wissen. Als sie auf der

Straße angekommen waren, deutete der Polizist in Richtung des Unfalls.

„Wir haben eine verletzte junge Fahrerin und einen sehr schlecht gelaunten Rottweilermischling. Entweder schaffst du es, ihn mitzunehmen oder …" Bobs Blick wanderte zu seiner Waffe am Hosenbund.

Andrew schluckte. Es war großes Glück für den Hund, dass ausgerechnet Bob im Dienst war. Jeder andere hätte längst kurzen Prozess gemacht. Menschenwohl ging immer vor, aber bei Bob kamen die Hunde direkt danach. Es gab allerdings Kollegen, die behaupteten, dass beide Spezies für Bob dieselbe Wertigkeit besaßen.

Stillschweigend hasteten die Männer den Gehweg entlang, wichen gekonnt Passanten aus und sprinteten gleichzeitig über die sechsspurige Fahrbahn, als eine Lücke im dichten Verkehr sichtbar wurde. Die Unfallstelle war inzwischen abgeriegelt worden. Rund um die Absperrung drängten sich unzählige Schaulustige. Einigen stand das Entsetzen ins Gesicht geschrieben, bei anderen war Andrew sicher, eine Sensationslust zu erkennen, die ihn schaudern ließ. Und dann sah er sie. Seine Patientin Gina, die Rottweiler-Labradorhündin. Er erkannte sie sofort. Nicht nur wegen ihres leuchtendroten Halsbandes, sondern auch wegen ihres beachtlichen Körperumfangs und vor allem wegen des besonderen Gesichtsausdrucks, der sich während ihrer Termine tief bei ihm eingeprägt hatte. Er stoppte abrupt. Schätzte den Abstand zwischen Hund, dem völlig demolierten Auto, das einmal ein Mini Cooper gewesen war, und den Rettungskräften, die angespannt darauf warteten, zu der reglosen Gestalt zu gelangen, die über dem Lenkrad lag. Noch war der Weg versperrt durch den Hund, der sich direkt vor dem Einstieg zum Fahrersitz postiert hatte. Die Tür existierte nur noch in Resten. Zum ersten Mal, seit er sie kannte, sah Andrew Gina die Zähne fletschen. Es wirkte seltsam grotesk, aber absolut entschlossen.

„Du hast genau dreißig Sekunden." Bobs Miene war undurchdringlich und sein Blick fest.

Andrew nickte. Dreißig Sekunden würden reichen. Falls er zu Gina durchdringen würde. Wenn nicht, war ihr Schicksal besiegelt.

2.

Ginas sanftes Wesen hatte Andrew von Anfang an berührt. Er wusste, dass die meisten Menschen in ihr nur einen riesigen schwarzen Hund mit einem ebenso riesigen Schädel und unförmigen Körper sahen, der stolze 120 Pfund auf die Waage brachte. Vom Vorbesitzer ins Tierheim abgeschoben, hatte sie dort der sicheren Todesspritze entgegengesehen. Die Chancen, dass irgendjemand diesen Hund adoptieren würde, lagen bei Null. Und so war die Zeitspanne, in der ein Wunder passieren konnte, sehr kurz bemessen. Das Wunder geschah, als Amber Scott das Tierheim betrat. Amber – eigentlich auf der Suche nach einem *kleinen* Gefährten, einem, der problemlos in ihren Mini-Cooper passte – war auf der Stelle verzaubert gewesen von der geballten Liebenswürdigkeit dieser voluminösen Hündin. Amber blieb keine Wahl, sie adoptierte Gina und war erstaunt, dass sie tatsächlich genug Platz im Mini fand. Den Platz in ihrem Leben nahm sie so selbstverständlich ein, als wäre es schon immer ihrer gewesen.

Andrew liebte solche Geschichten. Und er mochte Menschen, die Tieren wie Gina eine Chance gaben. Tieren, die absolut perfekt waren, auch wenn sie nicht so aussahen. Gina war auch jetzt perfekt in ihrer bedingungslosen Loyalität. Die Hündin wusste genau, dass Amber verletzt und schutzbedürftig war. Und es war ihre Aufgabe, auf Amber aufzupassen. So, wie Amber normalerweise auf sie aufpasste.

Andrew holte tief Luft. Gina vertraute ihm, das wusste er. Aber bislang war dieses Vertrauen nur in der sicheren Atmosphäre seiner Praxis mit Amber an ihrer Seite erprobt worden. Langsam aber entschlossen bewegte er sich auf Gina zu. Es musste klappen, er hatte nur eine einzige Chance.

„Braves Mädchen", murmelte er und streckte seine Hand nach der Leine aus, die an ihrem roten Halsband befestigt war. Ein Raunen ging durch die Menge. Ginas Zähne blieben gefletscht, fast sah es aus, als wäre ihre Mimik mit diesem Ausdruck eingefroren. Andrew blickte mit aller Dringlichkeit in die dunklen Hundeaugen. Für einen Moment hielt er die Luft an. Fünf Sekunden, mehr Zeit hatten sie bestimmt nicht mehr. Schließlich senkten sich die Lefzen in Zeitlupe, die weißen Zähne verschwanden darunter. Der Blick der Hündin schnellte von Andrew zum Mini und zurück.

„Es ist alles gut, Gina. Glaub mir, die Leute werden Amber helfen." Andrews Hand tastete ein Stück weiter nach vorn.

In diesem Moment traf die Hündin eine Entscheidung. Sie senkte den Kopf und machte einen winzigen Schritt auf Andrew zu. Vielleicht sogar froh, ihm damit die Verantwortung zu übergeben.

Andrew packte die Leine und zog Gina sanft zu sich heran. Ohne anzuhalten, dirigierte er sie dann weiter den Bürgersteig entlang, zurück in Richtung seiner Praxis. Gina folgte ihm, warf aber immer wieder zögernde

Blicke zurück. Erst als Andrew den Eingang erreicht hatte, über die Schwelle trat und die Tür hinter sich und der Hündin zuwarf, wagte er aufzuatmen.

3.

Gina trottete im Gleichschritt neben Andrew her. Gelegentlich sah sie zu ihm auf, als bräuchte sie immer wieder die Bestätigung, dass alles seine Richtigkeit hatte.

Er tat ihr den Gefallen und murmelte jedes Mal ein beruhigendes *Okay.* Der Weg zu seinem Haus in Greenwich Village war gepflastert mit unzähligen Menschen, die wie er auf dem Weg in ihren Feierabend waren. Die meisten von ihnen waren in Eile. Einige wichen ängstlich aus, als sie den großen schwarzen Hund auf sich zukommen sahen.

Der Regen hatte nachgelassen und einem frischen Wind Platz gemacht. Wäre Andrew alleine unterwegs, hätte er längst seinen Schritt beschleunigt. Der übergewichtigen Gina zuliebe passte er sich ihrem gemäßigten Tempo an. Er wusste, dass sie bereits fünf Kilo abgenommen hatte. Das hatte zumindest die Waage in seiner Praxis bestätigt. Zu sehen war von der dringend nötigen Gewichtsabnahme noch nicht viel.

Schließlich kamen sie an dem stuckverzierten Stadthaus in Greenwich Village an, in dem Andrew seit über zehn Jahren zuhause war. Er stieß das schmiedeeiserne Tor auf und ging über den mit Natursteinen ausgelegten Weg zur Haustür. Gina wurde noch langsamer, sandte erneut einen fragenden Blick zu Andrew.

„Pass auf Honey, bis du wieder nach Hause kannst, musst du leider mit der Unterbringung hier vorlieb nehmen. Drinnen warten vier Kollegen auf dich, die sehr freundlich sind. Ich bin sicher, ihr kommt gut miteinander klar." Andrew nestelte den Schlüssel aus der Jackentasche. Dabei wurde ihm bewusst, dass er keine Ahnung hatte, ob das stimmte. Seine vier Hunde waren verträglich, aber von Gina wusste er es nicht. Darüber hatte Amber bislang nichts gesagt. Vermutlich hätte sie es getan, wenn Gina aggressiv auf ihresgleichen reagierte. Sicher war Andrew allerdings nicht. Gina war ein absoluter Schatz im Umgang mit Menschen. Er konnte nur hoffen, dass ihre Freundlichkeit sich auch auf Artgenossen erstreckte. Sicherheitshalber dirigierte er sie hinter sich, als er die Tür ein Stück aufsperrte. Natürlich warteten seine Jungs und Mädels bereits sehnsüchtig und drängelten sich im Flur. Sanft aber entschieden schickte er alle auf ihre Plätze. Nachdem alle gehorcht hatten, öffnete er die Tür ganz. Vier Augenpaare waren überrascht und erwartungsvoll auf ihn gerichtet. Normalerweise folgte bei seinem Heimkommen ein ausgiebiges Begrüßungsritual, auf ihre Plätze geschickt worden waren sie noch nie. Andrew hätte schwören können, dass Mac, der alte Schäferhund, eine Augenbraue hob. Luke, der Terrier, bebte vor Aufregung am ganzen Körper, aber das war für ihn nicht weiter ungewöhnlich. Es fiel ihm grundsätzlich schwer, sich nicht zu bewegen. Eva, die dreibeinige weiße Schönheit harrte wie üblich hoheitsvoll und entspannt der Dinge, die da kamen. Einzig Mikey, der

Chihuahua, schien ernsthaft verunsichert von dieser Abweichung ihrer Abendroutine. Und von dem riesigen Hund, der auf einmal bei ihnen auftauchte. Mikey hatte die Ohren angelegt und den Kopf eingezogen. Auf seiner Stirn leuchtete für Andrew gut lesbar ein Schild: Kann die bitte wieder gehen?!

„Jungs, Mädels, darf ich euch Gina vorstellen? Sie braucht vorübergehend eine Bleibe, seid also bitte gastfreundlich." Andrew musterte den Rottweilermischling hinter sich, der immer noch verunsichert und traurig, aber keineswegs aggressiv aussah. Andrews Gefühl sagte ihm, dass es kein Problem unter den Hunden geben würde. Er leinte Gina ab und trat mit einer auffordernden Geste beiseite. Die Begrüßung der Hunde fiel entspannt und freundlich aus. Nur Mikey zog es vor, zunächst auf seinem Kissen liegen zu bleiben und den Neuankömmling argwöhnisch zu beobachten. Gina reagierte freundlich, aber die Traurigkeit in ihrem Blick blieb, während sie ihr Neue-Hunde-Kennlernprogramm routiniert abspulte. Andrews Hunden blieb das natürlich nicht verborgen, sie wahrten eine eher ungewöhnliche Zurückhaltung. Selbst Luke schraubte seine Erregung auf ein selten niedriges Level hinab. Eva und Gina begegneten sich höflich auf Augenhöhe, Mac musste schnell einsehen, dass sein charmantes Gentlemanverhalten an Ginas Mauer der Traurigkeit abprallte. Mikeys Augen weiteten sich, als Gina ihren großen Kopf in seine Richtung wandte. Gleich darauf drehte sie sich zu Andrew um und sah ihn auffordernd an. Mikey entspannte sich erleichtert.

„Bravo, Ladies and Gentlemen, das habt ihr toll gemacht! Dann zeigen wir Gina mal ihren Schlafbereich, okay?" Er ging ins Wohnzimmer vor. Alle Hunde folgten ihm, Gina klebte dabei fast an seinem Bein. Er schaltete das Licht ein, das den großen Raum warm flutete. Mit einer ausladenden Geste wies er auf die Hundekörbe, die rund um den Kamin und neben der großzügigen Sitzgruppe aufgestellt waren.

„Na, ihr einigt euch schon untereinander, wer wo liegt." Liegen wollte allerdings gerade niemand. Zumindest seine vier Hunde wussten genau, was jetzt eigentlich auf dem Programm stand: Abendessen! Seufzend machte er sich auf den Weg in die Wohnküche. Ausnahmsweise war er nicht mit ganzer Aufmerksamkeit bei seinen tierischen Mitbewohnern. Seinen Plan, gleich nach dem Essen ins Atelier hinaufzugehen, hatte er bereits nach hinten verschoben. Zunächst musste er in Erfahrung bringen, wie es Amber Scott ging. Die junge Frau tat ihm leid. Und mindestens genauso leid tat ihm die liebe Gina, die plötzlich ohne ihre vertraute Bezugsperson dastand. Andrew ahnte, was das für einen Hund mit ihrer Vorgeschichte bedeutete.

In der Küche angekommen registrierte er dankbar, dass das Chaos vom Morgen wie von Zauberhand einer blitzblanken Optik gewichen war. Natürlich wusste er, wessen Zauberhände dafür verantwortlich waren. Die seiner Hunde- und Haussitterin Gloria – der Lichtblick in seinem Leben. Seit Lisas Tod wäre er ohne die resolute 60-Jährige im normalen Alltag untergegangen. Er konnte sich kaum noch daran erinnern, wie es genau dazu gekommen war, aber irgendwann hatte die Nachbarin eine Festanstellung bei ihm bekommen. Neben der Führung seines Haushalts sorgte sie dafür, dass die Hunde regelmäßig Auslauf bekamen, genügend

Hundefutter in der Vorratskammer lagerte und Andrew ein richtiges Abendessen im Kühlschrank vorfand. Andernfalls würde er vermutlich längst an Krankheiten leiden, die einer Mangel-Ernährung geschuldet waren. Seine vorher praktizierte rigorose Alleinversorgung mit Käse-Sandwiches hätte irgendwann Tribut gefordert.

Gedankenverloren holte er das Hundefutter aus der Kammer und reihte die Näpfe auf der Arbeitsplatte auf. Fünf Augenpaare beobachteten jede seiner Handbewegung genau. Mikey achtete dabei peinlich auf einen reichlichen Sicherheitsabstand zu Gina, die am dichtesten bei Andrew stand. Er ahnte, dass ihr Interesse weniger der Nahrung galt. Noch immer konnte er Verunsicherung und Traurigkeit in ihrem Blick lesen, er war der letzte Halt, der ihr noch geblieben war. Sobald die Abendfütterung erledigt war, musste er dringend im Krankenhaus nachfragen. Ein Flattern lief durch seinen Magen. Er war sicher, dass nicht Hunger die Ursache war. Was, wenn Amber es nicht geschafft hatte? Müde strich Andrew sich eine Haarsträhne aus der Stirn. Langsam ließ er den Löffel sinken, mit dem er das Futter verteilt hatte.

Ein kurzes dumpfes Bellen riss ihn aus den dunklen Gedanken. Unwillkürlich musste er schmunzeln. Mac, der alte Schäferhund, der in seinem früheren Zuhause fast verhungert war, wusste noch immer sehr genau, wo er Prioritäten setzen musste.

„Schon gut, mein Alter, es geht ja gleich los." Andrew beeilte sich, die Näpfe zu füllen. Für Gina holte er eine Schüssel aus einem der oberen Küchenschränke. Die Verteilung verlief wie gewohnt problemlos. So unterschiedlich die Hunde waren, alle hatten sich schnell mit den Hausregeln arrangiert. Eine davon war: Kein Drängeln bei der Essensausgabe!

Als Andrew die Schüssel vor Gina stellte, überraschte es ihn wenig, dass sie den Kopf wegdrehte. Er schluckte. Natürlich, die Hündin stand immer noch unter Schock. Ein Zustand, in dem weder Menschen noch Hunde Nahrung zu sich nehmen mögen. Mit einem Seufzen stellte er die Schüssel weg. Dann setzte er sich an den Küchentisch und stützte den Kopf schwer in beide Hände. Zunächst einmal musste er herausfinden, in welchem Krankenhaus Amber lag. Dabei würde ihm Bob helfen.

4.

Andrews Finger trommelten im unruhigen Rhythmus auf der Pinienholzplattes des Küchentischs. Er wartete bereits minutenlang darauf, mit Dr. John Mitchell verbunden zu werden. Nachdem sich kurz Erleichterung in Andrew breitgemacht hatte, dass die Patientin nach Bobs Auskunft ins St. Anne's Hospital, eines der besten Krankenhäuser New Yorks, eingeliefert worden war, folgte die Ernüchterung auf dem Fuße. Die Ansage der Schwester war unmissverständlich gewesen: Keine Auskunft für Nicht-Familienangehörige! Die Tatsache, dass er den Hund der Patientin in Obhut genommen hatte, ändere daran gewiss nichts. Andrew seufzte genervt. Sie hatte ja recht. Trotzdem war er ärgerlich angesichts dieser Regel, die zwar grundsätzlich gut und nachvollziehbar war, ihm in diesem Fall aber den letzten Nerv raubte. Beinahe fühlte er sich wie ein Stalker, der versuchte, an Informationen ranzukommen, die ihm nicht zustanden. Und nun musste er ein weiteres Mal seine Kontakte spielen lassen, etwas, das ihm normalerweise zuwider war. Wieder seufzte er. Sein Blick traf sich mit dem von Gina, die neben ihm lag und nun zu ihm aufsah. Sein Herz zog sich zusammen angesichts ihres Kummers. Okay, für sie war er bereit, auch zu unlauteren Methoden zu greifen.

„Andrew, mein Lieber, schön von dir zu hören! Wie geht es dir?" Die tiefe Stimme von Dr. Mitchell, dem Leiter der Neurologie des St. Anne's, riss Andrew aus seinen Gedanken.

„Könnte besser sein", gab Andrew unumwunden zu. Er sah den befreundeten Arzt vor sich. Sah die braunen Augen, die warm in einem bärtigen Gesicht leuchteten. John Mitchell schaffte es mit seiner ruhigen, freundlichen Art meist im Handumdrehen, selbst ängstlichen Patienten Momente der Ruhe und Zuversicht zu vermitteln. Vor einigen Jahren war er einer der ersten gewesen, der offen für die Arbeit von Therapiehunden bei Komapatienten gewesen war. Im Zuge des Aufbaus der *Dog's Help For Human Beings Foundation* war er Andrews engster Verbündeter und guter Freund geworden. Ohne ihn wäre die Organisation nicht das geworden, was sie heute war.

Andrew räusperte sich. „John, ich brauche deine Hilfe. Es geht um Amber Scott, sie hatte heute Nachmittag einen schweren Autounfall und wurde bei euch eingeliefert. Ich wurde zum Unfallort gerufen, um ihren Hund zu beruhigen. Gina ist bei mir Patientin, und ich habe sie nun vorübergehend aufgenommen. Natürlich steht mir kein Auskunftsrecht zu. Aber ich weiß, dass Amber momentan keinen Kontakt zu ihrer Familie hat und noch relativ neu in New York ist. Dem Hund zuliebe ..." Er brach ab, mit einem Mal kam er sich selten blöd vor.

„Amber Scott." Das Zögern in Johns Stimme jagte einen kalten Schauer über Andrews Rücken.

„Ist sie ...?“ Andrew stockte, sein Magen zog sich schmerzhaft zusammen.

„Nein, nein, sie lebt.“ Nach einer kurzen Pause sprach John weiter. „Es ist nur so, dass wir medizinisch vor einem Rätsel stehen.“

Andrew war sicher, dass der Freund jetzt nachdenklich über seinen dunkelblonden Bart strich und die Brille zurechtrückte. Für einen Moment löste Johns Bedächtigkeit eine seltene Ungeduld bei ihm aus. Was war mit Amber?!

„Sie liegt im Koma, allerdings konnten wir bislang keinen Grund dafür finden. Ihre Verletzungen sind alle erstaunlich leicht. Bis auf eine angebrochen Rippe und oberflächlichen Schnittwunden, ist sie unverletzt.“

„Schädel-Hirn-Trauma ...?“

„Ausgeschlossen.“ John seufzte. „Die Tests gehen natürlich noch weiter. Aber ich kann jetzt schon sagen, dass ich so etwas noch nicht erlebt habe.“

Andrew lehnte sich auf dem Küchenstuhl zurück. Seine Gedanken fuhren Karussell. Ein Koma bedeutete immer eine ernste Situation. Aber ein Koma ohne Grund? Auf diese Nachricht war er nicht vorbereitet gewesen. Er hatte damit gerechnet, dass Amber schwer verletzt war, auch damit, dass sie um ihr Leben kämpfte oder diesen Kampf bereits verloren hatte. Bestenfalls war er davon ausgegangen zu hören, dass alles doch halb so wild war und die Patienten sich auf einem guten Weg befand. Aber diese überraschende Ansage brachte ihn aus dem Konzept.

„Es tut mir leid, dass ich dir keine präzisere Auskunft geben kann.“ John räusperte sich. „Willst du die Patientin morgen besuchen?“

„Aber …" Andrew brach ab. Nichts lieber als das. Aber ihm war bewusst, dass er als Fremder normalerweise nicht zu einem Koma-Patienten vorgelassen werden würde. Es sei denn …

„Ihr habt doch sicher noch Kapazitäten frei im Besuchs-Programm der Foundation?" Ein Lächeln erhellte die Stimme des Leiters der Neurologie.

„Klar!" Andrew brach ab und setzte sich aufrecht hin. Wieder fiel sein Blick auf Gina, die ihn aufmerksam beobachtete. Er nickte ihr erleichtert zu. Die Hündin schien zu wissen, was das bedeutet. Mit einem zufriedenen Seufzen senkte sie den Blick und drehte sich entspannt auf die Seite. Auch in Andrew löste sich eine Anspannung, die er vorher kaum wahrgenommen hatte.

„Dann sehen wir uns morgen? Sagen wir zur Mittagszeit, wenn in deiner Praxis Pause ist?"

„Sehr gerne! Danke, John."

„Keine Ursache."

Sie verabschiedeten sich und Andrew ließ das Telefon langsam auf den Küchentisch sinken. Die Information, die er bekommen hatte, klang in ihm nach. Amber Scott lag im Koma. Und einer der besten Neurologen des Landes hatte nicht die geringste Erklärung, woran das lag. Andrew entschied sich, das trotzdem erstmal als gutes Zeichen zu werten. Immerhin hätte er auch die Auskunft erhalten können, dass jede Hilfe zu spät gekommen war. Behutsam strich er Gina über den breiten Kopf. Sie sah nicht auf, gab nur ein zufriedenes Brummen von sich.

5.

Tief in Gedanken versunken saß Andrew auf dem abgewetzten braunen Ledersessel, den Lisa vor vielen Jahren von ihrem Vater geerbt hatte. Andrews nackte Füße ruhten auf dem zum Sessel passenden Hocker. Die Möbelstücke verströmten eine jahrzehntealte Mischung aus Leder, Pfeifentabak und einem letzten Hauch eines herben Aftershaves, der sich erstaunlicherweise nie ganz verflüchtigte, egal wie viel Zeit verging. Lisa und ihr Vater waren in inniger Zuneigung verbunden gewesen, und sein Tod hatte sie schwer getroffen. Bis heute wurde Andrew das Gefühl nicht los, dass dieser Verlust zumindest seinen Teil dazu beigetragen hatte, Lisas Immunsystem so empfindlich zu schwächen, dass es Krebszellen nicht mehr in Schach halten konnte.

Maximilian Winterstone war mit Leib und Seele Dirigent gewesen. Ein großer Teil seines Lebens war der Musik gewidmet. Der noch wichtigere Teil nahm allerdings die Liebe zu seiner Tochter ein. Lisas Mutter starb, als Lisa vier Jahre alt war. Nach ihrem Tod wurde die Vater-Tochter-Beziehung noch enger. Lisa begleitete ihren Vater auf seinen Reisen in alle großen Städte der Welt. Eine Hauslehrerin kompensierte den fehlenden Schulunterricht. Schon früh war klar, dass Lisa zwar die Liebe ihres Vaters zur Musik geerbt hatte, aber ihr künstlerischer Schwerpunkt woanders lag. Sie musste Dinge erschaffen. Ihre Kreativität lebte sie in Skulpturen, Gemälden und Fotografien aus.

Vor dem Fenster stand ihre Staffelei. Das letzte begonnene Bild wartete seit Jahren vergeblich auf die Künstlerin, die niemals zurückkommen würde, um es zu vollenden. Bis heute hatte Andrew es nicht fertiggebracht, in diesem Raum irgendetwas zu verändern. Lisa war ihm immer nah geblieben, aber nirgends konnte er sie so deutlich spüren wie hier. Ihr *spirit* schien in ihren Werken präsent zu bleiben, aber nicht nur dort. Manchmal meinte Andrew, sie im schwachen Schein der Lampe, die auf dem Tisch neben dem Sessel stand, vor der Staffelei wahrzunehmen. In einem ihrer typischen langen Kleider, in denen sie schon zu Lebzeiten oft wie ein Wesen aus einer anderen Welt gewirkt hatte. Andrew würde nie den Augenblick vergessen, als er sie zum ersten Mal gesehen hatte. Ein Freund hatte ihn auf eine Vernissage mitgenommen. Als Andrew die Künstlerin erblickte, wusste er, dass sein Leben gerade eine entscheidende Wendung nahm. Nie vorher war ihm eine Frau begegnet, die ihm derart den Atem nahm. Ihre Ausstrahlung war eine seltene Mischung aus Zerbrechlichkeit und Kraft. Alles an ihr war zart und fast durchscheinend, die Haut blass und der Kontrast zu ihren rabenschwarzen, auf Kinnlänge geschnittenen Haaren hätte nicht größer sein können. Aber am Auffälligsten waren ihre großen, fast schwarzen Augen, die von unverschämt langen Wimpern umrahmt wurden. Die Kraft, die in ihnen lag, strafte den fragilen Rest ihres Körpers Lügen. Vermutlich hatte Andrew Lisa minutenlang angestarrt als sei sie ein Alien. Schließlich bohrte sich der Ellbogen seines Freundes Daniel schmerzhaft in seine Rippen, und Andrew kehrte widerwillig in die Wirklichkeit zurück. Er hätte Lisa noch stundenlang einfach nur anschauen können.

„Ich denke, ich muss dir die Lady vorstellen." Daniels amüsiertes Grinsen ließ erkennen, dass ihm Andrews Reaktion auf Lisa nicht verborgen geblieben war.

Im Anschluss an die Vernissage hatte Andrew nach der Vorstellung durch Daniel allen Mut zusammengenommen und Lisa noch auf ein Glas Wein eingeladen. Spätestens danach war er unsterblich verliebt. Bis sie ein Paar wurden, vergingen aber noch sechs Monate. Andrew war schnell klar geworden, dass es Geduld und Einfallsreichtum bedurfte, um Lisas Herz zu gewinnen. Zunächst musste er die Firewall überwinden, die sie generell Menschen gegenüber aufgebaut hatte. Lisa war ihrer Umgebung zwar freundlich zugetan, aber sie trug weder ihr Herz auf der Zunge, noch verschenkte sie es schnell. Aber vom ersten Moment an wusste Andrew: das Warten würde sich lohnen. Lisa war die richtige Frau für ihn. Und wenn es notwendig gewesen wäre, hätte er Jahre gewartet.

Sein Blick schweifte durch den Raum, in dem jeder Millimeter von Lisas Anwesenheit gefüllt schien, während er den blumigen Duft ihres Parfums einatmete, das sich mit den Gerüchen des alten Sessels mischte. Früher war das Möbelstück ein Trostort für sie gewesen, seit ihrem Tod war es seiner. Jeden Abend betrachtete er die Kunstwerke, die sie geschaffen hatte. Gemälde, die ihre Hunde im Urlaub am Strand zeigten.

Bäume, deren Lebendigkeit denen im Wald in nichts nachstand. Die Skulptur von ihnen beiden, die sie an ihrem Hochzeitstag zeigte. Der Anblick dieser Arbeit schnürte ihm jedes Mal erneut die Kehle zusammen. Er schluckte trocken. Lisa war unverändert bei ihm. Nicht mehr physisch, aber ihre Seele hatte ihn nie verlassen. Es war ein Wissen, das er im tiefsten Innern besaß, ein Schatz, der es ihm ermöglichte
weiterzumachen.

Trotzdem war es oft schwer für ihn, den täglichen Anforderungen im praktischen Leben alleine zu begegnen. Vor allem jetzt, nach dem folgenschweren Unfall und der Sorge um Gina und um ihre Besitzerin.

„Ach Darling", murmelte er, strich mit den Fingern über die abgenutzte Armlehne des Sessels und schloss die Augen. „Was sagst du zu unserem Gast? Armes Mädchen, die Gina." Er seufzte.

Lisa hatte eine wundervolle Art gehabt, mit Hunden umzugehen. Liebevoll, ohne jeden Anspruch, bei diesen die Führungsrolle zu übernehmen, schaffte sie es dennoch mühelos, von ihnen akzeptiert zu werden. Bei manch schwererem Kandidat war Andrew überrascht gewesen, wie leicht sie mit bestehenden Problemen zurechtkam. Hunde, die in ihrer Vergangenheit gebissen hatten, und die er in letzter Sekunde vor der Todesspritze retten konnte, waren bei Lisa prompt lammfromm. Ihm selbst gelang es zwar auch meist schnell, Zugang zu den verstörten Hundeseelen zu finden, aber ganz so schnell wie bei seiner Frau klappte es bei ihm oft nicht. Am überraschendsten war dabei, dass Lisa erst durch ihn überhaupt Kontakt zu Hunden bekommen hatte.

„Du hättest Gina ihren Kummer bestimmt schneller vergessen lassen." Er sah Lisas Gesicht vor sich. Die helle Haut durchscheinend, die eigentlich klaren Konturen seltsam verschwommen, die Lippen zu einem leichten Lächeln geformt. Sie schüttelte den Kopf. „Du wirst es genauso gut schaffen!"

„Morgen besuchen wir zusammen ihre Besitzerin im Krankenhaus." Andrew machte sich nicht die Mühe, von dem Unfall zu erzählen. Sie wusste ohnehin davon, da war er sicher.

„Ja, kümmere dich um das Mädchen. Das ist wichtig!"

Lisas Gesicht entfernte sich, wurde noch unschärfer.

„Darling?" Andrew hörte die Panik in seiner Stimme. Lisa war immer bei ihm, aber nur gelegentlich konnte er so mit ihr sprechen wie gerade eben. Jetzt war sie dabei, sich wieder so weit zu entfernen, dass es nicht mehr möglich war.

„Du wirst es gut machen, das weiß ich!" Ihre Stimme verklang wie ein Hauch in der Wärme und Behaglichkeit des Zimmers.

Andrew öffnete die Augen. Eine eigenartige Schwere drückte seinen Körper tiefer in den Sessel.

„Ich liebe dich", flüsterte er.

Ein dumpfes Geräusch ließ ihn im selben Moment zusammenzucken. Gina schob ihren schweren Körper durch die Tür, die sie mit ihrem Schädel geöffnet hatte, und blickte ihn vorwurfsvoll an. Er hatte sie bei den anderen Hunden unten gelassen. Wollte ihr, wie den anderen, den weiten Treppenaufstieg in den dritten Stock ersparen. Gina sah das offensichtlich anders, sie wollte in seiner Nähe sein.

„Na komm her, Süße!“ Andrew klopfte mit der Hand auf seinen Oberschenkel.

Gina tappte zu ihm und legte ihren Kopf auf sein Knie.

Er legte beide Hände um ihr Gesicht und murmelte: „Morgen besuchen wir deine Amber! Mach dir keine Sorgen, mein Mädchen. Es wird alles wieder gut.“ Nur mit Mühe hielt er dem forschenden Blick der Hündin stand. Er wünschte, er könnte selber daran glauben.

6.

Die Vormittagssprechstunde war wie immer gut besucht gewesen. Während Andrew sich um die Patienten gekümmert hatte, lag Gina artig im Pausenraum der Praxis und gab keinen Mucks von sich. Nun war auch der letzte Fall versorgt und Andrew stand am Waschbecken im Behandlungsraum und reinigte seine Hände. Sein Blick fiel in den Spiegel. Die Müdigkeit in seinen dunklen Augen verriet die viel zu kurze Nacht. Seine Gedanken hatten unaufhörlich um Amber, Gina und den Unfall gekreist. Gelegentliche aufblitzende Erinnerungen an Lisas Todestag kombinierten die Sorgen mit dem altbekannten Schmerz. Im Laufe der Jahre war er weniger geworden, manchmal spürte er ihn kaum, aber in Momenten wie diesen flammte er mit einer Intensität auf, die Andrew beinahe überraschte. Sein Konzept, von dem er glaubte, sich mit dem Schmerz arrangiert zu haben, geriet dann in eine gefährliche Schieflage. Zeit heilte eben nicht alle Wunden. Die Binsenweisheit hatte er früher schon nicht geglaubt, und seit Lisas Tod wusste er es sicher.

Erst in den frühen Morgenstunden war er endlich zur Ruhe gekommen und in einen traumlosen Schlaf gefallen. Viel zu schnell hatte ihn der Wecker aber zurück in die Realität geholt.

Mit beiden Händen schöpfte er eiskaltes Wasser aus dem Hahn und warf es sich ins Gesicht. Das wiederholte er noch zweimal, bevor er sich sorgfältig abtrocknete. Es wurde Zeit, sich auf den Weg ins Krankenhaus zu machen.

Mit einem mulmigen Gefühl holte er Gina aus dem Pausenraum.

Sie folgte ihm sofort eifrig nach draußen. Immer wieder hob sie den Blick zu ihm, während sie zur Eingangstür der Praxis gingen. Draußen wehte ihnen ein frischer Wind entgegen. Eine blasse Wintersonne hatte sich durch den wolkenverhangenen Himmel gekämpft und blendete Andrew für einen Moment. Er schirmte die Augen mit einer Hand ab und nahm den Lärm und das Gewusel auf den Straßen wahr, spürte die Hektik stärker als sonst. Kurz war er versucht, sich zurück in die Ruhe seiner Praxisräume zu flüchten. Der Gedanke war verlockend, aber natürlich kam das nicht infrage. Er musste zu Amber. Auch auf die Gefahr hin, von schmerzhaften Erinnerungen überfallen zu werden. Seit Lisas Tod hatte er kein Krankenhaus mehr von innen gesehen. Von ihm aus hätte das gerne so bleiben können, schließlich verband ihn mit diesem Ort seine größte Angst, der er sich nicht unbedingt freiwillig stellen wollte.

Aber der Grund, warum er es nun doch tun musste, stand abwartend neben ihm und blickte ihn aus sanften braunen Augen aufmerksam an.

„Na komm, Süße. Auf geht es." Andrew setzte sich in Bewegung, Gina in ihrem typischen, leicht schwankenden Gang ebenfalls.

Der Bürgersteig war geflutet von Menschen, die ihre Mittagspause nutzten, um einen schnellen Imbiss in einem der vielen Restaurants oder Coffeeshops einzunehmen oder dringende Besorgungen zu erledigen. Das Tempo in Manhattan war ungleich höher als jenes, das Andrew und Gina anschlugen.

Der Weg zum St. Anne's führte sie zunächst weiter entlang der dicht befahrenen Hauptstraße, bis sie schließlich in den Washington Square Park einbiegen konnten. Andrew atmete auf. Binnen Sekunden rückte der Verkehrslärm in die Ferne und Menschen, die sich im Park aufhielten, verteilten sich angenehm großzügig auf die weiten Flächen. Der Andrang war überschaubar an diesem Februarmittag mit Temperaturen, die sich deutlich im einstelligen Bereich befanden. Einige Jogger zogen ihre Runden, Eltern mit Kinderwagen waren unterwegs und natürlich diverse Hundebesitzer. Andrews Plan, auf einer der Hundewiesen anzuhalten, erwies sich schnell als unnötig. Gina legte offensichtlich keinen Wert auf Kontakt zu ihren Artgenossen, ignorierte sie demonstrativ und marschierte ungerührt ihres Weges.

„Du hast es eilig, richtig? Weißt ganz genau, wo wir hinwollen ..." Im Gegensatz zu Gina hätte Andrew noch stundenlang im Park spazieren gehen können. Gerade an winterlichen Tagen, wo noch keine Massen in die Grünfläche strömten, liebte er den Aufenthalt fernab des Großstadt-Trubels besonders. Er seufzte, strich Gina über den Kopf und setzte den Weg fort. Vorbei an großgewachsenen uralten Bäumen und akkurat gestutzten Rasenflächen. Gina schnüffelte nur selten, erledigte im Vorbeigehen die dringendsten Geschäfte, die Andrew rasch in einen Beutel aufnahm und im nächsten Mülleimer entsorgte.

Schließlich verließen sie den Park an einem Nebenausgang, der sie in die Seitenstraße führte, an deren Ende das St. Anne's stand. Ein ehrwürdiger Bau aus der vorletzten Jahrhundertwende. Mit seiner mattweiß gestrichenen Fassade und den Stuckornamenten hätte man ihn für den riesigen Villensitz einer reichen Familie halten können, wenn nicht über dem Eingangsportal das blank polierte Messingschild mit der Aufschrift *St. Anne´s Hospital 1899* geprangt hätte.

Der Parkplatz vor dem Gebäude war bis auf den letzten Platz besetzt. Andrew war froh, zu Fuß gekommen zu sein. Mächtige Kastanien säumten die Ränder des Grundstücks und vermittelten beinahe den Eindruck, man steuere auf einen Park anstatt auf ein Krankenhaus zu.

Andrew verlangsamte seinen Schritt. Er kämpfte mit dem Verlangen, sich umgehend auf den Rückweg zu machen. Ein Ruck an der Leine in seiner Hand zwang ihn jedoch, vorwärts zu gehen. Er musste lächeln. Gina wusste sehr genau, wo sie hin wollte. Vor der geschlossenen zweiflügeligen Eingangstür aus dunklem Holz stoppte sie notgedrungen und sah ihn an. In ihrem Blick lag eine stumme Frage. Gehen wir jetzt zu Amber?

Jedenfalls meinte Andrew, diese Worte zu lesen. Im gleichen Moment schalt er sich einen verrückten Spinner. Manchmal übertrieb er es wirklich mit seiner Annahme, wozu Hunde fähig sein können. Gina konnte nicht wissen, dass ihr verletztes Frauchen hinter diesen dicken Mauern lag. Das war nicht möglich! Er schüttelte wie zur eigenen Bestätigung den Kopf, packte die Leine fester und öffnete die Flügeltür.

Sein Herz schlug schneller, als er die Empfangshalle betrat. Der typische Krankenhausgeruch nach Desinfektionsmittel, Hoffnung und Angst wirbelte versprengte Erinnerungen durch seinen Kopf. Fetzen der Vergangenheit, seit sechs Jahren sorgsam verdrängt. Ein kalter Schauer lief über seinen Rücken. Mühsam richtete er seine Aufmerksamkeit auf die Hündin neben sich. Der tröstliche Anblick ihres dicken Hundekörpers gab ihm die Kraft, die Gedanken ins Nirwana zurückzuschicken und sich auf die Gegenwart zu konzentrieren.

Die Stühle, die zur Linken im Halbkreis gruppiert standen, waren fast alle besetzt. Er nickte den Wartenden kurz zu und schritt dann auf den Tresen im hinteren Bereich zu.

Eine junge Krankenschwester mit mahaghonifarbenem Zopf und konzentriertem Gesichtsausdruck telefonierte leise. Ihre Kollegin, eine adrett wirkende Endfünfzigerin mit strenger Hochsteckfrisur wandte sich Andrew mit mindestens ebenso strengem Blick zu.

„Hunde sind hier nicht erlaubt." Ihre Stimme war sachlich, aber der missbilligende Unterton war nicht zu überhören.

Andrew war fast sicher, dass sie diejenige war, die ihm gestern die Auskunft verweigert hatte.

„Guten Tag. Mein Name ist Dr. Andrew Martinez, ich bin Präsident der *Dog's Help For Human Beings*

Foundation und komme nach Absprache mit Dr. John Mitchell zu einem Therapie-Besuch bei Amber Scott."

Die Schwester runzelte die Stirn. „Moment." Sie senkte den Blick und tippte hastig auf der Tastatur ihres Computers.

Nach einem Moment sah sie wieder auf. „Okay. Station zwei im zweiten Stock. Melden Sie sich dort im Schwesternzimmer. Den Gang weiter geradeaus, dann einmal nach links, dort sehen Sie bereits die Aufzüge." Mit einem angedeuteten Nicken beendete sie das Gespräch und stand auf. Andrew sah ihr kurz hinterher, als sie schnellen Schrittes in den Wartebereich auf eine ältere Frau zuging und sie ansprach.

„Komm Mädchen, Amber wartet." Er dirigierte Gina in die Richtung, die die Schwester ihm geheißen hatte. Als sie bei den Fahrstühlen ankamen, öffnete sich gerade eine Kabine und spuckte einen jungen Pfleger aus, der ein Krankenbett mit einem weißhaarigen Mann hinaus schob. Der Patient schenkte Andrew im Vorbeigehen ein zahnloses Lächeln. Andrew erwiderte das Lächelns ansatzweise und setzte einen Fuß in den Aufzug. Weiter kam er nicht. Wie ein Fels stand Gina vor der Stahlkabine und weigerte sich entschieden, sich auch nur einen Millimeter vorwärtszubewegen. Sie blickte starr auf den Boden, Andrew ihren breiten Nacken zeigend, der wie der ganze Hund pure Abwehr signalisierte.

„Fahrstuhlphobie?", mutmaßte Andrew mit einem schiefen Grinsen. „Okay, Süße, dann nehmen wir eben die Treppe, die ich dir eigentlich ersparen wollte."

Gina entspannte sich sofort wieder, nachdem Andrew den Fuß aus der Kabine genommen hatte und sich in die Richtung wandte, aus der sie gekommen waren. Die Tür zum Treppenhaus war nur wenige Meter entfernt. Willig folgte Gina ihm, auch der Weg hinauf in den zweiten Stock schien ihr kein Problem zu bereiten. Langsam aber zielgerichtet schob sie ihren massigen Körper Stufe für Stufe nach oben.

Oben angekommen, sah Andrew sich suchend um. Er wurde schnell fündig, das leuchtende Schild, mit dem das Schwesternzimmer gekennzeichnet war, lag schräg gegenüber.

Er klopfte an die Tür und wartete. Durch das Glas konnte er eine gertenschlanke Blondine erkennen, die an einem der Schränke hantierte. Sie drehte sich um und rief ein freundliches „Herein".

Zögernd trat er ein. „Hallo. Dr. Andrew Martinez, ich komme mit Gina zum Therapie-Besuch bei Amber Scott."

Die Schwester nickte, ein herzliches Lächeln ließ eine Reihe perlweißer Zähne aufblitzen. „Ja, meine Kollegin hat sie bereits angekündigt. Bitte nehmen Sie noch einen Moment auf dem Gang Platz. Dr. Mitchell wird gleich hier sein."

„Danke." Er sah auf das Namensschild an ihrer pinkfarbenen Schwestern-Bluse „Sandra." Sie wirkte so jung, als würde sie noch das College besuchen, strahlte aber dennoch bereits eine beruhigende Professionalität aus.

„Die Arbeit mit den Hunden ist wunderbar! Ich bin froh, dass unser Haus an dem Projekt teilnimmt." Sie bedachte Gina, die stoisch neben Andrew stand, mit einem liebevollen Blick.

„Ich auch." Er wandte sich zur Tür. Wie froh er in diesem speziellen Fall war, konnte er ihr leider nicht sagen. Wäre Amber in ein anderes Krankenhaus eingeliefert worden, hätten vermutlich weder er noch Gina Zutritt zu ihr bekommen. Den Gedanken dachte er lieber nicht weiter.

„Es wird bestimmt nicht lange dauern, Dr. Mitchell ist schon unterwegs." Sie schenkte ihm noch ein aufmunterndes Lächeln, bevor sie sich wieder ihrer Arbeit widmete.

Andrew bedankte sich und ging hinaus. Der Flur war menschenleer. In Gedanken versunken setzte er sich auf eine Bank. Sein Magen fühlte sich flau an, was vermutlich nicht nur am fehlenden Mittagessen lag. Der Moment rückte näher, da er zum ersten Mal seit sechs Jahren wieder an ein Krankenbett treten musste. Er seufzte tief. Alte Bilder stürzten ohne Vorwarnung auf ihn ein, schnürten seine Kehle zu und verwandelten seinen Magen in einen glühenden Klumpen.

Während er noch um Fassung rang und seine Hand sich in dem weichen Fell von Ginas Rücken vergrub, näherte sich ein Mann im weißen Kittel vom anderen Ende des Ganges. Rasch erkannte Andrew die kräftige Statur seines Freundes. Er erhob sich.

„John!" Die Bilder in seinem Kopf schmolzen wieder zu blassen Erinnerungen zusammen, die nicht das Recht besaßen, bis zur Oberfläche vorzudringen.

Der Chef der Neurologie kam mit wehendem Kittel und einem breiten Lächeln auf den Lippen auf ihn zu.

„Schön, dass ihr da seid!" John Mitchell drückte Andrew die Hand und streichelte Gina über den Kopf.

„Wie geht es Amber?"

„Unverändert." Das Lächeln verschwand, stattdessen verdunkelte Besorgnis die klugen, braunen Augen hinter den Brillengläsern.

„Keine neuen Erkenntnisse?" Andrew musterte den Freund aufmerksam.

John schüttelte den Kopf, fuhr sich mit einer fahrigen Geste über seine dunkelblonden Haare. „Wie ich gestern schon sagte, so etwas habe ich noch nie vorher erlebt."

„Über welchen Grad reden wir?"

„Vier." John rückte seine Brille zurecht. „Aber du weißt, der Zustand kann sich jederzeit ändern. Bei einem so tiefen Koma, dem wir keine Ursache zuordnen können, haben wir allerdings kaum Vergleichsfälle."

„Vielleicht kann Gina zu ihr vordringen. Das eine oder andere kleine Wunder haben wir bei unserer Arbeit mit Hunden schließlich schon erlebt."

Johns Blick wechselte zu Gina und wieder zurück zu Andrew. In seinen Augen konnte Andrew neben einer gewissen Skepsis auch die gewohnte Offenheit lesen.

John lachte leise. „In meinem Job wäre ich ohne den Glauben an Wunder wahrscheinlich verloren. Also ja, versuchen wir es!"

„Genau!" Andrew sprach nicht aus, was ihm durch den Kopf ging. Sein Glaube an Wunder war eigentlich mit Lisa gestorben. In diesem Fall würde er eine Ausnahme machen müssen. Nicht zuletzt Gina zuliebe mussten sie alles versuchen.

Mit einem Mal wollte Andrew den Moment hinter sich bringen. Den Moment, vor dem er sich immer noch fürchtete. Entschlossen rief er sich die Tatsachen ins Gedächtnis: Amber war im Grunde eine völlig fremde Frau für ihn. Und dieser Besuch war in keiner Weise mit seinen vielen Krankenbesuchen bei Lisa zu vergleichen.

„Du warst seit damals nie wieder in einem Krankenhaus, richtig?" Johns Stimme war leise und sanft.

Stumm schüttelte Andrew den Kopf. „Um mich geht es hier aber nicht", sagte er nach einer Weile und klang fast trotzig. Er deutete auf Gina, die ihn die ganze Zeit beobachtete und auf dem Sprung zu sein schien. „Sie braucht ein gesundes Frauchen. Und wenn ich ein kleines bisschen dabei helfen kann, werde ich es gerne tun."

John legte ihm eine Hand auf den Arm, drückte ihn kurz und griff dann nach der Türklinke.

Andrew folgte dem Arzt ins Zimmer. Sein Herzschlag beschleunigte sich. Ein anderes Krankenhaus als damals, eine andere Patientin und eine vollkommen andere Situation. Und dennoch fühlte er schlagartig dieselbe Beklemmung, dieselbe Angst und vor allem den alten Schmerz, der seine Organe zu zerquetschen drohte. Er holte tief Luft und straffte die Schultern. Gemeinsam mit John und Gina trat er ans Bett.

Die Hündin winselte leise, ihre Rute schwang hin und her, als sie zielstrebig zum Bett ging. Ihre Schnauze suchte den Weg zu Ambers Hand, die über der Bettdecke lag. Sie schnupperte aufgeregt, bevor sie den großen Kopf ablegte und ein abgrundtiefer Seufzer aus ihrem mächtigen Brustkorb aufstieg.

Andrew schluckte. Sein Blick tastete über den Körper der jungen Frau, die vollkommen ruhig mit geschlossenen Augen vor ihnen lag. Ihre Haut war fast ebenso weiß wie die Bettwäsche. Bis auf ein kleines Pflaster über ihrer rechten Augenbraue waren keine Verletzungen ersichtlich. Sie wirkte winzig und zerbrechlich.

John beugte sich über die Patientin. „Amber? Sie haben Besuch! Gina ist hier, sie vermisst Sie."

Die Hündin stieß ein kurzes Jaulen aus.

John zog eine kleine Taschenlampe aus der Kittelschürze, hob Ambers rechtes Augenlid in die Höhe und leuchtete in die Pupille.

Andrew beugte sich ebenfalls vor. „Und?"

John schüttelte den Kopf. „Aber ich glaube, auch Wundern muss man die nötige Zeit geben. Ich lasse euch jetzt mal alleine eure Arbeit tun. Wir sehen uns später." Er legte Andrew kurz eine Hand auf die Schulter und verließ dann leise das Zimmer.

Zögernd zog Andrew einen Stuhl ans Bett und setzte sich.

7.

Raum und Zeit hatten schon lange jede Bedeutung verloren.

In irgendeinem verborgenen Winkel ihres Verstandes wusste Amber darum, aber auch das war nicht wichtig. Nichts zählte mehr außer dem Frieden, der allumfassend war und den sie so noch nie erlebt hatte. Alles in ihr sträubte sich dagegen, aus diesem Zustand je wieder aufzutauchen.

Manchmal drangen Geräusche aus weiter Ferne zu ihr. Nicht störend, eher überraschend. Sie ließ sie einfach an sich vorbeiziehen, bis die gewohnte tiefe Stille zurückkehrte.

Sie spürte nichts, sie dachte nichts, sie war einfach nur eingehüllt in eine Geborgenheit, in der er es ihr an nichts mangelte. So fühlte sich pures Glück an. Eines wusste sie genau: Mehr brauchte kein Mensch und freiwillig würde sie diesen Zustand nicht ändern!

Gerade wurde die köstliche Stille erneut durchbrochen. Leise, gemurmelte Worte, die zu Ambers Freude wie immer nicht zu verstehen waren. Die Worte würden bald zurückwehen in das Nichts, aus dem sie gekommen waren. Irgendwo hinter die dicke Wattewand, hinter der sie gesprochen worden waren. Amber wartete. Zeit spielte zum ersten Mal in ihrem Leben keine Rolle mehr. Stress, Hektik, Eile, all das hatte nichts mehr mit ihr zu tun. Ihre Welt war zu einem ruhigen Fluss geworden, ohne Anfang und ohne Ziel. Himmlisch.

Sie hatte keinen Körper mehr, sie *war* dieser Fluss, der einfach immer weiter floss.

Bis zu jenem flüchtigen Moment, als etwas Feuchtes ihre Hand berührte. Zum ersten Mal seit einer Ewigkeit war sie kein Fluss mehr. Das Erschrecken war tief, aber kurz. Schon verlor sich das Körpergefühl wieder in einem warmen Strudel, der sie sanft mit sich nahm.

8.

„So meine Süße, nun bist du wieder bei deiner Amber. Jetzt müssen wir nur noch dafür sorgen, dass sie aufwacht.“

Gina blickte Andrew aufmerksam an. In ihren dunklen Augen blitzten Fragen auf. Fragen, die er nicht beantworten konnte. Er wandte sich ab. „Vielleicht dauert es noch ein bisschen, bis sie ausgeschlafen hat. Aber bald werdet ihr beide wieder nach Hause gehen.“ Andrew fuhr sich durch die Haare und hoffte, dass die Hündin seine Skepsis nicht wahrnahm. Er unterdrückte ein Seufzen und lehnte sich auf seinem Stuhl zurück. Koma Grad vier, hatte John gesagt. Die schwerste Variante. Und das ohne erkennbaren Grund. Bereits im Ansatz verbot Andrew sich die Frage nach dem Warum. Wie sinnlos das war, hatte er zur Genüge bei Lisas Krankheit erfahren. Warum hatte sie ausgerechnet die schwerste Form der Leukämie? Warum schlug die Behandlung nur kurzfristig an? Warum musste sie sterben ...?

Er scheuchte die Gedanken beiseite und richtete seine Aufmerksamkeit auf die reglose Frau vor ihm. Amber Scott war bildschön, daran änderte auch ihre Bewusstlosigkeit nichts. Ihre Schönheit war weder abhängig von Make-up noch von einem teuren Friseur. Lange blonde Haare, die fast bis zur Taille reichten, meergrüne Augen – die ihn bei jedem ihrer Besuche in der Praxis fasziniert hatten, ein solch intensives Grün hatte er zuvor noch nie gesehen –, und eine schlanke Figur sorgten auch ohne jedes Hilfsmittel dafür, dass sie auffiel. Allerdings schien ihr selbst nicht ansatzweise bewusst zu sein, welche Wirkung sie besaß. Sie war Andrew immer zurückhaltend, fast schon schüchtern vorgekommen.

Ihre angenehme Art und das Engagement, mit dem sie sich um Gina kümmerte, hatten ihr Pluspunkte bei ihm gesichert, und sie zu einer seiner Lieblings-Patientenbesitzern gemacht. Ihr Aussehen hingegen nahm er nur als Tatsache hin, die ihn nicht interessierte. Das war seit jenem Tag so, als Lisa in sein Leben getreten war, und ihr Tod hatte daran nichts geändert. Für ihn gab es nur eine Frau – Lisa.

„Amber, kannst du mich hören?" Andrew legte sanft seine Hand auf ihren schmalen blassen Arm. „Ich bin es, Andrew Martinez, Leibarzt deiner lieben Gina, die hier bei mir ist.

Wir beide möchten dir gerne dabei helfen, wieder aufzuwachen. Du hattest einen Unfall ..." Er stockte, warf Gina einen Blick zu, die ihm aufmerksam folgte. „Aber es ist alles in Ordnung, Du hast nur leichte Verletzungen, die rasch heilen werden. Gina ist unverletzt geblieben, und sie lebt im Moment bei uns. Also bei mir und meinen Hunden." Er verstummte, betrachtete Ambers Gesicht, das zart und durchscheinend wirkte. Und in dem nicht die kleinste Regung zu erkennen war.

Er wartete eine Weile. Nichts passierte. Die Zeit schien stillzustehen in dem Krankenhauszimmer. Auch Gina regte sich nicht.

„Du bist in den besten Händen. Leiter der hiesigen Abteilung ist Dr. John Mitchell, ein guter Freund von mir. Ihm ist es zu verdanken, dass ich dich mit Gina besuchen darf", fuhr Andrew schließlich fort. „Nimm dir die Zeit, die du brauchst, bevor du wieder in die Welt zurückkehrst." Er nahm die Hand von ihrem Arm und legte die Fingerspitzen an seinen Mund. Noch immer kämpfte er damit, an einem Krankenhausbett zu sitzen. Immer wieder sah er im Geiste statt Amber Lisa dort liegen. Es kostete ihn einige Anstrengung, still sitzen zu bleiben. Dabei wusste er nur zu gut, wie wichtig es war, dass sowohl der menschliche als auch der tierische Therapeut Ruhe ausstrahlten.

Er blickte zu Gina. Ihre Augen waren geschlossen und sie verharrte regungslos – inzwischen sitzend – in ihrer Position vor dem Bett. Die Schnauze ruhte noch immer auf Ambers Hand, verdeckte die Kanüle, in der ein Schlauch steckte und Flüssigkeit in die Venen tropfte. Andrew nickte ihr wortlos zu. Die Hündin verstand ihren Job, ganz ohne Ausbildung. Er hatte es geahnt, dass in diesem Fall die enge Bindung zwischen Hund und Patientin die ansonsten übliche intensive Ausbildung mühelos ersetzen würde. Wenn er Glück hatte, reichte Ginas Anwesenheit, um Einfluss auf Ambers Zustand zu nehmen. Wie lange das allerdings dauern würde, stand in den Sternen. Sie konnte gleich aufwachen, morgen oder … nie. Andrew seufzte leise.

Er hasste die Ungewissheit. Für Gina wünschte er sich eine verbindliche Prognose, wie die Zukunft aussehen würde. Das Gefühl der Hilflosigkeit saugte sich an ihm fest wie ein Wels an seiner Aquariumscheibe.

Sein Kopf schmerzte, er brauchte eine kleine Pause. Leise stand er auf und trat ans Fenster, das zum Klinik-Park hinausging. Nur vereinzelt gingen Patienten spazieren. Manche humpelnd, andere nur vorsichtig, tastend. Offensichtlich ausprobierend, welche Schritte schmerzfrei möglich waren. Andrew drehte sich um. Amber lag genauso reglos im Bett wie zu Beginn des Besuchs. Sie wirkte unglaublich klein und zerbrechlich unter der weißen Bettdecke. Er hoffte inständig, dass es nicht lange dauern würde, bis er sie dort unten im Park gemeinsam mit Gina herumspazieren sah. Ein Blick auf die Uhr an seinem Handgelenk zeigte ihm, dass eine halbe Stunde vergangen war. Genug für ihren ersten Therapie-Einsatz. Er gab Gina ein Zeichen zum Aufbruch.

9.

„Nein Mom, keine Sorge, ich mache nicht mehr lange."
Andrew stützte die Ellbogen auf seinen Schreibtisch, das Telefon klemmte zwischen Ohr und Schulter.

Vor ihm lagen ausgebreitete Patientenakten. Berichte, die er längst fertiggestellt haben wollte. Rechnungen, die für den Steuerberater vorbereitet werden mussten und noch immer auf seine letzte Durchsicht warteten. Er fuhr sich mit der Hand über die Augen, die nach dem langen Tag genau wie sein Kopf schmerzten.

Erst der Anruf seiner Mutter hatte ihm bewusst gemacht, wie spät es schon war. Fast einundzwanzig Uhr. Längst Zeit, endlich den Feierabend einzuläuten.

„Du kannst doch nicht deine gesamte Lebenszeit damit verbringen, zu arbeiten." Sophia Martinez' Stimme klang warm und besorgt. Sie meinte es gut, und vermutlich hatte sie recht. Trotzdem musste Andrew an sich halten, um sie nicht

anzufahren. Seine Nerven lagen blank. Die gesamte Nachmittagssprechstunde lang hatte er sich zusammenreißen müssen, um sich halbwegs auf die Patienten konzentrieren zu können. Immer wieder waren seine Gedanken zu Amber gewandert.

„Gina und ich machen gleich Feierabend." Er schob die Akten vor sich zu seinem ordentlichen kleinen Haufen aufeinander. Die Arbeit war kein Frosch, sie würde ihm bis morgen nicht davonhüpfen.

„Gina?" Die Neugierde seiner Mutter war geweckt.

Andrew seufzte. „Ich habe eine neue Pflegehündin. Ihre Besitzerin hatte einen schweren Unfall, und bis zu ihrer Genesung habe ich Gina bei mir aufgenommen. Sie ist ein tolles Mädchen, und vielleicht kann sie helfen, Amber aus dem Koma zu holen. Wir waren heute bei ihr im Krankenhaus."

„Oh." Sophia Martinez blieb einen Moment still.

Andrew bereute bereits, das Thema angeschnitten zu haben. Vermutlich folgte gleich eine Tirade, dass er sich damit noch mehr Unnötiges aufhalste.

„Da haben die beiden aber Glück, dass du mit von der Partie bist. Du machst das schon, da bin ich sicher. Hab einen schönen Abend." Mit einem Kussgeräusch beendete seine Mutter das Gespräch.

Verblüfft legte Andrew das Telefon zurück auf die Station.

Er sah seine kleine, resolute Mutter vor sich, wie sie sich den Pullover über dem knielangen Rock zurechtrückte, die Ärmel nach oben schob und mit zufriedenem Gesichtsausdruck in die Küche eilte, um die Reste des Abendessens wegzuräumen. Sie war zufrieden, da hatte er keine Zweifel. Andernfalls hätte sie ihm das deutlich zu verstehen gegeben. Er war gelinde gesagt überrascht. Normalerweise wurde sie in Bezug auf ihn von zwei Ängsten gequält. Ihre Hauptangst betraf sein Dasein als Witwer und die Sorge, dass er genau das bis an sein Lebensende bleiben würde. Angst Nummer zwei betraf sein Arbeitspensum, das sie stets als viel zu groß erachtete. Alle seine Versuche, sie davon zu überzeugen, er sei alt genug, das selbst entscheiden zu können, prallten an ihrer mütterlichen Fürsorge ab wie ein Fußball, der den Pfosten traf. Seit Lisas Tod hatte sie ganz selbstverständlich wieder die Rolle der Beschützerin übernommen. Anfangs war es ihm nicht aufgefallen, weil er ohnehin kaum etwas von seiner Umwelt wahrgenommen hatte. Und irgendwann war es so normal geworden, dass es sich schwierig gestaltete, es wieder zu ändern. Wenn er ehrlich war, hatte er es bislang auch nur halbherzig versucht.

Sophia Martinez war durch und durch Familienmensch, und da keiner ihrer drei Söhne ihr bislang Enkelkinder geschenkt hatte, sah sie es als ihr gutes Recht an, ihre mütterliche Seite an ihrem Mann und den erwachsenen Kindern auszuleben. Besonderes Augenmerk lag dabei natürlich auf dem Sohn, der keine Frau mehr an seiner Seite hatte. Vielleicht ließ Andrew sie auch deshalb gewähren, weil er das Gefühl hatte, dadurch ihre Trauer zu schmälern. Von allen Schwiegertöchtern hatte Lisa die engste Beziehung zu ihr gehabt, und ihr Tod hatte auch seine Eltern nachhaltig erschüttert.

Gelegentlich gestand er sich auch sein schlechtes Gewissen ein. Moms Wunsch, eines Tages eine neue Frau an seiner Seite ins Herz schließen zu können, würde sich nie erfüllen. Dafür musste er sich ihre Fürsorge wohl für immer gefallen lassen. Vermutlich ein fairer Preis. Und meistens tat seine Mutter es mit dem ihr eigenen Charme, so dass er ihr ohnehin nicht böse sein konnte. Warum sie nun aber so gnädig reagiert hatte, obwohl er eine weitere Verpflichtung eingegangen war, irritierte ihn.

Kopfschüttelnd ordnete er die letzten Papiere, erhob sich und schaltete die Schreibtischlampe aus. Gina beobachtete jede seiner Bewegungen genau. Als er die Hand nach seiner Jacke ausstreckte, war sie bereits an seiner Seite. Er löschte das Deckenlicht und trat auf den menschenleeren Flur seiner Praxis.

Gemeinsam gingen sie in die Nacht hinaus, die sich stark abgekühlt hatte. Andrew schlug fröstelnd den Kragen hoch und stopfte die Hände tief in die Taschen.

„Komm, Süße, die anderen warten schon. Wir müssen uns beeilen." Gina lauschte ihm aufmerksam, schlug dann aber das gewohnt gemächliche Tempo an.

Er seufzte, konnte sich aber ein Schmunzeln nicht verkneifen. Ergeben passte er sich ihren Schritten an.

***

Einige Stunden später lag Andrew endlich im Bett. Seine satten und zufriedenen Hunde inklusive Gina, die zum ersten Mal ebenfalls etwas gefressen hatte, waren auf dem Boden um ihn herum verteilt. Einzig Mikey ruhte wie immer direkt neben ihm auf dem freien Kopfkissen. Eigentlich hatte Andrew vor langer Zeit das Bett zur hundefreien Zone erklärt, was alle klaglos akzeptiert hatten. Bis zu jenem Tag, als Mikey eingezogen war. Egal, wie oft Andrew den kleinen Hund sanft zurück in sein Körbchen gesetzt hatte – sobald Andrew eingeschlafen war, hatte er sich zurückgeschlichen. Irgendwann hatte Andrew es aufgegeben. Einen Chihuahua bemerkte man einfach nicht im Bett, es war ihm kleinlich vorgekommen, auf stumpfen Prinzipien zu bestehen. Manchmal meinte er, den kleinen Kerl deswegen leise lachen zu hören. Aber das war vermutlich nur ein Zeichen seiner chronischen Übermüdung.

Jetzt hörte er kein Lachen. Stattdessen waren seine Gedanken viel zu laut. Er zog sich die Bettdecke über die Ohren und hoffte darauf, schnell einzuschlafen.

10.

Es war schon der zweite Becher Kaffee, den Andrew am nächsten Morgen in den Händen hielt. Die bleierne Müdigkeit, die seinen Körper nahezu lähmte, ließ das Koffein bislang unbeeindruckt.

In Boxershorts saß er am Küchentisch und versuchte, sich auf den Tag vorzubereiten. Mac saß neben ihm und stierte auf den Toast, der unangetastet auf dem Teller lag. Gina lag auf der anderen Seite, schien aber zu schlafen. Seitdem sie Amber wiedergesehen hatte, meinte Andrew, einen Wandel bei ihr zu erkennen. Zum wiederholten Male fragte er sich, ob ein Hund Zuversicht ausstrahlen konnte. Falls das so war, dann tat Gina es. Ihre Traurigkeit war nicht verschwunden, aber sie hatte Platz gemacht für etwas, das Raum für Hoffnung bot.

Andrews Wunsch, schnell einzuschlafen, hatte sich in der letzten Nacht nicht erfüllt. Viele Stunden hatte er sich herumgewälzt. Den Kopf voll mit unnützen Gedanken. Nur eine Frage war dabei gewesen, die sinnvoll war und die er heute unbedingt klären musste. Was war mit Ambers Familie? Auch wenn er von ihr selbst wusste, dass sie momentan keinen Kontakt hatten, war trotzdem klar, dass die Polizei sie informieren würde. John hatte darüber nichts gesagt, Andrew musste ihn heute unbedingt nach dem Stand der Dinge fragen. Wollten sie nicht nach ihr sehen? Es konnte ihnen doch nicht egal sein, dass Amber im Koma lag. Oder waren die Verhältnisse so stark zerrüttet? Ihm war natürlich klar, dass nicht jeder mit so netten Eltern wie den seinen gesegnet war. Vielleicht konnten trotzdem auch sie Einfluss auf Ambers Genesungsverlauf nehmen.

Dieser Frage würde er später persönlich nachgehen und seine Mittagspause wieder im St. Anne's verbringen. Ohnehin hatte er mit John noch nicht besprochen, in welchem Intervall ihre Therapie-Besuche stattfinden sollten.

Entschlossen trank Andrew den Rest Kaffee aus und stellte den Becher auf den Tisch. Mac brummte und warf ihm einen auffordernden Blick zu.

„Hast Recht, Alter. Ich esse es sowieso nicht." Er stand auf und warf dem Schäferhund die unangetastete Scheibe Toast zu. Mac fing sie geschickt auf und ließ sie beinahe im selben Moment in seinem Rachen verschwinden.

Andrew lächelte amüsiert und machte sich auf den Weg ins Bad, um zu duschen.

***

Die strenge Schwester hieß Madeleine, wie Andrew dem Schild an ihrer Bluse entnahm, und wirkte heute fast schon freundlich, als sie ihn und Gina kommen sah.

„Dr. Martinez, hallo! Na, Sie kennen ja den Weg." Sie verzog die Lippen zu etwas, das einem Lächeln nahe kam und wandte sich wieder der Patientenakte vor sich auf dem Tresen zu.

„Danke, Madeleine." Andrew hob die Hand zum Gruß und ging Richtung Treppenhaus. Gina neben ihm behielt ihr strammes Tempo bei, das sie bereits den gesamten Weg von der Praxis ins St. Anne's an den Tag gelegt hatte. Vorbei war es mit ihrer Gemächlichkeit. Sie wusste, wohin es ging, da gestattete sie sich keine Bummelei. Andrew war überrascht, wie schnell die Hündin doch laufen konnte, wenn es einen für sie wichtigen Grund gab.

Hechelnd erklomm sie nun tapfer Stufe für Stufe. Den Fahrstuhl hatte Andrew direkt links liegen gelassen, Gina würde auch heute nicht freiwillig einsteigen.

Im zweiten Stock angekommen, wollte sie direkt zu Ambers Zimmer stürmen, aber er bremste sie.

„Gleich, Süße! Wir wollen nur kurz einen Abstecher zu John machen."

Unwillig folgte sie ihm in die entgegengesetzte Richtung.

Wenn er sich nicht irrte, müsste Johns Zimmer das dritte auf der linken Seite sein. Andrews letzter Besuch in der Klinik lag lange zurück, gelegentliche Treffen mit John fanden inzwischen in Restaurants oder bei einem von ihnen zuhause statt. Die *Foundation* war in den letzten Jahren so gewachsen und hatte so viele bestens ausgebildete Mensch-Hund-Therapeutengespanne, dass Andrew als Präsident sich von der Arbeit an vorderster Front nach Lisas Tod zurückziehen konnte. Seine Aufgabe lag seitdem in der

Repräsentation nach außen und dem Akquirieren von Spendengeldern. Damit war er neben seinem Praxisalltag mehr als ausgelastet – so lautete die offizielle Begründung. Tatsächlich hatte er es seitdem nicht mehr über sich gebracht, ein Krankenhaus zu betreten.

Für Gina hatte er sich nun überwunden, obwohl Beklemmung und Schmerz auch heute seine treuen Begleiter waren.

Sein Magen fühlte sich wieder flau an, daran konnte auch das Käse-Sandwich, das er eben noch hastig in der Praxis verspeist hatte, nichts ändern.

Das Schild an der Tür bestätigte seine Vermutung hinsichtlich Johns Zimmer. Es war das dritte auf der linken Seite. Andrew klopfte an, gleich darauf ertönte Johns ruhige Stimme, die ihn hereinbat.

Andrew öffnete die Tür und Gina drängte sich sofort an ihm vorbei. Er ließ die Leine los und sie tappte entschlossen auf John zu, der sich von seinem Schreibtischstuhl erhob.

Lächelnd kam er ihnen entgegen. Gina sprang auf ihn zu, als würde sie ihn seit Jahren kennen und drückte ihren Kopf gegen sein Bein.

„Das Therapeutenteam!" John tätschelte Ginas Kopf und reichte dann Andrew die Hand. „Schön, dass ihr da seid. Gestern hat es ja leider nicht mehr geklappt, dass wir uns nach eurem Termin sprechen konnten. Ich musste zu einem Notfall. Wir ist es denn gelaufen?" Er deutete auf den Besucherstuhl und nahm selbst wieder Platz.

Andrew setzte sich und holte tief Luft, bevor er zu sprechen begann. „Gina ist wunderbar und als Therapiehund eine echte Naturbegabung. Aber das hatte ich mir auch so vorgestellt. Reaktionen von Amber gab es aber leider keine."

„Das hatte ich auch nicht sofort erwartet." Johns Stimme klang sanft. Seine braunen Augen hinter den Brillengläsern drückten wie immer Besonnenheit und Souveränität aus.

Andrew wünschte sich dieselbe Gelassenheit. Im Umgang mit seinen eigenen Patienten besaß er sie, aber hier in der Umgebung eines Krankenhauses war davon nicht viel übrig.

„Ich weiß." Er nickte. „Was ist eigentlich mit Ambers Familie? Habt ihr da inzwischen irgendwelche Infos?"

„Ja. Ihre Eltern sind laut Angaben der Nachbarn auf einer Rundreise durch Australien. Um der Freiheit willen haben sie kein Handy dabei."

„Oh." Andrew rieb sich die Stirn. „Kann ich grundsätzlich gut verstehen. In diesem Fall ist es aber ..." Er ließ den Satz unvollendet. Seine Gedanken überschlugen sich.

„Nun ja, soweit die Polizei über die Nachbarn erfahren haben, gab es in der letzten Zeit keinen Kontakt. In manchen Fällen kann es auch kontraproduktiv sein, wenn Familienangehörige den Patienten besuchen", sagte er bedächtig.

Andrew nickte zögernd. „Habt ihr inzwischen neue medizinische Erkenntnisse?"

„Leider nein." John strich sich über den Bart. „Viele Optionen haben wir nicht mehr. Wie es im Moment aussieht, könnte es ein rätselhafter Fall bleiben."

Sie schwiegen beide einen Moment.

„Aber wir bleiben zuversichtlich, dass Gina etwas erreichen wird", sagte John schließlich. Mit einem entschuldigenden Lächeln blickte er auf seine Armbanduhr.

Andrew verstand und erhob sich. „Die Arbeit ruft uns beide. Ach, wollen wir demnächst noch einen Therapieplan aufstellen?"

John winkte ab und stand ebenfalls auf. „Quatsch, kommt einfach, wie es passt. Ich weiß ja, dass dein Terminplan auch nicht gerade vor Langeweile strotzt."

An der Tür legte John die Hand auf Andrews Schulter. „Es wird alles gut!"

Bei jedem anderen hätte Andrew gereizt auf eine solche Plattitüde reagiert. Bei John vermittelten die Worte ihm einen kurzen Moment der inneren Ruhe.

„Ja, hoffentlich." Er zwang sich zu einem Lächeln. Gina stieß einen Laut aus, der wie eine Mischung aus Seufzen und Brummen klang.

Die Männer lachten.

„Madame wird ungeduldig! Und zu Recht." Andrew öffnete die Tür. Beim Gedanken daran, dass er sich gleich erneut an einem Krankenbett wiederfinden würde, beschleunigte sich sein Puls. Gleichzeitig spürte er eine seltsame Ungeduld, die vermutlich der von Gina in nichts nachstand.

***

„Amber? Wir sind es wieder. Gina und ihr Leibarzt." Andrew zog sich den Stuhl ans Bett und setzte sich. Amber lag noch genauso dort, wie er sie gestern verlassen hatte. Das Pflaster klebte über der rechten Augenbraue und in der Hand steckte die Kanüle, die in den Schlauch mündete, durch den Flüssigkeit gepumpt wurde. Der Monitor am Kopfende zeigte gleich bleibend ruhige Linien.

„Gina hatte es heute sehr eilig, hierher zu kommen." Die Hündin, die längst begonnen hatte, freudig an ihrem Frauchen zu schnüffeln, wandte den Kopf in seine Richtung. Das Leuchten in den Hundeaugen war nicht zu übersehen. Es war das erste Mal, dass Andrew bei einer Komapatientin mit deren eigenem Hund arbeitete. Ginas Professionalität war erstaunlich. Sie stand den ausgebildeten Kollegen in nichts nach. Schlimmstenfalls hätte sie auch so aufgeregt sein können, dass er die Therapie gleich im Ansatz hätte abbrechen müssen.

„Sie hat sich sehr gut bei uns eingelebt, aber ich bin sicher, sie vermisst dich schrecklich", fuhr er fort. „Mit meinen vier Hunden kommt sie glänzend zurecht. Ich glaube, Mac, mein alter Schäferhund, hat ein Auge auf sie geworfen. Bislang allerdings ohne Erfolg." Andrew lache leise. Wenn er über die Hunde plauderte, vergaß er für einen Moment, wo er sich befand.

Ein Klopfen an der Tür vertrieb die kurze Sorglosigkeit.

Eine junge Schwester, die er noch nie gesehen hatte, steckte den Kopf ins Zimmer.

„Hi, ich bin Sheila. Möchten Sie vielleicht einen Kaffee?"

Sie war ungefähr Mitte Dreißig, hatte unzählige Sommersprossen auf der Nase und ein freundliches Gesicht.

„Sehr gerne." Andrew lächelte. John musste hinter der Fürsorge stecken.

Einen Augenblick später hielt er den dampfenden Becher in der Hand. „Danke, Sheila.“ Er pustete in die heiße Flüssigkeit.

Sie strahlte. „Sehr gerne. Ich freue mich so, dass Amber therapeutische Hilfe von ihrem eigenen Hund bekommt.“

„Ja, mein erster Einsatz mit einem nicht ausgebildeten Hund. Aber Gina macht ihre Sache großartig.“

„Ich bin noch nicht lange am St. Anne's, und Amber ist die erste Komapatientin, die ich betreue. Bis jetzt habe ich nur von der tierischen Unterstützung in der Fachliteratur gelesen. Das jetzt mitzuerleben, ist großartig. Ich liebe Hunde!“ Ihr Blick wanderte liebevoll zu Gina, deren Ohren zwar gespitzt waren, ansonsten aber mit ihrer Aufmerksamkeit bei ihrem bewegungslosen Frauchen blieb.

Andrew nickte. Amber wurde also rundum bestens betreut. Mit John, ihrem behandelnden Mediziner, hätte sie es nicht besser treffen können, das Pflegepersonal war menschlich klasse und Gina gab ihr Bestes als Therapiehund.

„Nun muss sie nur noch aufwachen“, murmelte er und fixierte die konstante Linie auf dem Monitor. Nichts veränderte sich an Herzschlag oder Puls.

„Das wird sie.“ Sheila wandte sich zur Tür. „Ich muss leider weiter.“

„Danke für den Kaffee“, rief Andrew ihr leise hinterher.

Nachdenklich nippte er an der heißen Flüssigkeit. Vermutlich war er von allen Beteiligten derjenige mit dem geringsten Vertrauen.

Etwas hatte sich verändert. Amber war kein Fluss mehr. Sie schwamm noch darin, aber sie besaß wieder einen Körper und war abgegrenzt von dem weichen warmen Wasser. Sofort befiel sie Wehmut, denn irgendwo lauerte die Ahnung, dass ihr Kopf sich bald wieder mit allem füllen würde, was sie gerne für immer losgelassen hätte.

Plötzlich veränderten sich die sanften Wellen, durch die sie eben noch mühelos geglitten war. Das Wasser peitschte wild um sie herum, ein Sog erfasste sie, der sie anzog wie eine gigantische Saugglocke. Alles in Amber sträubte sich dagegen, eine Chance, sich zu wehren, besaß sie aber nicht. Der Sog wurde stärker, packte ihre Arme und Beine, die sich anfühlten wie Glieder einer Marionette. Dirigiert von einem namenlosen Puppenspieler, dem sie ausgeliefert war.

Angst ploppte in ihrem Kopf auf, schnürte das Herz zusammen.

Bevor die Panik größer werden konnte, verstärkte sich für einen winzigen Moment der Sog, bevor sie förmlich ausgespuckt wurde.

Sie blinzelte zutiefst verwirrt und erfasste ungläubig ihr Umfeld. Sie saß auf einer Fensterbank, deren Fenster zu einem Park hinausging. Dort unten schlichen einige Menschen umher, die fast ausnahmslos nicht besonders gut zu Fuß waren. Die meisten hatten offensichtlich Betreuer bei sich, die sich kümmerten. Ein Verdacht beschlich sie. Langsam drehte sie sich um. Ein Krankenzimmer, genau wie sie vermutet hatte.

Auf einem Stuhl saß ein Mann, der ihr den Rücken zudrehte. Dann machte ihr Herz einen Satz. Gina! Sie sprang von der Fensterbank und eilte an das Krankenbett, um ihre Hündin zu begrüßen. Gerade, als sie sie ansprechen wollte, glitt ihr Blick zu der Person, die im Bett lag. Amber erstarrte mitten in der Bewegung. Beim Anblick, der sich ihr bot, erfasste sie ein Schwindel, der sie taumeln ließ. Ihre Hand schoss zum Mund. „Das kann doch gar nicht ... das gibt es doch nicht!“, stieß sie hervor. Etwas Kaltes griff nach ihrem Herzen und drückte es zusammen. Den Blick hatte sie sofort wieder abgewendet von ... sich. Oder wer immer das sein mochte in diesem Krankenbett. Doppelgängerin, schoss Amber durch den Kopf. Sie hatte mal gehört, dass jeder Mensch mindestens einen besaß. Das erklärte allerdings immer noch nicht, was sie hier tat.

„Keine Sorge, Sweety. Es ist alles in Ordnung.“

Ihr Kopf ruckte in Richtung der angenehmen Stimme. Sie gehörte einem jungen Mann mit fast schulterlangen blondgesträhnten Haaren und einer schlanken, aber muskulösen Statur, der jetzt von der Tür auf sie zu schlenderte. Er trug eine an den Knien abgeschnittene ausgefranste Jeans und ein T-Shirt, das seine kräftigen gebräunten Arme preisgab.

Ambers Blick irrte hilflos zwischen ihm, der jungen Frau im Bett und dem Hund hin und her. Ihr Herz klopfte so schnell in der Brust, als würde es gleich mit einem Satz hinausspringen.

„Ich bin übrigens Pete“, sagte er munter, machte einen weiteren Schritt auf sie zu und streckte ihr die Hand entgegen.

Amber blickte darauf, unschlüssig, was sie tun sollte. Schließlich siegte ihre gute Erziehung und sie schlug zögernd ein. Sein Händedruck war sanft, aber fest. Die Haut fühlte sich weich und warm an. Und tröstlich. Amber duldete, dass er ihre Hand viel länger als nötig in seiner hielt.

„Und ich bin Amber", murmelte sie dann.

Er lachte. Dabei entblößte er eine Reihe gerade gewachsener weißer Zähne, die in dem gebräunten Gesicht fast blendeten. „Das weiß ich doch." Er strich sich den viel zu langen Pony aus der hohen Stirn, der im selben Moment wieder zurückfiel und erneut eins seiner karamellfarbenen Augen wie hinter einem Vorhang verbarg.

„Aha." Sie musterte ihn verwirrt. Er wirkte ausgesprochen sympathisch. Aber sie verstand nicht, was vor sich ging.

„Sweety, ich bin dein Schutzengel." Mit Schwung setzte er sich aufs Bett, blickte liebevoll auf die Person darin.

„Ich bin seit der ersten Minute an deiner Seite und passe auf dich auf."

„Aber ..." Gedanken rasten durch ihren Kopf, es dauerte eine Weile, bis sich einer herauskristallisierte. „Aber warum hast du dann nicht aufgepasst, als das da ..." Sie deutete zum Bett. „... passierte?"

Er drehte sich ihr wieder zu. „Alles können wir leider nicht verhindern." Seine Karamellaugen drückten Bedauern aus. „Manches hat seinen Sinn, auch wenn es uns erstmal vielleicht nicht gefällt."

„Muss ich wieder zurück?" Sie stand noch immer unschlüssig einen knappen Meter vom Bett und von Gina entfernt. Sie hätte ihre Hündin so gerne gestreichelt, ihr gesagt, dass alles gut war und sie sich keine Sorgen machen müsse. Aber irgendetwas hielt sie davon ab.

„Willst du denn nicht?" Pete sah sie durchdringend an.

„Ich weiß nicht", murmelte sie zögernd. „Ich möchte zu Gina, aber da, wo ich bis eben war, da war es so … friedlich."

Er lachte leise. „Nun, ich denke, die Entscheidung kannst du noch nicht treffen."

„Ich kann das selbst entscheiden?" Verblüfft starrte sie ihn an.

Er lachte wieder und strich der der jungen Frau im Bett sanft über die Wange. „Sagen wir so, du hast ein gewisses Mitbestimmungsrecht."

Ratlos wickelte Amber sich eine Haarsträhne um den Finger.

„Das machst du immer, wenn du nicht weiter weißt." Er kicherte. „Schon als ganz kleines Mädchen."

Sie ließ die Strähne los. „Kann ich Gina streicheln?"

„Aber klar." Pete nickte.

Zögernd trat sie näher. Betrachtete die unwirkliche Szenerie. Ihre Hündin, die stoisch am Bett neben dem leblosen Körper saß und Wache hielt. Den netten Tierarzt, den sie erkannte und der stumm dabei saß. Sie suchte in ihrem Gedächtnis nach seinem Namen. Andrew. Andrew Martinez fiel es ihr schließlich ein.

Langsam senkte sie ihre Hand auf den breiten Hundekopf. Unter ihren leicht zitternden Fingern spürte sie das samtige Fell, das sich so vertraut anfühlte und Sehnsucht in ihr wachrief. Gina war ihre beste Freundin seit … Tränen stiegen in ihr auf. Hastig wischte sie

sie mit der freien Hand weg. In dem Moment ging eine Veränderung in Gina vor sich. Sie hob den Kopf, lauschte.

„Meinst du, sie merkt, dass ich hier bin und nicht dort im Bett?", fragte Amber atemlos.

Gina jaulte leise.

„Hat sie nicht immer sehr genau erkannt, wie es dir gerade geht?" Pete hob eine Augenbraue und zog die Beine vor seinen Oberkörper, wo er sie mit beiden Armen umschlang. In dieser lässigen Position sah er Amber fragend an.

„Ja, sie hat sehr feine Antennen."

„Okay, da hast du deine Antwort."

Amber schüttelte den Kopf. Die Verwirrung blieb. Was geschah hier gerade?

„Sonst noch Fragen?" Petes Karamellaugen blitzten belustigt.

„Ich verstehe das alles nicht. Warum bin ich hier und gleichzeitig dort?" Sie wies vage zu der Person im Bett. Noch immer traute sie sich nicht, genauer hinzusehen.

„Sweety, du ahnst es bereits. Deine Seele ist vorübergehend aus dem Körper geschlüpft. Alle denken immer, sie *sind* ihr Körper, aber das ist natürlich Quatsch." Er wippte mit einem Fuß, der in ausgetretenen Stoffturnschuhen steckte.

„Puh." Amber griff fester zu und massierte Ginas kräftigen Nacken. Amber hatte das Gefühl, dass die Hündin sich enger in ihre Hand schmiegte. „Aber das ist alles so …"

„Surreal?", half Pete ihr.

Sie nickte heftig. In ihr tobten widerstreitende Gefühle. Der dringende Wunsch, in ihren Körper zurückzukehren und mit Gina nach Hause zu gehen, kollidierte mit der Sehnsucht, wieder in den Fluss einzutauchen, der Fluss zu *sein*. Sie konnte nicht einordnen, welche Sehnsucht stärker war: Die nach dem unendlichen Frieden oder die nach ihrer treuen dicken Hundefreundin, die in den letzten Monaten ihr Ein und Alles geworden war. Still und sanft hatte Gina sie auf jedem Weg begleitet. Binnen weniger Tage war sie zu ihrem Fels geworden. Der erste, den sie in dieser Form seit langer Zeit gehabt hatte. Sie konnte sie unmöglich im Stich lassen. Dennoch war der Zustand, als sie jedes normale Bewusstsein verloren hatte, so verführerisch wie sonst nichts.

„Sweety, mach dir keine Sorgen. Es wird sich schon alles finden." Pete lächelte aufmunternd.

„Du hast gut reden!" Mit einem Mal packte Amber in ihrer Hilflosigkeit Wut. „Für dich ist das vermutlich normal, nicht sichtbar zu sein und in dieser nicht vorhandenen Welt rumzuhängen. Aber ich kenne es nicht, einfach nichts zu tun zu haben."

„Autsch." Pete wirkte kein bisschen getroffen. „Aber urteile mal nicht zu schnell, Sweatheart. Mein Job ist schon anstrengend, auch wenn du das jetzt vielleicht noch nicht erkennen kannst." Er schenkte ihr ein strahlendes Lächeln und streckte die langen schlanken Beine auf dem Bett aus.

Ambers Wut erlosch so schnell, wie sie aufgeflammt war.

„Und warum ist er hier? Dr. Martinez, wenn ich mich richtig erinnere."

„Andrew. Ja, er ist gerade so was wie Ginas Schutzengel.

„Aber warum ... wie?" Sie brach hilflos ab.

„Erinnerst du dich noch an den Unfall?"

Amber nickte zögernd. „Erinnern ist vielleicht ein bisschen viel gesagt, aber ich weiß noch, dass uns jemand die Vorfahrt genommen hat und es einen ohrenbetäubenden Knall gab. Mehr weiß ich nicht."

„Gina blieb unverletzt. Sie ist dann sofort ihrem Job als Beschützerin nachgekommen und wollte niemanden zu dir lassen. Auch die Rettungskräfte nicht. Verständlicherweise kam ihr Verhalten nicht besonders gut an. Einem freundlichen Polizisten ist es zu verdanken, dass sie den Doc dazugeholt haben. Er hat es geschafft, Gina mitzunehmen. Andernfalls hätte es schlecht für sie ausgesehen." Pete verzog das Gesicht.

„Oh." Amber war geschockt. Die Vorstellung, dass Gina etwas hätte passieren können, machte sie für einen Moment stumm. Pete wartete gelassen, bis sie sich wieder gefangen hatte.

„Und nun?"

„Der Doc hat Gina kurzerhand mit zu sich genommen, da darf sie erstmal bleiben, bis du aufwachst."

„Also werde ich wieder aufwachen?", bohrte sie sofort nach.

Pete zuckte die Achseln. „Vielleicht."

„Und was machen wir jetzt?"

„Abwarten. Abwarten und Tee trinken. Möchtest du einen?"

11.

„Danke, Gloria." Andrew schenkte seiner Haushälterin und Hundesitterin ein müdes Lächeln. Er meinte nicht nur die indische Gemüsesuppe, die auf dem Herd köchelte und ihn daran erinnerte, dass er am heutigen Tag noch kaum etwas gegessen hatte, obwohl es bereits wieder auf einundzwanzig Uhr zuging.

Sie winkte wie immer ab. „Du weißt, ich mache das alles gerne. Und mich um die Schätze hier zu kümmern, ist keine Arbeit, sondern reine Freude. Eigentlich müsste ich dir dafür Geld geben." Sie lachte, und es klang gewohnt heiser. In jungen Jahren hatte sie mit ihrer Stimme Geld verdient.

Mit beträchtlichem Erfolg war sie mit ihrem Mann Steve durch die Clubs getingelt. Countrymusik war ihrer beider große Liebe. Den angebotenen Plattenvertrag hatten sie mit ganzer Überzeugung abgelehnt. Sie wollten ihre Freiheit nicht gegen Geld und Verträge eintauschen. Ihr Leben war himmlisch gewesen, wie Gloria knapp zusammenfasste. Es änderte sich schlagartig, als Steve mit Mitte Fünfzig überraschend an einer Gehirnblutung verstarb. Danach hängte Gloria ihre Gitarre an die Wand und kehrte der Musik den Rücken.

Seitdem kümmerte sie sich um ihre Enkel und um Andrew, seinen Haushalt und die Hunde.

„Wie geht es denn der jungen Frau im Krankenhaus?" Ihre blaugrünen Augen leuchteten trotz ihres Alters ausdrucksstark. Jetzt zeichneten sich Interesse und Besorgnis darin ab.

Andrew hob die Schultern und setzte den Deckel wieder auf den Topf, aus dem es nach Kokosmilch und Koriander duftete.

„Unverändert. Sie reagiert nicht. Medizinisch ist sie stabil. John, ihr Arzt, sagt, es braucht Geduld."

Gloria nickte, raufte sich dann mit beiden Händen die langen grauen Locken, bis sie wild vom Kopf abstanden.

„Heute ist etwas Merkwürdiges passiert. Bei unserem Besuch im Krankenhaus hat Gina zwischendurch gejault." Er lehnte sich an die Küchenanrichte und starrte vor sich hin.

„Die Arme, das ist für sie bestimmt nicht leicht."

„Das stimmt. Aber ich hatte das Gefühl, dass sie etwas wahrnahm, was mir verschlossen blieb." Er seufzte.

„Oh." Gloria runzelte die Stirn. „Vielleicht ist das ein gutes Zeichen?"

„Ich habe keine Ahnung." Andrew hatte keine Kraft, bei Gloria Zuversicht auszustrahlen. Es war auch nicht nötig, sie kannten sich zu gut, teilten ein ähnliches Schicksal, und oft verstanden sie sich ohne Worte.

Er wollte gerade einen Teller aus dem Schrank nehmen, als das Handy in seiner Hosentasche klingelte.

„Willst du nicht erstmal essen?" Jetzt galt Glorias Besorgnis wieder ihm.

„Nein, Mom“, sagte er und klang amüsiert. Sie wussten beide, dass Gloria gelegentlich seiner Mutter in nichts nachstand. Allerdings war es bei Gloria lustiger.

Er sah auf das Display. „John! Da muss ich ran.“

Zwei Minuten später hatte sich das Abendessen vorerst erledigt.

***

„Mann, das war knapp!“ Petes Hand zitterte, als er sich die Haare aus dem Gesicht strich. Mit flackerndem Blick sah er Amber strafend an.

Sie wich ihm aus und wanderte zum Fenster. Dort blieb sie mit verschränkten Armen stehen und starrte in die Dunkelheit.

Wenn sie ehrlich war, steckte ihr der Schreck auch noch in den Gliedern. Eben erst hatten die Ärzte das Krankenzimmer verlassen. Nachdem sie sie reanimieren und stabilisieren mussten. Sie selbst war schuld daran, aber das hatte sie vorher nicht gewusst. Ihr waren die Sicherungen durchgebrannt. Was musste Pete auch von David anfangen. Sie wollte das alles hinter sich lassen. Für einen Moment war sie ganz sicher gewesen, nicht wieder in ihr Leben zurückkehren zu wollen. Sie hatte schlicht genug von allem. Und schon war ihr Herz stehen geblieben.

Nachdem die Aufregung, die deswegen eingesetzt hatte, vorbei war, herrschte nun Stille in dem schwach beleuchteten Raum, die nur von den gleichmäßigen Geräuschen der Geräte, an die Ambers Körper angeschlossen war, unterbrochen wurde.

Pete hatte sich auf einen Stuhl in der Ecke zurückgezogen und schmollte. Ambers Blick tastete vorsichtig über den Körper auf dem Bett, anschließend streifte er Pete, der nervös an seiner Unterlippe kaute.

„Es tut mir leid“, murmelte sie zerknirscht. „Ich konnte doch nicht ahnen, dass ich gleich sterbe, nur weil ich so was sage.“

„Du hast es nicht nur gesagt, du hast es *entschieden*! Meine Liebe, das ist ein himmelweiter Unterschied.“ Petes Stimme klang noch immer angespannt.

„Aber du hast gesagt, ich habe ein *gewisses* Mitbestimmungsrecht. Ich konnte nicht wissen, dass es so weit geht.“

„Ja, ja, schon gut. Es ist ja noch mal glimpflich ausgegangen.“ Pete hörte sich wieder milder an. „Mal ehrlich, du kannst doch nicht wegen dieses Armleuchters dein Leben wegwerfen!“ Er holte tief Luft.

Amber drehte sich langsam zu ihm um. Für einen Moment sah sie ihn nachdenklich an. „Es waren fünf lange Jahre, die ich mit David verbracht habe. Ich habe nicht nur ihn verloren, sondern mein ganzes Leben. Und manchmal weiß ich immer noch nicht, ob ich so weitermachen kann.“ Ihre Stimme wurde immer leiser und ihre Unterlippe zitterte. Die Erinnerung an ihren letzten Urlaub mit David in Florida überfiel sie unvermutet. Sein braungebrannter Körper, der im Strand neben ihr lag und durch die Creme im Sonnenlicht glänzte. Warm und vertraut hatte er sich ans sie geschmiegt, ihr ins Ohr geflüstert, wie sehr er sie liebe und wie wundervoll das Leben mit ihr sei. Den winzigen Stich, der ihr Herz bei diesen Worten traf, hatte sie wie immer ignoriert und versucht, den Augenblick zu genießen. Im Laufe der Zeit hatte sie es perfektioniert, Dinge auszublenden, die das Schöne blitzschnell in etwas Hässliches verwandeln konnten.

„Aber du hast schon so viel alleine geschafft! Dir einen Job gesucht, eine neue Wohnung eingerichtet und auf eigenen Beinen gestanden. Das ist doch großartig", sagte Pete begeistert, beugte sich nach vorne und gab seine schmollende Haltung auf.

„Großartig! Pah!" Sie spuckte die Worte aus wie kleine Giftblasen. „Ich habe einen Job, den ich nicht will, eine winzige Wohnung und keine Freunde." Sie sank auf einen Stuhl neben Pete und verschränkte die Arme vor der Brust.

„Aber ich habe dir doch Gina geschickt!" Jetzt klang er vorwurfsvoll.

„Das warst du?", fragte sie überrascht und richtete sich auf.

„Ja, klar. Hast du es nicht komisch gefunden, dass du dich gar nicht dagegen wehren konntest, so einen riesigen Hund mit nach Hause zu nehmen?"

„Oh doch. Aber da wusste ich ja noch nicht mal, dass es dich gibt." Sie ließ sich auf dem Stuhl Pete gegenüber nieder, schlug die Beine übereinander und zwirbelte in ihren Haaren.

„Gina ist wirklich toll, ohne sie hätte ich vermutlich längst aufgegeben", sagte sie leise. „Aber ich habe trotzdem das Gefühl, nicht das Leben zu leben, das ich eigentlich sollte."

„Ich weiß, meine Süße, aber das können wir jederzeit ändern."

Sie sah ihn skeptisch an. Als sie gerade zu einer Erwiderung ansetzen wollte, klopfte es leise an der Tür, bevor diese langsam geöffnet wurde.

Ambers Herz machte einen Satz, als sie Gina und ihren Begleiter erkannte.

12.

Andrew blieb für einen Moment zögernd an der Tür stehen. Ihm war kalt, und er wusste, dass es nicht an der Temperatur des Zimmers lag. Nichts hatte sich optisch verändert seit seinem Besuch am Mittag. Amber lag ebenso reglos in ihrem Bett wie vor einigen Stunden. Die Linien auf dem Monitor am Kopfende waren gleichmäßig und ließen nicht mehr erkennen, dass das Gerät gerade erst Alarm verkündet hatte. John hatte gesagt, dass die Gefahr vorerst gebannt und Ambers Zustand wieder so stabil sei wie zuvor.

Trotzdem krampfte sich Andrews Herz zusammen, als er langsam näher an das Bett trat. Jetzt konnte er erkennen, dass Ambers Haut noch blasser und durchscheinender wirkte. Er holte tief Luft und legte eine Hand auf ihre. Die Adern unter der Haut schimmerten bläulich.

„Was machst du nur für Sachen?", murmelte er und blickte besorgt auf die reglose Gestalt. Dann fiel ihm auf, dass Gina nicht wie gewohnt direkt neben ihm war. Er sah sich suchend um. Erstaunt entdeckte er sie vor einem der Stühle in der Ecke am Fenster.

„Willst du nicht herkommen zu deiner Amber?"

Gina sah ihn an, rührte sich aber nicht.

Andrew runzelte die Stirn. Mit einem Seufzen zog er sich einen Stuhl heran und setzte sich. Wieder legte er seine Hand auf Ambers, die sich kühl anfühlte.

In ihm tobten die unterschiedlichsten Gefühle. Der Schrecken, den Johns Anruf ausgelöst hatte, lag ihm noch im Magen. Seine Sorge war nur bedingt kleiner durch die Tatsache, dass die Gefahr gebannt schien. Vorerst. Er hatte Johns Besorgnis gespürt, obwohl sein Freund sich wie gewohnt Mühe gab, zuversichtlich und ruhig zu erklären, was passiert war. Nur *warum* es passiert war, konnten auch die eilig durchgeführten Untersuchungen nicht klären. Die Mediziner standen erneut vor einem Rätsel.

Der Wunsch, dass Amber ihre meergrünen Augen endlich wieder aufschlug, packte Andrew mit einer unvermittelten Intensität.

„Wach auf", flüsterte er drängend. Im selben Moment wissend, wie dumm das war. Er legte eine Hand vor den Mund und seufzte verhalten.

„Bitte Amber, Gina braucht dich. Und dein ganzes Leben wartet doch noch auf dich." Er biss sich auf die Lippen. Besonders professionell benahm er sich gerade nicht. Glücklicherweise war nur Gina Zeugin. Er seufzte erneut. Wenn Angehörige Komapatienten zum Aufwachen zwingen wollten, war es menschlich. Als Therapeut sollte er es besser wissen. Es war selten gut Druck auszuüben.

„Gina, du bist hier der bessere Therapeut. Kannst du mich bitte mal unterstützen?"

Die Hündin dachte gar nicht daran, seinen Worten zu folgen und blieb ungerührt sitzen.

Andrew strich sich ratlos über die Bartstoppeln an seinem Kinn. Was war nur mit Gina los, warum zeigte sie plötzlich keinerlei Interesse mehr, ihrem Frauchen nahe zu sein?

***

Ginas Fell fühlte sich samtweich unter ihren Fingern an. Amber genoss es, ihre Hündin wieder berühren zu können.

„Siehste", sagte Pete selbstzufrieden. „Hab ich ja gesagt, dass Gina sensibel genug ist, dich wahrzunehmen und auch auf deine Worte reagiert."

Amber strahlte. „Das ist schon verrückt, dass es mich jetzt irgendwie zweimal gibt." Sie machte eine unbestimmte Geste in Richtung des Bettes, in dem ihr schlafender Körper lag.

Dann sah sie an sich herunter. Sie trug Jeans, Boots und einen korallenroten Pullover, eins ihrer Lieblingsstücke, das sie kurz nach ihrer Ankunft in Manhattan vor drei Monaten in einer kleinen Boutique zum Schnäppchenpreis ergattert hatte. Allerdings war das nicht die Kleidung, die sie beim Unfall getragen hatte.

Pete fing ihren fragenden Blick auf und sagte: „Habe ich die richtige Wahl getroffen?"

„Du weißt sogar, was meine Lieblingssachen sind?" Überraschung flammte in ihren grünen Augen auf.

Er grinste. „Klar. Eine meiner leichtesten Übungen. Vor allem weiß ich, in welcher Stimmung du diesen Pullover gekauft hast. Das hat mir besonders gut gefallen."

Sie gab einen unwilligen Laut von sich. Kurz stach ein Schmerz in ihrer Brust. Auch sie erinnerte sich an diesen Tag. Der Besuch in der Boutique war etwas Schönes, das sie sich erstmals in ihrem neuen Leben gegönnt hatte, nachdem sie ihren Arbeitsvertrag in *Gregg's Diner* unterschrieben hatte. Für einen Moment fühlte sie wieder die Euphorie, die sie schon eine Woche zuvor beflügelt hatte, nachdem sie das unverschämte Glück gehabt hatte, eine winzige, unrenovierte Wohnung in Brooklyn zu ergattern. Als absolute Krönung kam dann noch die Arbeitsstelle hinzu. In dieser Zeit war sie fest davon überzeugt gewesen, ihrem Leben endlich eine glückliche Wendung gegeben zu haben. Ihr früheres Leben in Pennsylvania war in weite Ferne gerückt und die Erinnerungen daran glaubte sie sicher in ihrem Innern verschlossen zu haben. Wie naiv sie doch gewesen war.

Sie schüttelte den Kopf. Es hatte nicht lange gedauert, bis sie wieder auf dem Boden der Tatsachen angekommen war. Ihren „Glückspullover", wie sie ihn nannte, trug sie nur noch selten, obwohl er ihr immer noch besser als alles andere gefiel, das sie besaß. Das kräftige Korallenrot schien ihr ein Synonym zu sein für ein Leben, das mit ganzer Kraft gelebt werden wollte. Diese Kraft war auch in ihr vorhanden gewesen. Sie hatte sie ganz deutlich und vielleicht zum ersten Mal in ihrem Leben gespürt. Allerdings war die Euphorie mit jedem Tag kleiner geworden. Bis schließlich kaum noch etwas davon übrig war.

„Der Farbe steht dir wunderbar", sagte Pete sanft und sah sie liebevoll an. „Und das, was du mit ihr verbindest, ist immer noch da."

Sie schüttelte unwillig den Kopf. „Eben nicht. Als mein Schutzengel solltest du das eigentlich wissen." Sie strich sich eine Haarsträhne aus dem Gesicht. „Ich hause in einer winzigen Wohnung, in der regelmäßig die Heizung ausfällt. Mein Chef ist ein schmieriger Typ, der mich bei jeder Möglichkeit ‚aus Versehen' berührt und mich zudem miserabel bezahlt. Und ..." Sie brach ab und holte tief Luft, bevor sie weitersprach. „Und mein altes Leben verfolgt mich auf Schritt und Tritt. Es war ein Irrtum zu glauben, es durch meinen Umzug einfach hinter mir gelassen zu haben."

„Warum hast du nie versucht, Kontakt zu Dana aufzunehmen?"

Amber erstarrte. „Ich wollte sie da nicht mit reinziehen. Außerdem ..." Sie ließ den Satz in der Luft hängen und knetete ihre Hände.

„Außerdem?" Pete sah sie aufmerksam an.

„Vielleicht hatte ich Angst, dass sie zu David hält ..." Die Erwähnung ihrer besten Freundin seit Kindertagen trieb ihr Tränen in die Augen, die sie hastig fortblinzelte. Dana vermisste sie aus ihrem alten Leben am meisten.

„Warum sollte sie das tun? Sie ist doch deine Freundin, nicht seine."

„Weil David ... weil er alle auf seine Seite gezogen hat. Ihm glauben sie, mir nicht." Die letzten Worte waren kaum mehr als ein Flüstern.

„Das hätte sich aber leicht rausfinden lassen. So, wie ich Dana einschätze, bin ich sicher, dass sie zu dir gehalten hätte. Ich glaube, sie ist sowieso nie ganz auf den Blender reingefallen. Anders als deine Mom." Pete räusperte sich übertrieben.

Amber starrte auf ihre Finger, die sich ineinander verknotet hatten.

„Aber letzten Endes hatte David recht. Ich schaffe es ohne ihn einfach nicht. Sieh mich doch an. Ich bin eine Versagerin, die nichts auf die Reihe kriegt." Mutlos wischte sie sich über die Augen, die sich anfühlten, als sei Sand hinein gestreut worden.

„Jetzt hör mir mal gut zu, mein Kind."

Amber musste lachen, obwohl ihr gar nicht danach war. Die Bezeichnung *mein Kind* klang aus seinen Mund wie der Auftakt zu einem Witz. Wenn Pete eines nicht war, dann mütter- oder väterlich. Er wirkte stets so, als würde er sich jeden Moment sein Surfbrett schnappen und Richtung Meer davon stürmen.

„Also, du bist wunderschön, hast jede Menge Talente und das Einzige, was du vor allem hinkriegen musst, ist, diesen Typen aus dem Kopf zu kriegen, der dir von Anfang an nicht gut getan hat!" Pete hatte sich in Rage geredet. Eine Ader an seiner Schläfe schwoll bedrohlich an und er gestikulierte wild mit den Händen. „Du kannst dir locker alle deine Träume erfüllen, wenn du nur ein kleines bisschen mehr an dich glauben würdest." Schwer atmend lehnte er sich auf seinem Stuhl zurück und blickte Amber mit einer Mischung aus Vorwurf und Wohlwollen an.

Sie verschränkte die Hände im Nacken und wich seinem Blick aus. Schließlich sah sie ihn doch wieder an. „Ja, vielleicht hast du recht, ich bin zumindest schön genug, um Kerle wie meinen Chef zu sexueller Belästigung zu animieren. Das ist doch was." Sie lachte bitter.

Pete sog die Luft scharf durch die Zähne. „Manchmal möchte ich dich schütteln! Wenn dein Leben irgendwann weiter geht, dann suchst du dir einen anderen Job und am besten kümmerst du dich gleich darum, was dein eigentliches Ziel ist."

„Mein Literaturcafé zu eröffnen? Du bist ja wahnsinnig! Meine Ersparnisse sind inzwischen auf einen kärglichen Rest zusammengeschmolzen. Keine Bank würde mir Kredit geben ..."

„Mit einem vernünftigen Konzept vielleicht schon! Du hast es ja noch nicht einmal versucht." Pete beugte sich nach vorne und musterte Amber sorgfältig.

„Ein Literaturcafé in Manhattan, das ist so ..." Sie machte eine ausladende Geste mit den Armen.

„Groß?"

„Genau. Groß. Zu groß." Sie verschränkte die Arme vor der Brust.

„Und wenn nicht?", fragte Pete leise.

„Aber ich kann nicht gut mit gewissen Leuten reden. Bei Bankern fällt mir kein einziges vernünftiges Wort ein. Diese Dinge hat immer David gemacht. Ohne ihn bekomme ich es nicht hin."

Pete verdrehte die Augen. „Ja, da hat er ganze Arbeit geleistet. Erst reißt er alles an sich, dann erklärt er dir, dass nur er das kann. Und da er es oft genug wiederholt hat, hast du es irgendwann geglaubt. Das nennt man Manipulation. Dinge einfach ständig zu wiederholen, funktioniert oft bestens, wie man sieht."

Sie nickte zögernd. „Aber er hatte ja auch Recht. Mit ihm zusammen hätte ich es mir vorstellen können. Ich führe das Café und er kümmert sich um den Rest. Aber alles ganz alleine ... das traue ich mir nicht zu."

„Wie lange hat er dich damit hingehalten, dass es eines Tages so weit sein würde? Drei Jahre? Oder waren es sogar vier?“

Pete strich sich mit beiden Händen den langen blonden Pony aus der Stirn und zog die Augenbrauen hoch.

„Vier“, gab sie schließlich zu. Sie erinnerte sich an die unzähligen Male, in denen er sie vertröstet hatte. Noch sei kein guter Zeitpunkt, sie müsse noch weiter sparen. Er warte noch auf eine erneute Gehaltserhöhung von der Anwaltskanzlei, in der er als Juniorpartner tätig war. Zwischendurch immer wieder sein Einwand, vielleicht sei es doch besser, sie behielte einfach ihren Job im Restaurant. Warum müsse sie sich unbedingt selbstständig machen? Mit der Literatur könne sie sich schließlich genauso gut in ihrer Freizeit beschäftigen.

„Aber es war immer dein Traum, die Menschen, die Bücher ebenso lieben wie du, zusammenzuführen. Sie kulinarisch zu verwöhnen und sie dabei mit Lesungen zu begeistern. Mit anschließenden leidenschaftlichen Diskussionen über Literatur. Man sollte seine Träume ernst nehmen, Darling.“ Petes Karamellaugen fixierten sie eindringlich.

Amber malte mit ihrem Fuß Kreise in die Luft und hielt den Blick gesenkt.

Die Sache mit David blieb kompliziert. Sie hatte schmerzlich erkennen müssen, dass es mit der Trennung alleine nicht getan war. Die Jahre mit ihm hatten sich tief in ihre Seele gebrannt. Der ständige Wechsel von liebevoller Aufmerksamkeit und gehässigen kleinen Spitzen, die meist kaum als solche zu erkennen gewesen waren und die stets witzig oder charmant präsentiert wurden, hatte viel drastischere Spuren hinterlassen, als sie gedacht hatte. Ohne die Sache mit Linda hätte Amber ohnehin nie den Mut aufgebracht, ihn zu verlassen. Schon lange vorher war ihr Verdacht entstanden, dass David ihr nicht treu war, aber sie war immer wieder eingeknickt, wenn er ihr eintrichterte, dass ihre Verdächtigungen nur ihrer krankhaften Eifersucht geschuldet seien.

Bis sie zufällig eine entsprechende SMS gelesen hatte. Endlich wusste sie, dass ihr Gefühl sie nie getrogen hatte. Im Affekt war sie über sich hinausgewachsen, hatte das Nötigste zusammengepackt, die Tür hinter sich zugeknallt und war nach New York geflüchtet. Ihren Eltern hatte sie eine kurze Nachricht zukommen lassen, allerdings ohne zu verraten, wohin sie gegangen war. Sie musste neu anfangen. Wenn David sie fände, würde er das zu verhindern wissen. Sie war sein Eigentum, und er konnte sehr ungemütlich werden, wenn ihm jemand etwas wegnehmen wollte, das er für sich beanspruchte. Das neue Leben hatte sie dann, nur neues Glück wollte sich nicht einstellen. Im Gegenteil. Bis auf Gina hatte es wenig Lichtblicke gegeben seit ihrem Weggang aus Pennsylvania.

Amber seufzte tief. „Ich glaube, ich kann nie wieder einem Mann vertrauen."

„Aber es gibt auch sehr nette Männer. Glaub mir Sweetie, es sind nicht alle wie David." Er beugte sich vor und legte Amber eine Hand auf den Arm. Dann drehte er den Kopf und blickte zum Bett.

Amber folgte seinem Blick. Dr. Andrew Martinez beschwor gerade ihren schlafenden Körper, wieder aufzuwachen. Amber biss sich auf die Lippen. Sie wusste ja, dass der Tierarzt nur Gina zuliebe hier seine Zeit verbrachte. Trotzdem rührte sein drängender Appell etwas in ihr. Es war lange her, dass sich jemand so besorgt um sie gezeigt hatte.

Sie schluckte. In dem Moment blickte Gina sie an. In ihren seelenvollen Augen war so viel bedingungslose Liebe, dass Amber die Tränen nur mit Mühe zurückhalten konnte.

13.

Mit einem schlechten Gewissen stieg Andrew, Gina neben sich, die Treppe in den dritten Stock hinauf. Er hatte das Gefühl, Lisa noch nie so vernachlässigt zu haben. Es ging inzwischen auf Mitternacht zu. Nach dem ungeplanten, erneuten Besuch bei Amber hatte er gestern Abend ein schnell aufgewärmtes Abendessen in Form der indischen Gemüsesuppe zu sich genommen, die er gedankenverloren in sich hineingelöffelt hatte, und eine kurze Runde mit den Hunden gespielt. Danach war er zu müde gewesen, um sein abendliches Ritual in Lisas Atelier abzuhalten. Todmüde war er ins Bett gefallen, wo er dann aber doch lange nicht einschlafen konnte.

Heute Mittag war er wieder im Krankenhaus gewesen, und es kam ihm vor, als seien die Besuche bei Amber bereits fester Bestandteil seines Lebens geworden. Ein Teil in ihm fand das nicht in Ordnung. Die einzige wichtige Frau in seinem Leben war und blieb Lisa. Das hatte er versprochen, und daran würde sich nichts ändern, egal wie viele Jahre vergingen und egal, was passierte.

Vor der Tür zu Lisas Atelier angekommen, zögerte er. Die Besuche im Krankenhaus hatten die schlimme Zeit des Abschieds schonungslos wieder an die Oberfläche geholt. Er war immer davon ausgegangen, dass er die alptraumhaften letzten Tage in Lisas Leben längst verarbeitet hatte. Die Konfrontation, die er nun täglich im Krankenhaus erlebte, belehrte ihn eines Besseren. Erst jetzt wurde ihm langsam bewusst, dass er die Zeit eher verdrängt als verarbeitet hatte.

Gina wartete geduldig neben ihm ab. Als er schließlich die Hand auf die Türklinke legte, traf er eine Entscheidung.

Hier war der Ort, wo er seine Trauerarbeit erledigen musste, nicht im Krankenhaus. Sein Herz schlug unregelmäßig, als er das Atelier betrat und den alten Ledersessel ansteuerte.

***

„Wie bist du eigentlich gestorben?" Amber sah Pete interessiert an.

Er lehnte lässig am Fensterrahmen. Mit einem wehmütigen Lächeln auf den Lippen drehte er sich zu Amber, die auf der anderen Seite des Fensters stand. „Während der besten Welle meines Lebens. Am *North Shore* auf *O'ahu,* Hawaii, während ich die *Banzai Pipeline* ritt. Es war die gigantischste Welle, die du dir vorstellen kannst!" Seine Augen leuchteten vor Begeisterung.

„Aber du bist gestorben!" Verständnislos starrte Amber ihn an. Es schien ihm kein bisschen leid zu tun, dass er sein Leben verloren hatte.

„Ja, und?" Er zuckte die Achseln. „Sterben gehört halt zum Leben."

„Aber …“ Sie brach ab, ihr Blick irrte zum Bett, wo ihr schlafender Körper lag. Ihr fiel ein, dass sie selbst nicht sicher war, ob sie ins Leben zurückkehren wollte.

„Na, Sweetie, erinnerst du dich gerade, dass du dein Leben eventuell auch aufgeben wolltest?“

„Das ist doch was ganz anderes.“ Sie presste die Lippen aufeinander.

„Warum, wenn ich fragen darf?“ Belustigung blitzte in seinen Augen auf.

„Na weil … weil du so glücklich warst. Das wirft man doch nicht einfach weg.“

Er lachte laut auf. „Aha. Das ist ja mal eine Logik! Wir fassen also zusammen: Ich habe meinen Traum gelebt, und durfte deshalb nicht sterben, vor allem nicht währenddessen. Du hast es nicht einmal versucht, und glaubst deshalb, das Recht zu haben, dein Leben wegzuwerfen.“

Sie gab einen unwilligen Laut von sich. „So, wie du es sagst, klingt es natürlich absurd.“

Er lachte wieder. „Sweetie, es klingt nicht nur absurd. Es *ist* absurd!

Sie zupfte nicht vorhandene Fussel von ihrem korallenroten Pullover. „Aber du strahlst so eine Lebensfreude aus! Dein Körper ist ein Traum.“ Ihr Blick schweifte kurz über die Muskeln an seinen nackten, braungebrannten Armen und den flachen Bauch, der von dem Stoff seines T-Shirts zwar bedeckt war, aber dennoch ahnen ließ, dass sich darunter kein Gramm Fett verbarg. „Die Mädels haben bestimmt Schlange gestanden bei dir. Also alles Gründe, das Leben nicht derart früh und unnötig zu beenden.“

Sein Gesicht wurde ernst. „Honey, erstens kann ich das Kompliment nur zurückgeben. Zweitens weißt du deshalb sehr genau, dass es auf äußere Schönheit eben nicht ankommt. Und drittens hatte ich meine Lebensfreude ja gerade, weil ich richtig gelebt habe. Mit allen Gefahren und Risiken. Und ja, dabei bin ich gestorben. Trotzdem würde ich nichts davon anders machen, wenn ich die Zeit zurückdrehen könnte. Im Übrigen hatte auch ich meine Probleme, so ist es ja nicht. Meine Eltern waren heillos enttäuscht, weil ich eine Profi-Surfer-Karriere über ein Studium stellte, und meine große Liebe Annie hat sich irgendwann entschlossen, ihr Leben doch lieber mit meinem besten Freund Jake zu verbringen. Ein Banker-Ehemann hat ihr letztlich doch besser gefallen.“

„Oh.“ Ambers Augen wurden groß. „Hast du das zu Lebzeiten auch so locker gesehen?“

Pete ließ sich auf einen Stuhl fallen und verzog die Lippen zu einem schiefen Lächeln. „Im Grunde schon. Also die Sache mit Annie war wirklich doof. Sie hätte schon die Frau fürs Leben sein können. Aber hey, was willste machen? Zwingen kann man ja niemanden. Eine Woche habe ich im Vollrausch verbracht, aber dann wurde mir klar, dass sich meine körperliche Fitness schneller verabschiedete, als ich gucken konnte. Da traf ich die Entscheidung, es bleiben zu lassen, im Alkohol die Rettung zu suchen. Ich hatte doch nicht jahrelang trainiert, um den Erfolg binnen Tagen zunichte zu machen. Das war selbst Annie nicht wert. Ihre Liebe zu mir war eben nicht groß genug gewesen. Kann man sich kaum vorstellen, oder?“ Er lachte, vertrieb damit die Traurigkeit, die kurz seine Karamellaugen verdunkelt hatte.

Amber hatte ihm gebannt gelauscht. „So viel Selbstvertrauen hätte ich auch gerne …"

„Alles möglich, Darling."

Sie sah ihn zweifelnd an. „Ich weiß nicht. Vielleicht ist es Menschen wie mir einfach nicht gegeben." Sie zwirbelte unschlüssig in ihren Haaren.

„Na, erstmal muss David endgültig aus deinem Leben verschwinden. Also auch innerlich. Äußerlich hast du ihn ja glücklicherweise eliminiert." Pete ließ seine Schultern kreisen und streckte dann die Hände nach oben, als wolle er Äpfel pflücken. „Eins nach dem anderen."

„Aber ich werde nie wieder einem Mann vertrauen können." Amber hörte selbst, wie trotzig sie klang. Und wie selbstmitleidig. Sie war mal anders gewesen. Aber das war lange her.

„Wir werden sehen", sagte Pete ungerührt. „Hast du eigentlich zufällig auch so große Lust auf Pizza?"

14.

Andrews Augen brannten. Ob es an dem langen Tag lag oder an der Enttäuschung, dass er Lisa heute Abend nicht spürte, wusste er nicht. Er zermarterte sich den Kopf, ob er die Nähe zu ihr verlor, weil er zu viel Energie in die Genesung von Amber Scott steckte. Lisa war nie übermäßig eifersüchtig gewesen. Was vermutlich daran lag, dass es nie den geringsten Grund dafür gegeben hatte. Er war allen anderen Frauen gegenüber schlicht blind gewesen. Und jetzt? Ist es immer noch so, entschied er. Sein Interesse für Amber lag ausschließlich darin begründet, Gina ihr Frauchen gesund zurückzugeben. Ambers unbestreitbare Attraktivität oder ihre schüchterne, sympathische Ausstrahlung hatten damit nichts zu tun. Gar nichts. Andrew erschrak. Warum musste er sich das selbst ständig versichern? Entschlossen richtete er seine Aufmerksamkeit auf die Einrichtung und Kunstgegenstände des Ateliers. Auf den besonderen Duft, den der Ledersessel verströmte.

„Lisa, wo bist du?" Geflüsterte Worte, die im schwach beleuchteten Raum ins Nichts verschwanden. Gina, die neben dem Sessel lag und geschlafen hatte, hob den Kopf und suchte seinen Blick.

„Ach, Süße!" Andrew legte seine Hand auf ihren Kopf. Sie schnaufte zufrieden. Inzwischen wirkte die Hündin nicht mehr verunsichert. Sie fraß gut, interagierte mit den anderen Hunden, als gehörte sie schon ewig zum Rudel. Selbst Mikey hatte weite Teile seiner Scheu vor ihr verloren. Es schien, als ob Gina nunmehr diejenige war, die geduldig und zuversichtlich auf Ambers Aufwachen wartete.

„Bald wird alles wieder gut sein! Du gehst mit deiner Amber nach Hause. Und ich nehme mein altes Leben wieder auf." Andrew fuhr sich in einer fahrigen Geste durch die Haare. Sein altes Leben ... mit Lisa ganz nah bei ihm. In all den Jahren hatte er sich so daran gewöhnt, sie nicht vollends verloren zu haben, dass es ihm anders unvorstellbar erschien. Das durfte sich nicht ändern! Er holte tief Luft und schloss die Augen. Mit etwas Glück würde Lisa gleich bei ihm sein.

***

Vorhimmel

Lisa

Seit einer gefühlten Ewigkeit wanderte Lisa schon durch ihr Haus. Das wunderschöne graue Holzhaus, das sie von Ryan geschenkt bekommen hatte. Ryan war vor einem Jahr im Vorhimmel gestrandet, genau wie Lisa vor sechs Jahren. Er war ihr schnell ein guter Freund geworden, nicht nur, weil sie ein ähnliches

Schicksal teilten. Auch er hatte seine große Liebe auf der Erde zurücklassen müssen. Aber das war nicht der einzige Grund, warum sie bald eine innige Freundschaft miteinander verband. Lisa hatte die Zeit mit Ryan sehr genossen. Bis zu jenem Tag, als er den Vorhimmel wieder verlassen hatte und weiter gezogen war. Zum Abschied schenkte ihr sein selbst gebautes Haus. Lisa hatte sich über sein Geschenk gefreut, auch wenn sie eine gewisse Wehmut über seinen Weggang nicht leugnen konnte. Die langen Gespräche mit ihrem guten Freund würden ihr fehlen, das wusste sie gleich. Sie hielt sich zwar häufig auf der Erde in der Nähe von Andrew auf, aber das konnte sie nicht unbegrenzt tun. Er musste und sollte schließlich sein Leben weiterleben. So verbrachte sie notgedrungen auch viel Zeit im Vorhimmel, dieser Zwischenstation von Erde und echten Himmel. Bislang war es Lisa unmöglich erschienen, Andrew ganz zu verlassen. Sie wusste, dass es für sie keine Rückkehr in ihr altes Leben geben konnte. Ihre Zeit war abgelaufen gewesen, als sie starb. Dass sie zu diesem Zeitpunkt erst neunundzwanzig gewesen war, spielte keine Rolle. Aber Andrew ganz loszulassen, fühlte sich noch immer falsch an.

Während Lisa weiter durch die Räume – *Ryans Räume* – wanderte, dachte sie an die letzten Minuten ihres Lebens. Sie lag im Koma, seit Tagen schon, aber plötzlich hatte sie wieder etwas wahrgenommen. Vor allem den unendlichen Schmerz von Andrew, der grau vor Schlafmangel an ihrem Bett saß und sie stumm anflehte, nicht zu gehen. Seine tiefe Erschütterung nahm sie mit auf die Reise, die unausweichlich war. Vorher gab sie ihm das Versprechen, in anderer Form bei ihm zu bleiben. Ihre Liebe konnte und durfte nicht sterben. Niemals. Als sie ihren letzten Atemzug tat, wurde sie in Empfang genommen von Jeremy. Ihrem Schutzengel, wie sie bald erfuhr. Ein zerstreuter, aber herzensguter Lockenkopf, der in seinem vorigen Leben Wissenschaftler gewesen war. Jeremy brachte sie in den Vorhimmel. Ihre Weigerung, Andrew ganz loszulassen, ließ nur diese Folge zu. Der Engel hatte ihr geduldig erklärt, dass ihr der Weg in den endgültigen Himmel jederzeit offenstand. Bis heute hatte sie dankend abgelehnt. Sie konnte Andrew nicht alleine lassen, ihr Versprechen nicht brechen.

Mittlerweile war Lisa zum wiederholten Mal in der Küche angekommen. Gedankenverloren strich sie über die Arbeitsplatte aus Granit. Seufzend ließ sie sich dann am weißen Holztisch nieder, der Platz für mindestens zehn Personen bot. Sie faltete ihre Hände und starrte durch das Fenster in den Vorgarten, in dem Blumen in allen Farben prachtvoll leuchteten. Der Ort war wunderschön, und Lisa war froh, hier zu sein. Trotzdem machte sich in letzter Zeit immer mehr das Gefühl in ihr breit, dass sie ihn irgendwann vielleicht doch verlassen musste. Die Gewissheit, hier bis zu jenem Tag zu warten, an dem Andrew ihr folgen würde, hatte Risse bekommen. Sie war nicht mehr sicher, ob es für ihn wirklich gut war, wenn sie weiterhin sein Leben in dieser Form teilte. Vielleicht war es ein Trugschluss, dass er nur so sein Leben führen konnte. Vielleicht war es genau andersrum. Sie holte tief Luft, ihre Gedanken drehten sich im Kreis.

Ein Klopfen an der Tür ließ sie hochfahren.

„Es ist offen!" Sie drehte den Kopf Richtung Flur.

„Hi.“ Jeremy trat mit einem schüchternen Lächeln ein. „Störe ich?“

Lisa schüttelte den Kopf. „Ich sitze hier nur und denke.“

„Genau dabei kann man aber stören“, sagte er ernst und blieb abwartend im Türrahmen stehen.

„Ach, Quatsch, komm rein!“ Sie zwang sich zu einem Lächeln und stand auf. „Setz dich. Möchtest du einen Kaffee oder Tee?“

„Kaffee, gerne. Aber nur, wenn es dir wirklich recht ist.“

Sie überging seinen Einwand, wies einladend auf den Tisch und ging zum Vollautomaten. Während sie Wasser einfüllte, spürte sie den Blick von Jeremy auf sich ruhen.

„Worüber denkst du nach?“, fragte er sanft.

Sie seufzte. „Andrew. Ich bin nicht mehr sicher, ob es richtig ist, ihn weiter zu besuchen.“ Nachdenklich bediente sie weiter den Vollautomaten.

Jeremy nickte, blieb aber erstmal stumm. Erst als Lisa ihm mit ratlosem Blick gegenüber saß und beide einen dampfenden Becher vor sich hatten, hakte er vorsichtig nach. „Wie kommst du darauf?“

„Ach“, sie strich sich eine schwarze Strähne hinters Ohr, an dem eine glänzende Kreole baumelte. „Es gibt da dieses Mädchen, um das er sich kümmert. Amber. Eine Patientenbesitzerin von ihm, die einen schweren Unfall hatte und nun im Koma liegt. Er redet sich selber ein, dass er es nur für ihren Hund tut, den er vorübergehend bei sich aufgenommen hat. Aber ich kenne ihn besser. Er mag sie.“ Die letzten Worte waren so leise, dass Jeremy sich vorbeugte, um sie besser zu verstehen.

„Glaubst du, es könnte etwas Ernstes zwischen den beiden werden?"

Sie zuckte die Schultern. „Ich weiß es nicht. Aber ich habe das Gefühl, dass er das nur herausfinden kann, nachdem ich endgültig gegangen bin." Nach einem Schluck Kaffee, der ungewohnt bitter schmeckte, holte sie tief Luft. „Allein der Gedanke bringt mich um." Dann wurde ihr die Absurdität bewusst. Sie musste lachen, aber es klang fast wie ein Schluchzen.

Jeremy stimmte nicht mit ein. Seine bernsteinfarbenen Augen fixierten sie besorgt, aber wie immer platzte er nicht mit irgendwelchen schnellen Ratschlägen heraus. Lisa war ihm dankbar dafür.

„Es fühlt sich manchmal immer noch so an, als wäre ich erst gestern hier angekommen. Andrew, unser Leben, das ist alles noch so präsent." Abrupt stand sie auf, wanderte durch die Küche, berührte Gegenstände, die allesamt von Ryan stammten – die große Pfeffermühle, das teure Olivenöl aus Italien, die dickbauchige blaue Teekanne aus Keramik – wobei ihr auffiel, dass es nicht ein Teil gab, das sie selbst zur Einrichtung beigesteuert hatte. Obwohl Ryan nur ein Jahr im Vorhimmel verbracht hatte, hatte er sich wesentlich mehr Mühe gegeben, heimisch zu werden als Lisa in den vergangenen sechs. Auch wenn die Uhren hier anders tickten, sprach es dennoch Bände.

„Meine Seele lebt immer noch mehr auf der Erde als hier." Sie drehte sich langsam zu Jeremy. „Ich denke, das werde ich ändern müssen." In ihren Augen glänzten Tränen, als sie sich wieder setzte.

Jeremy langte über den Tisch und berührte ihren Arm. „Ich werde dir helfen."

„Habe ich dir erzählt, warum ich mich damals in ihn verliebt habe?"

Er schüttelte den Kopf. „Ich war zwar wie immer dabei, aber ich würde es sehr gerne aus deinem Mund hören." Sein Blick umfasste liebevoll ihr angespanntes Gesicht.

„Okay, wenn du es wirklich hören willst und viel Zeit hast, dann fange ich mal an."

15.

Blicklos starrte Andrew in seinen Kaffee, in dem er schon minutenlang rührte. Der Regen trommelte gegen das Küchenfenster, und die Wetterfee im Radio verkündete gerade einen nassen, trüben Tag. Andrew sah auf die Uhr über der Tür und seufzte. Es war erst kurz nach sechs, und er saß hier bereits seit fast einer Stunde. Viel zu früh. Um pünktlich in die Praxis zu kommen, stand er normalerweise erst um sieben auf.

Die Müdigkeit, die ihm in den Knochen steckte, schmerzte beinahe körperlich, aber irgendwann hatte er eingesehen, dass er in dieser Nacht keinen weiteren Schlaf finden würde und war aufgestanden.

Lisa war gestern nicht mehr zu ihm gekommen. Ihr Fernbleiben war zweifellos der Grund für seine Schlaflosigkeit. Wieder und wieder fragte er sich, ob das seine Schuld war. Die Besuche bei Amber, die vielen Gedanken, die er sich zugegebenermaßen um sie machte. War das der Grund? War Lisa ihm böse? Er schüttelte den Kopf, trank einen Schluck lauwarmen Kaffee. Es passte nicht zu ihr, ihn mit Nichtachtung zu strafen, nur weil er irgendetwas falsch gemacht hatte. Oder glaubte sie, dass er sie nicht mehr brauchte? Er holte tief Luft. Heute würde er Amber nicht besuchen. Dann würde er sehen, ob Lisa sich heute Abend zeigte. Mit John hatte er schließlich vereinbart, die Therapiebesuche locker in den Tagesplan einzubauen, wenn es ging. Heute ging es eben nicht. Sein Banker Phil hatte in der letzten Woche bereits dreimal versucht, mit ihm einen Termin auszumachen. Andrew hatte ihn immer wieder vertröstet. Heute in der Mittagspause würde er Phils Drängen nachgeben.

Er lehnte sich auf seinem Stuhl zurück. Gute Strategie. Er biss die Zähne zusammen, als er an Ginas enttäuschten Blick dachte, der unweigerlich eintreten würde, wenn sie merkte, dass es heute nicht ins Krankenhaus zu Amber ging. Den feinen Stich, den er seit seiner Entscheidung im Herzen spürte, schob er erleichtert auf die Enttäuschung der armen Gina. Er stand auf, streckte sich und ging Richtung Bad. Eine ordentliche Dusche würde die bleierne Müdigkeit in ihre Schranken weisen.

***

„Wo bleiben sie denn nur?" Amber strich nervös über die Bettwäsche. Sie saß neben ihrem leblosen Körper auf der Bettkante und starrte auf die Uhr über der Tür. Inzwischen hatte sie fast alle Scheu vor der körperlichen Version von sich selbst verloren. Sie schaffte es sogar, ihr eigenes blasses Gesicht genau in Augenschein zu nehmen. Weder die Schatten unter ihren Augen noch das Pflaster über der Augenbraue irritierten sie noch. Auf der Nasenspitze leuchtete ein Pickel. Klein, aber auffällig. Nur gut, dass David sie so nicht sehen konnte.

„Vielleicht kommen sie heute ausnahmsweise nicht", sagte Pete leichthin. Er stand mit dem Rücken zu Amber am Fenster und beobachtete das Treiben im Park. Die Mittagssonne hatte sich, dem Wetterbericht Lügen strafend, durch die Wolkendecke gekämpft und einige Patienten ins Freie gelockt.

„Aber ich dachte, sie kommen jeden Tag. Gina vermisst mich bestimmt." Sie umschlang ihren Oberkörper mit den Armen und seufzte.

„Bestimmt", bestätigte Pete und drehte sich um. „Aber vielleicht hat der Doc heute anderes zu tun."

„Hm." Sie gab sich alle Mühe, unbeteiligt auszusehen.

„Du freust dich auf beide", stellte er fest. Ein leichtes Lächeln umspielte seine Lippen.

„Quatsch!" Sie setzte sich aufrechter hin. „Andrew kann machen, was er will. Aber an Ginas tägliche Besuche habe ich mich natürlich gewöhnt. Schließlich waren wir sonst auch immer zusammen."

„Aha." Er zog eine Augenbraue nach oben und sah sie belustigt an.

Für einen Moment schwiegen beide.

„Du magst ihn", sagte er schließlich.

Sie machte eine abwehrende Handbewegung. „Ja, klar. Wie man eben den Tierarzt seines Hundes mag. Er ist sehr kompetent und zuverlässig. Ich bin froh, dass ich ihn für Gina gefunden habe."

„Und er ist äußerst attraktiv."

„Darauf achte ich nicht." Die Antwort kam zu schnell.

Pete lachte laut. „Natürlich nicht. Er sieht aus wie der junge Keanu Reeves, findest du nicht?"

Sie zuckte die Schultern, wollte etwas Unverbindliches sagen. Bis ihr einfiel, dass Pete ihr Schutzengel war und sie vermutlich besser kannte, als sie sich selbst. „Ja, okay, er sieht verdammt gut aus. Und er scheint ein netter Typ zu sein. Etwas melancholisch, aber sympathisch." Sie verzog das Gesicht. „Aber das habe ich bei David auch lange Zeit gedacht."

„Melancholisch war David aber nun wirklich nicht", verbesserte Pete. „Dafür fehlt ihm jede Tiefe."

„Nein, aber verdammt gut aussehend, sympathisch und nett." David war *nett*, aber das war nur eine Facette seiner Persönlichkeit. Im Laufe der Zeit hatte Amber sie meist nur noch bei ihm erkennen können, wenn er in Kontakt mit anderen Menschen gewesen war. Vor allem dann, wenn es zu seinem Vorteil gewesen war.

„Er war ein Blender, und du hättest gehen sollen, als du es gemerkt hast." Pete setzte sich neben Amber aufs Bett und baumelte mit den Beinen.

„Ich konnte nicht." Sie senkte den Blick auf ihre Hände, die leicht zitterten.

„Warum nicht?" Er sah sie eindringlich an.

„Er hat es immer wieder erfolgreich geschafft, mir einzureden, dass ich ohne ihn im Leben nicht klar komme."

„Aber du hast vorher immerhin über zwanzig Jahre ohne ihn gelebt. Und das sogar ziemlich gut. Ich würde sogar sagen, wesentlich besser als mit ihm." Pete blickte auf die schlafende Version von Amber.

Amber folgte seinem Blick. „Irgendwie hat er es geschafft, dass ich mich nur noch durch seine Augen gesehen habe. Unvollkommen, fehlerhaft und schwach." Die nüchterne Zusammenfassung ihres Gesamtzustands erschreckte sie selbst. Aber es war die Wahrheit.

„Neuerdings wieder gekrönt mit Pickeln, die ich nach meiner Jugend erfolgreich überstanden glaubte." Sie grinste schief und pustete sich eine Haarsträhne aus der Stirn.

„Du meinst das winzige Ding auf der Nasenspitze?" Er runzelte die Stirn. „Das ist kein Pickel, das ist allenfalls ein niedliches Pickelchen. Und selbst wenn es ein Monster-Pickel wäre, der eine eigene Mütze bräuchte, würde er niemanden stören, der dich wirklich liebt."

„Eine eigene Mütze?", fragte sie verblüfft.

„Ach, alter Familien-Gag. Als meine Schwester Vivian in der kritischen Pubertäts-Akne-Zeit war, hab ich sie immer geärgert. Und wenn ich morgens feststellte, dass ihr über Nacht wieder ein neues Prachtexemplar gewachsen war, hab ich unschuldig gefragt, ob das Teil eine eigene Mütze bräuchte. Ich würde sie ihm gerne stricken." Er prustete los.

Amber sah ihn mit großen Augen an. Dann konnte sie ebenfalls nicht an sich halten. Vor lauter Lachen stiegen ihr die Tränen in die Augen. Die Vorstellung, dass auf Pickeln kleine Mützen gestülpt wurden, war grotesk und verdammt komisch.

Als sie schließlich wieder Luft bekam, fragte sie: „Und was ist aus deiner Schwester geworden? Bei dem bösen Bruder..."

„Ein Pariser Topmodel", antwortete Pete mit unverkennbarem Stolz in der Stimme. „Jedenfalls bis zu meinem Tod. Danach konnte sie lange Zeit nicht arbeiten, und anschließend war es zu spät, wieder an ihre Karriere anzuknüpfen." Er seufzte. „Aber sie hat ihr Leben wieder in den Griff bekommen. Inzwischen ist sie verheiratet und hat drei Kinder. Schade ist nur, dass sie ohne einen verrückten Surfer-Onkel aufwachsen müssen.“

Amber lief ein Schauer über den Rücken. Wessen Leben würde es beeinflussen, wenn sie nicht in ihren Körper zurückkehren würde? Das ihrer Mutter? Danas? Amber wusste es nicht. Sicher war nur, dass Gina leiden würde. Abrupt stand Amber auf und ging zum Fenster. Der Gedanke deprimierte sie. Fürs Erste wollte sie sich damit nicht länger beschäftigen.

16.

Andrew nickte dankend, als Phils Sekretärin eine Tasse Kaffee vor ihn auf den Glastisch stellte.

„Mr. Johnson telefoniert noch. Bitte haben Sie einen kleinen Moment Geduld, er wird gleich bei Ihnen sein." Mit einem letzten irritierten Blick auf Gina stöckelte die schlanke Brünette aus dem Besucherraum der Bank.

Die wenigsten Kunden der alten Privatbank brachten vermutlich Hunde dieser Größe mit ins Gebäude. Der Anblick von Handtaschenhunden ihrer reichen Besitzerinnen war der Sekretärin sicherlich geläufiger als ein übergewichtiger schwarzer Riesenhund, der hechelte und einen dekorativen Speichelfäden an der Lefze hängen hatte.

Mit viel Überredungskunst war es Andrew überhaupt erst gelungen, Gina in den Fahrstuhl zu bugsieren. Die Bank residierte im 24. Stock, da schied das Treppensteigen schon im Vorfeld aus. Einen Moment hatte Andrew gehofft, es würde sich als unmöglich erweisen, die Hündin zu überzeugen, aber dann war sie kooperativ gewesen, und er fand keinen Grund mehr, den Termin doch noch ausfallen zu lassen. Er zückte ein Taschentuch und entfernte den Sabber an ihrer Schnauze. Ein bisschen musste auch Gina sich der Umgebung anpassen. Normalerweise sabberte sie nie, es schien ihm fast, als würde sie damit ihren Protest bekunden.

Andrew lehnte sich wieder zurück und ließ den Blick durch den zwar nur spärlich, aber unübersehbar teuer möblierten Raum schweifen, ohne die Einzelheiten wirklich wahrzunehmen. Schwarze Ledersessel gruppierten sich um einen Designer-Glastisch in asymmetrischer Form. Der Schreibtisch vor der riesigen Fensterfront war ebenfalls aus Glas. Aber weder die teure Möblierung noch der Ausblick auf die sensationelle Skyline von Manhattan konnten Andrew in seinen Bann ziehen. Seitdem er sich entschlossen hatte, die Mittagspause lieber mit seinem Banker als im Krankenhaus bei Amber zu verbringen, hatte sich eine eigenartige Nervosität in ihm breit gemacht. Wieder und wieder hatte er sich selbst eingeredet, dass seine Entscheidung richtig sei. Das Gespräch war wichtig – jedenfalls wenn er Phil glaubte. Außerdem war es gut, wenn er nicht täglich bei Amber war, das redete er sich zumindest ein. Er musste dringend wieder professioneller werden.

Es war nicht üblich, Therapiebesuche in so kurzen Intervallen abzuhalten. Normalerweise wurden Termine ein- bis zweimal wöchentlich vereinbart statt täglich. Diesen Rhythmus würde er vermutlich nicht hinbekommen, alleine schon wegen Gina. Aber den einen oder anderen Tag auszusetzen, war zumindest ein Anfang.

Andrew trank einen Schluck Kaffee und verzog das Gesicht. Konnte sich eine Privatbank dieser Dimension nicht wenigstens vernünftigen Kaffee leisten? Aber vielleicht tat er den Bankern Unrecht, und es lag einzig an seinem Geschmackssinn, der heute wahrscheinlich nicht in Bestform war.

Seufzend stellte er die Tasse ab, als die Tür geöffnet wurde.

Phil, knapp über dreißig, im grauen Anzug, blütenweißem Hemd und einem rosa Einstecktuch, trat in den Raum. Mit einem professionellen Lächeln im Gesicht eilte er mit ausgestreckter Hand auf Andrew zu. „Es tut mir wahnsinnig leid, dass du warten musstest!"

Andrew erhob sich, erwiderte den flüchtigen Händedruck. „Kein Problem." Er zwang sich zu einem Lächeln.

Phil nahm ihm gegenüber Platz und schaltete den Laptop an.

Andrew setzte sich ebenfalls wieder. Gina hatte sich nicht gerührt. Sie findet diesen Termin vollkommen überflüssig, dachte Andrew. Ihm war klar, dass er die arme Hündin schon wieder vermenschlichte. Das gelangweilte Seufzen, das kurz darauf erklang, ließ ihn prompt zweifeln. Vielleicht war der erste Gedanke zwar schräg, aber dennoch richtig. Eins war allerdings mit Sicherheit unbestritten: Gina wäre lieber im Krankenhaus bei Amber.

„Andrew, mein Lieber, wie geht es dir?" Phil entblößte kurz seine weißen Zähne, was Andrew an ein Fletschen erinnerte.

„Alles bestens, danke." Phil wäre der Letzte, dem er irgendetwas Privates erzählen würde.

„Fein, fein. Dann wollen wir mal." Phils Finger flogen über die Tastatur. Sekunden später wurde der Inhalt des Bildschirms auf eine große Leinwand an der Wand übertragen.

Eine Zahlengrafik erschien.

„Also, worüber wir dringend sprechen müssen, sind die Aktienfonds von Lisa.“

Andrews Herz krampfte sich zusammen. Das Erbe von Lisa hatte er bislang unangetastet gelassen. Es war ihm immer absurd vorgekommen, etwas auszugeben, das er durch ihren Tod bekommen hatte. Zu ihren Lebzeiten hatte Geld nie eine Rolle gespielt, es gab kein Mein und Dein bei ihnen. Seltsamerweise war das für Andrew anders geworden, nachdem sie gestorben war.

„Du hast ja einfach alles so gelassen, wie es war. Aber inzwischen hat sich einiges getan.“ Phil räusperte sich. „Wie du hier siehst“, er deutete auf eine Zahlenreihe, die Andrew wie Schriftzeichen einer fremden Sprache vorkamen, „müssen wir dringend reagieren.“

Andrew fuhr sich über die Augen. Zahlen waren noch nie seine Welt gewesen, aber jetzt hatte er das Gefühl, nicht eins und eins zusammenzählen zu können. Sein Kopf schien mit Watte gefüllt. Fragen blitzten auf. Warum musste Lisa sterben? Warum haben die Therapien nicht angeschlagen? Warum? Warum? Warum? Andrew holte tief Luft. So intensiv hatten ihn diese Fragen lange nicht gequält, und gerade jetzt konnte er sie überhaupt nicht gebrauchen. Etwas Feuchtes stieß gegen seine Hand. Sein Blick traf sich mit dem von Gina. Trost spiegelte sich in den dunklen Hundeaugen, aber auch etwas, das Ungeduld sein konnte. Während Andrew noch mit der Vergangenheit haderte und gleichzeitig Gina beruhigend streichelte, redete Phil unverdrossen weiter über Zahlen, Aktienkurse und Möglichkeiten. Andrew hörte seine Worte, ohne die Bedeutung zu verstehen. Als Phil irgendwann eine kurze

Pause machte – selbst er musste gelegentlich atmen, nutzte Andrew die Gelegenheit sofort. „Okay, ich überlege es mir. Aber erstmal lassen wir alles beim Alten."

Phil schnappte nach Luft. „Aber …"

Andrew stand auf. Falscher Ort, falsche Zeit. „Ich habe einen Termin vergessen. Es tut mir leid, aber ich muss los. Ich rufe dich nächste Woche an."

Unter Phils verstörtem Blick verließ er eilig den Raum. Gina folgte ihm ungewohnt behände.

***

„Sie kommen heute wohl nicht mehr." Pete streckte sich der Länge nach auf dem Bett aus und verschränkte die Arme im Nacken.

„Pass auf meinen Körper auf! Vielleicht brauche ich ihn noch." Amber zog sich einen Stuhl heran und setzte sich.

„Das hoffe ich doch!" Pete grinste. „Wollen wir nicht mal einen Ausflug machen? Immer nur hier im Krankenzimmer zu sein, ist auf Dauer auch langweilig."

„Das geht?" Sie hob überrascht die Brauen. „Muss ich nicht … bei mir … beziehungsweise meinem Körper bleiben?"

„Bei dir zu bleiben, ist immer eine gute Idee!" Pete lachte. „Trotzdem oder genau deshalb kannst du machen, was du möchtest. Dein Körper schläft sich auch ohne dich aus, das ist kein Problem. Alles, was dir als Seele guttut, wird auch deinem Körper zugute kommen."

„Und an was denkst du?" Sie sah ihn skeptisch an.

„Ich könnte dir das Surfen beibringen."

„Das Surfen? Mir?" Sie hob abwehrend die Hand. „Ich glaube, das ist keine gute Idee!"

„Angst?" Die Karamellaugen blitzten amüsiert.

„Quatsch! Es ist nur …" Sie brach ab, dachte kurz nach. „Hm, zugegeben, vielleicht doch. Schließlich bist sogar du daran gestorben. Und du warst Profi!"

„Warst?" Er sah sie gespielt tadelnd an. „Wir verlieren doch nicht, was wir sind, nur weil wir sterben. Amber, Amber, du musst noch viel lernen."

„Und wo?"

„Ich dachte an Hawaii." Er setzte sich aufrecht hin, Vorfreude leuchtete wie ein Feuer in seinem Blick.

„Aber sagtest du nicht, wir können tun, was *mir* guttut?"

Er lachte leise. „Glaub mir, Sweetie, ich habe nur dein Wohl im Blick. Mein Gefühl sagt mir, dass du meine Leidenschaft teilen wirst. Und nirgendwo bekommt man den Kopf besser frei als auf dem Brett."

Amber war noch nicht überzeugt. Unschlüssig betrachtete sie ihren schlafenden Körper. Es war für sie immer noch seltsam, sich außerhalb von ihm aufzuhalten. Irgendwie hatte sie das Gefühl, auf ihn aufpassen zu müssen. Ihr Blick glitt zur Uhr über der Tür. Die normale Besuchszeit von Andrew und Gina näherte sich ihrem Ende. Amber seufzte. Heute würde niemand mehr kommen. Sie waren bis jetzt immer pünktlich erschienen. Den schmerzhaften Stich in ihrer Brust schob sie darauf, dass sie enttäuscht war, Gina nicht sehen zu können.

Also, was hatte sie zu verlieren? Pete war ihr inzwischen ans Herz gewachsen. Wenn es ihm so eine

Freude bedeutete, durch die Wellen auf Hawaii zu surfen, dann sollte sie es ihm ermöglichen.

„Also gut", gab sie sich geschlagen und stand auf. „Wie genau kommen wir dorthin?"

Pete strahlte übers ganze Gesicht, als er die Beine aus dem Bett schwang. „Das geht ganz einfach ..."

Ein Geräusch an der Tür unterbrach ihn.

Amber sah ihn überrascht an. Ihr Herz klopfte, als sich erst ein dicker Hundekörper ins Zimmer schob, und gleich darauf ein atemloser Tierarzt den Raum betrat.

***

Vorhimmel

Lisa

Lisa und Jeremy waren aufs Sofa umgezogen. Vor ihnen stand eine dickbauchige Teekanne aus Keramik, aus der es nach Jasmintee duftete. Lisa schenkte in die bereit stehenden Tassen ein, die mit einem filigranen silbernen Anker bemalt waren.

„Oh, sind die neu?" Jeremy hob seine Tasse vorsichtig hoch und begutachtete das Symbol.

„Nein." Sie schüttelte den Kopf. „Die Becher sind noch von Ryan, aber ich habe sie ein wenig künstlerisch aufgearbeitet."

„Das erste Mal, dass du hier etwas erschaffen hast."

„Ja, die Idee kam mir gestern Abend, da habe ich sie gleich umgesetzt." Sie pustete in den Tee und trank einen kleinen Schluck. „Andrew war immer mein Anker. Mein Anker in einer Welt, die für mich zeitlebens unbeständig schien."

Jeremy neigte den Kopf etwas zur Seite und betrachtete sie schweigend.

Sie holte tief Luft und strich mit einem Finger über die Tasse, auf der die getrocknete Farbe eine leichte Unebenheit hinterlassen hatte. „Nach dem Tod von Mom hatte ich nur noch Daddy. Er war ein wundervoller Vater, aber er konnte sie nicht ersetzen. Vor allem konnte er nichts gegen meine Schuldgefühle tun. Er wusste nicht einmal davon." Sie strich sich nervös ihr weißes Kleid glatt.

„Schuldgefühle?" Jeremys Ton war sanft. Sein Blick ruhte liebevoll auf ihr.

„Ich dachte immer, sie sei gestorben, weil ich nicht artig genug war. Dass ich vielleicht zu laut gewesen sei oder zu anstrengend." Sie verzog das Gesicht und presste die Fingerspitzen an die Nasenwurzel. „Natürlich wusste ich irgendwann, dass das Blödsinn ist. Niemand bekommt deshalb Krebs und stirbt daran. Trotzdem hat mich das Gefühl meine ganze Kindheit hindurch begleitet. Daddy hat wirklich alles getan, was er konnte. Im Grunde war es ein schönes Leben, das ich hatte. Unsere Reisen waren toll, und vor allem hat mir gut gefallen, dass ich nicht in eine normale Schule musste. Ich war immer anders als die anderen." Sie schluckte trocken. „Damals ging ich davon aus, dass das davon kam, weil ich eben falsch war. Böse." Sie lachte auf. „Ja, auch das war Blödsinn, wie mir später in der Therapie klar wurde." Sie presste die Lippen aufeinander, fuhr sich fahrig mit der Hand durchs Gesicht.

Jeremy sagte noch immer nichts, hörte nur aufmerksam zu.

Lisa sog hörbar Luft in die Lungen, lehnte sich auf dem Sofa zurück und faltete die Beine im Schneidersitz. Ihre Gedanken glitten zurück in die Vergangenheit. Bruchstücke aus ihrer Kindheit tauchten als Fragmente auf. Mommy, die sie lachend durch die Luft warf, sie an sich drückte. *Ich muss aufpassen, dass ich dich vor lauter Liebe nicht zerquetsche!* Mommy, mit angespanntem Gesicht auf dem Sofa. Dann ausschließlich im Bett. Bis sie irgendwann ins Krankenhaus kam und Lisa sie nicht mehr besuchen durfte. Ab da war ihre unbeschwerte Kindheit vorbei gewesen.

Der Abend, als Daddy nach Hause gekommen war, der Schmerz in seinen Augen so tief, dass Lisa sofort wusste, was geschehen war. Mommy war zu den Engeln gereist. So hatte Daddy ihr das schon Wochen vorher erklärt. Es würde passieren. Es wusste nur niemand, wann es soweit wäre. Ein einziges Mal hatte sie vorher noch ins Krankenhaus gedurft, Mommy hatte sie noch einmal in den Arm genommen und ihr ins Ohr geflüstert, dass sie sie liebe und dass sie keine Angst haben müsse. Ein Teil von ihr würde immer auf Lisa aufpassen.

Ihre weitere Kindheit zog im Schnelldurchlauf an ihr vorbei. Beeindruckende Städte, Daddys Auftritte, sie selbst hinter der Bühne. Aufregend, spannend, aber immer begleitet von etwas Dunklem, nicht Greifbarem. Daddys Schmerz in den Augen war irgendwann kleiner geworden, ganz verlassen hatte er ihn nie. Mommy war weg. Lisa konnte nie spüren, dass sie auf sie aufpasste. So sehr sie es auch versuchte, ihre Anwesenheit zu fühlen, es gelang ihr einfach nicht. Erst hatte sie geglaubt, dass sie einfach nicht feinfühlig genug war. Aber irgendwann war die Erkenntnis durchgesickert, dass Mommy schlicht nicht Wort gehalten hatte. Und das lag bestimmt an Lisa selbst.

Sie seufzte. „Und dann kam Andrew. Mit ihm wurde plötzlich alles wieder *richtig*. Die Schwere war weg. Das, was Daddy bei aller Mühe nicht geschafft hatte, gelang ihm im Handumdrehen. Andrew hat mir den Weg zurück ins Leben gezeigt. Am Anfang konnte ich es nicht glauben, deshalb musste er mir auch ein halbes Jahr lang beweisen, dass er es wirklich ernst meinte."

„Test bestanden." Jeremy lächelte.

„Ja." Lisa strich sich die Haare aus dem Gesicht, Wehmut in den dunklen Augen.

„Dieser Abend in der Galerie, sein Blick, der damals schon sagte, dass er gefunden hatte, wonach er sein Leben lang gesucht hatte. *Mich*. Nicht zu fassen!" Sie schüttelte den Kopf. Immer noch ungläubig.

Jeremy sah sie über den Rand seines Teebechers an. „Ich finde das überhaupt nicht komisch. Jeder verdient es, geliebt zu werden. Und du ganz besonders."

„Als Engel musst du so was ja sagen." Sie lächelte schief, trank einen Schluck Tee und versuchte, die

Rührung zu verscheuchen, die seine Worte bewirkt hatten.

„Nein, als Engel muss ich nur die Wahrheit sagen." Er legte die Hand auf ihren Arm, sah ihr fest in die Augen. Nach einem Moment senkte sie den Blick auf ihre Hände, die im Schoß gefaltet lagen und leicht zitterten.

„Ich liebe Andrew so sehr, und ich möchte, dass er glücklich ist. Ich dachte, es genügt, wenn ich bei ihm bleibe. Wenn er spürt, dass ein Teil von mir noch da ist. Ich war so froh, dass er das konnte. Anders als ich damals bei Mommy. Aber vielleicht ist jetzt der Zeitpunkt gekommen, ihn endgültig loszulassen. Auf Dauer reicht diese Liebe zwischen den Welten vielleicht doch nicht. Er soll in wirklich gelebter Liebe leben. Wenn es nur nicht so verdammt wehtun würde ...“ Eine Träne löste sich aus ihrem Auge, tropfte auf den Handrücken.

Jeremy nickte, seine Finger strichen tröstend über ihren Arm.

„Ich habe ihm das Gleiche angetan wie Mommy Daddy.“ Lautloses Schluchzen ließ ihre Schultern beben.

„Ach, Liebes. Niemand möchte das den Menschen antun, die ihm am nächsten sind. Du hast damals gekämpft, so gut, wie du es konntest. Hättest du ihn wirklich freiwillig verlassen?“

Sie schüttelte heftig den Kopf. „Niemals!“

„Siehst du. Und du weißt auch, dass Andrew dir nie einen Vorwurf gemacht hat. Er liebt dich, und er möchte, dass du glücklich bist. So, wie das sein Wunsch war seit dem ersten Augenblick, als er dich sah.“

Tränenblind schluckte sie.

„Hast du meine Anwesenheit eigentlich jemals bemerkt, als du noch gelebt hast?“

Sie schüttelte verwundert den Kopf. „Wie kommst du denn jetzt darauf?“

„Inzwischen weißt du aber genau, dass es mich gibt.“

„Ja.“ Sie hatte immer noch keine Ahnung, worauf er hinauswollte.

„Nun, deine Mom hat Wort gehalten. Sie war in jeder Sekunde bei dir. Du hast es nur nicht gewusst. Erst nachdem du erwachsen warst, ist sie in den endgültigen Himmel aufgestiegen.“

Ihre Augen wurden groß. Sie öffnete den Mund, wollte etwas sagen, aber die Worte blieben an ihren Lippen hängen. Mit einer Mischung aus Freude und Entsetzen starrte sie ihn an.

„Dass Andrew dich so genau wahrnehmen kann, wenn du ihn besuchst, ist nicht unbedingt der Regelfall. Viele Menschen werden liebevoll begleitet und haben davon keine Ahnung.“

Sie nickte stumm, musste das Gehörte erstmal verarbeiten.

„Bist du glücklich im Vorhimmel?“, fragte er nach einer Weile.

Sie zögerte, zuckte die Schultern. „Nein“, sagte sie schließlich. „Am Anfang vielleicht schon. Da war ich einfach froh, die Verbindung zu Andrew nicht ganz verloren zu haben. Aber je mehr Zeit vergeht, desto falscher fühlt es sich an.“ Sie schloss die Augen.

„Du wirst zur richtigen Zeit das Richtige tun.“ Jeremy legte behutsam den Arm um ihre Schulter.

17.

Gina tappste zielstrebig zum Bett und setzte sich hin. Ihre Schnauze legte sie auf der Bettdecke ab.

Andrew zog sich einen Stuhl heran und setzte sich neben die Hündin. „Hallo Amber. Wie geht es dir? Wir sind heute leider spät dran und haben auch nicht so viel Zeit wie sonst." Er räusperte sich. „Gina und ich hatten eben einen Termin bei meinem Banker." Er musterte ihr blasses regloses Gesicht. Das Pflaster war inzwischen entfernt worden. Der Schnitt über der Augenbraue war verheilt und fiel kaum auf. Ein winziger Pickel zierte ihre Nasenspitze. Er fiel nur auf, weil ihre Haut ansonsten makellos war.

„Phil, mein Banker, wollte mit mir über die Aktien meiner verstorbenen Frau sprechen. Um ehrlich zu sein, ich habe kein Wort verstanden." Er lachte trocken. „Von Zahlen verstehe ich sowieso nicht viel, aber heute hatte ich das Gefühl, er spricht eine gänzlich andere Sprache." Er kratzte sich am Kopf, ließ den Blick durch das Krankenzimmer schweifen. Nüchterne Zweckmäßigkeit, kein einziger persönlicher Gegenstand von der Patientin, die hier lag. Vielleicht sollte das geändert werden. Dann fiel ihm ein, dass es ja niemanden gab, der dafür sorgen konnte. Er musste mit John sprechen, ob es nicht irgendeine Möglichkeit gab. Vielleicht konnte man eine Freundin ausfindig machen, die Zugang zur Wohnung hatte und etwas herbringen könnte, das die Atmosphäre heimeliger machen würde.

„Um ehrlich zu sein, fällt es mir immer noch unglaublich schwer, mich um Lisas Erbe zu kümmern." Er seufzte lautlos.

„Geld ist so unfassbar unwichtig, wenn man die Liebe seines Lebens verliert. Lisa war ziemlich wohlhabend, nicht nur wegen ihrer eigenen künstlerischen Arbeit, sondern auch durch das stattliche Vermächtnis ihres berühmten Vaters. Vielleicht gründe ich irgendwann noch mal eine Stiftung, dann kann ihr Geld wenigstens etwas Gutes bewirken."

Er lehnte sich auf seinem Stuhl zurück, betrachtete Amber nachdenklich. Sie war nicht schwer verletzt, sie war nicht krank, warum wachte sie bloß nicht auf?

„Leben ist so kostbar." Seine Stimme wurde leiser. Er fuhr sich über die Augen. Versuchte, die Bilder aus der Vergangenheit loszuwerden, die sich manchmal über die Gegenwart zu legen schienen. Zeitweilig wusste er nicht genau, ob Lisa oder Amber vor ihm in diesem Bett lag. Er holte tief Luft und riss sich zusammen. Natürlich war es Amber, um die er sich hier zu rein therapeutischen Zwecken kümmerte.

„Amber, ich finde, du hast dich bald genug ausgeschlafen. Es ist Zeit, in die Realität zurückzukehren." Sein Ton war wieder fest. Vielleicht war doch ein klitzekleines bisschen Druck nötig. Forschend glitt sein Blick über ihr Gesicht, tastete sich über ihre langen blonden Haare, die wie ein Fächer um ihren Kopf ausgebreitet waren. Er betrachtete den zarten Körper unter der Bettdecke. Er kramte in seiner Erinnerung. Bei den Besuchen mit Gina in der Praxis war sie ihm eher sportlich / schlank vorgekommen, aber nicht so zart wie jetzt. Aber vielleicht lag das auch an der Situation.

Gina, die sich bislang nicht gerührt hatte, legte jetzt eine Pfote auf die Bettdecke, berührte aber nicht Ambers Hand, die genau daneben lag. Ein zufriedenes Brummen entstieg Ginas Kehle, wie Andrew es nur kannte, wenn sie gerade kräftig gekrault wurde. Überrascht kniff er die Augen zusammen. Das musste Zufall gewesen sein! Wieder stieß Gina das Geräusch aus, bewegte dabei leicht den Kopf, als schmiege sie sich in eine Hand.

Andrews Magen vibrierte. Er versuchte, das seltsame Gefühl abzuschütteln und sich auf seine Aufgabe zu konzentrieren: Der Patientin dabei zu helfen, behutsam das Koma zu verlassen.

Sanft legte er seine Fingerspitzen auf Ambers Stirn, die sich kühl anfühlte, berührte dann für einen Moment ihre Wange.

Im selben Augenblick zuckte ihr rechtes Lid. Ungläubig starrte er darauf, zog reflexartig seine Hand zurück. Nichts passierte.

„Gina, hab ich mir das eingebildet, oder hat Amber wirklich reagiert?", murmelte er und berührte vorsichtig erneut die Wange. Keine Reaktion. „Ich glaube, ich hole besser John dazu. Du passt so lange auf Amber auf."

Er stand auf und eilte zur Tür.

John telefonierte, als Andrew seinen Kopf in das Zimmer des Arztes steckte. Er deutete einladend auf den

Stuhl vor seinem Schreibtisch. Nervös setzte Andrew sich und wartete angespannt, bis John das Telefonat nach wenigen Augenblicken beendete.

„Andrew, schön, dich zu sehen!" John lächelte und sah den Freund aufmerksam an. „Was gibt es? Du wirkst aufgeregt."

„Ich glaube, dass Ambers Augenlid eben gezuckt hat, als ich ihre Wange berührte. Aber vielleicht habe ich inzwischen auch schon Halluzinationen." Er knetete seine Hände.

John runzelte die Stirn. „Ich glaube, auf deine Wahrnehmung können wir uns schon verlassen." Er stand auf. „Ich komme mit."

Gemeinsam kehrten sie ins Krankenzimmer zurück. Gina wedelte kurz mit dem Schwanz, als sie John erkannte. Ausnahmsweise beachtete der Arzt die Hündin nicht. Er nahm eine kleine Taschenlampe aus seinem Kittel, hob behutsam Ambers rechtes Augenlid in die Höhe und leuchtete ins Auge.

„Und?", fragte Andrew gespannt.

John holte Luft, schüttelte leicht den Kopf. „Trotzdem denke ich, dass du dich nicht getäuscht hast. Wir sind auf dem richtigen Weg. Es braucht nur weiterhin Geduld."

Andrew seufzte. „Ja, ich weiß. Mir ist vorhin eine Idee gekommen. Amber hat überhaupt nichts Privates hier. Auch wenn natürlich niemand weiß, ob das etwas bringt, aber ich fände es schöner, wenn sie hier etwas hätte, an dem ihr Herz hängt. Die Frage ist nur: wie kommen wir daran?"

John verstaute die Taschenlampe wieder in der Kitteltasche. „Musik ist immer gut. Allerdings ist Ambers

Handy durch den Unfall komplett zerstört worden. Schlüssel, die vermutlich zu ihrer Wohnung gehören, haben wir in ihrer Handtasche gefunden. Allerdings darf natürlich niemand einfach so dort hinein. Da ihre Eltern noch immer nicht erreichbar sind, und es keinerlei Vollmachten gibt, soweit wir wissen, wäre die einzige Möglichkeit, eine Betreuung für sie einzurichten. Da bislang aber keine medizinischen Entscheidungen zu treffen waren, gab es die Notwendigkeit dafür nicht. Die Klinik hofft darauf, dass ihre Eltern bald zur Stelle sind. Laut der Nachbarin gab es kein genaues Rückreisedatum. Schwierig alles." John strich sich nachdenklich über den Bart. „Eine Möglichkeit gäbe es vielleicht."

Andrew hob fragend den Blick.

„Du könntest versuchen, Nachbarn zu finden, die einen Schlüssel haben. Damit wäre der Zutritt zur Wohnung rechtlich abgesichert. Eine freundliche Nachbarin, die sich sonst in Urlaubszeiten um die Blumen kümmert, wäre Gold wert." Er zwinkerte Andrew zu und drohte scherzhaft mit dem Zeigefinger. „Die Idee hast du jetzt aber nicht von mir."

18.

„Huch, was war das denn?" Pete starrte Ambers Körper fasziniert an. Sein Augenmerk lag auf ihrem Gesicht, das eben noch von Andrews Hand berührt worden war.

„Ich glaube, ich war kurz wieder zurück geschlüpft." Amber schüttelte verwirrt den Kopf. „Aber es waren nur Sekundenbruchteile. Dann kam dieses fiese grelle Licht und nun bin ich wieder hier." Sie sah an sich herunter, als wolle sie sich vergewissern, dass sie wieder in ihrer für andere unsichtbaren Hülle steckte. Korallenroter Pullover, Jeans, Boots, alles war unverändert. Sie atmete erleichtert aus.

„Und, wie fändest du nun die Vorstellung zurückzugehen?"

Sie hob die Schultern. „Unentschieden. Meine Gedanken waren gerade Richtung Hawaii unterwegs. Wenn ich jetzt mein altes Leben wieder aufnähme, könnte ich das wohl knicken, oder?" In ihrer Stimme lag Bedauern, sie hatte sich gerade an den Gedanken gewöhnt.

„Nicht unbedingt, solche Abenteuer stehen dir im realen Leben jederzeit offen. Allerdings ..."

„Ja?" Sie sah ihn fragend an.

„Allerdings weiß ich nicht, ob du es ohne mich auch tun würdest."

„Also wenn ich zurückgehe, werde ich wieder keine Ahnung haben, dass es dich gibt?"

„Wir könnten vereinbaren, dass ich dich gelegentlich im Traum besuche."

„Das geht?"

„Klar, kein Problem. Aber wollen wir nun noch mal darüber sprechen, warum du gerade wieder zurück in deinem Körper gewesen bist?"

Sie krauste die Nase. „Glaub nicht, lass uns jetzt lieber los. Hawaii wartet!"

Er nickte amüsiert. „Dein Wunsch ist mir Befehl."

***

Die Temperaturen waren deutlich abgekühlt und aus einem nachtschwarzen Himmel rieselte ein Gemisch aus Schnee und Regen. Andrew kniff die Augen zusammen und stellte die Scheibenwischer eine Stufe höher. Die Sicht durch die Frontscheibe seines Chevrolet Pickup wurde dadurch nur unwesentlich klarer. Verdammt, er hatte schon längst die Wischblätter erneuern sollen.

Gina thronte neben ihm auf dem Beifahrersitz und starrte ebenfalls auf die Straße. Der Verkehr bewegte sich nur langsam vorwärts. Immerhin sollte laut Navi bei der nächsten Möglichkeit rechts schon in wenigen Metern die Hicks Street auftauchen.

Andrew war sich wie ein Detektiv vorgekommen, als er nach der Rückkehr aus dem Krankenhaus in den Patientenunterlagen in seiner Praxis nach der Adresse von Amber gesucht hatte. Oder wie ein Krimineller, der sich unerlaubt Zugang zu vertraulichen Daten verschaffte ... Er verscheuchte den Gedanken, setzte den Blinker und bog in die Straße ein, in der Amber und Gina wohnten.

„Na, Mädchen, weißt du, wo wir sind?" Er warf der Hündin einen fragenden Seitenblick zu.

Gina rührte sich nicht, starrte weiter geradeaus.

Andrew zuckte die Schultern, entweder hatte die Hündin tatsächlich noch nicht erkannt, wo sie waren, was bei der Dunkelheit verständlich wäre, oder es interessierte sie einfach nicht. Angestrengt hielt er Ausschau nach einer freien Parklücke. Er wurde schnell fündig, als ein Lieferwagen auf die Straße ausscherte. Erleichtert lenkte er den Pick-up hinein, sprang aus dem Wagen und ging zur Beifahrertür herum. Nachdem er sie geöffnet hatte, kletterte Gina in aller Seelenruhe hinaus.

Andrew sah sich um. Er kannte das Viertel nicht. Neben einigen klassischen Stadthäusern, die im Stil seinem eigenen in Greenwich Village ähnelten, gab es Bürokomplexe und auch einige Blocks, die schäbig wirkten. Der schäbigste von allen trug die Hausnummer, die in Ginas Patientenakte vermerkt war. Er schluckte. Sein Blick fiel auf Gina, die abwartend neben ihm stand. Sie machte keine Anstalten in Richtung ihres Zuhauses zu ziehen.

„Dann wollen wir mal." Mit einem unguten Gefühl in der Magengegend setzte er sich in Bewegung. Zwei dunkel gekleidete Jugendliche torkelten ihnen kurz vor ihrem Ziel grölend entgegen. Als sie ihn, oder vielmehr Gina wahrnahmen, blieben sie wie angewurzelt stehen. Andrew nahm die Leine fester in die Hand, dirigierte Gina an die andere Seite und ging weiter.

Als sie auf gleicher Höhe waren, grüßten die jungen Männer freundlich in verwaschener Sprache, während sie sich an die Hauswand drückten. Andrew verkniff sich ein Schmunzeln. Er befürchtete, dass die beiden weniger höflich gewesen wären, wenn er ihnen ohne Gina entgegen gekommen wäre. Dabei musste er an Amber denken, die in dieser Gegend jeden Tag und jeden Abend unterwegs war. Ein Schauer lief ihm über den Rücken. Er erinnerte sich daran, dass sie eigentlich einen kleinen Hund hatte haben wollen. Angesichts der Nachbarschaft war die große schwere Gina wahrscheinlich doch die bessere Alternative gewesen.

An der Eingangstür des Backsteingebäudes, an der die braune Farbe zu großen Teilen abgeblättert war, zögerte Andrew für einen Moment. Vermutlich würde sich seine Hoffnung auf eine nette Nachbarin, ausgestattet mit einem Schlüssel für Ambers Wohnung, in wenigen Minuten in Luft auflösen. Vielleicht war die ganze Idee ein Hirngespenst. Ambers Handy war zerstört. Ob sie wirklich noch andere Geräte zum Abspielen von Musik besaß, war mehr als fraglich. Und selbst wenn das der Fall sein sollte, blieb der wichtigste Aspekt, ob das irgendeinen Einfluss auf ihre Genesung haben würde, noch gänzlich im Dunkeln.

Andrew raufte sich die Haare, holte tief Luft und gab der Tür probeweise einen Schubs. Mit einem Quietschen öffnete sie sich. Überrascht atmete er aus. Die erste Hürde war damit genommen. Bevor er ins Treppenhaus trat, warf er noch einen Blick auf die Klingelschilder. Manche Namen waren kaum zu entziffern, entweder weil die Schrift verblasst war oder der Verfasser sich wenig Mühe gegeben hatte. Der von Amber

Scott hingegen war nicht handschriftlich, sondern gut lesbar maschinell gedruckt in der Plastikhülle. Wenn die Zuordnung stimmte, wohnte sie im ersten Stock.

Andrew tastete nach dem Lichtschalter. Als er ihn gefunden und gedrückt hatte, wurde das Treppenhaus in ein schwaches Licht getaucht. Der abgeplatzte Steinfußboden mündete in eine ausgetretene staubige Holztreppe. Essensgerüche, die von vielen verschiedenen Kulturen zu stammen schienen, waberten in der Luft.

Er sah zu Gina hinunter. Sie erwiderte seinen Blick. Abwartend. Nicht euphorisch, angesichts des Ortes, der immerhin zu ihrem Zuhause führte.

„Na, Süße, du weißt, dass Amber nicht hier ist, richtig?"

Er streichelte ihr über den Kopf und wandte sich dann zur Treppe.

„Dann lass uns mal schauen, ob wir Glück haben und jemanden finden, der uns reinlässt."

Vor der Wohnungstür angekommen, musste Andrew lächeln. Ein herzförmiges Klingelschild aus Ton trug die Aufschrift: *Amber & Gina Scott.*

Großartig, dachte Andrew amüsiert. Auf die Idee war nicht mal er bislang gekommen. Dabei hätten Mikey, Eve, Mac und Luke auch ihren Platz auf dem Klingelschild verdient. Bei Gelegenheit musste er das nachholen.

Ratlos sah er sich um. Von irgendwoher drangen dumpfe Bässe. Von weiter oben meinte er ein Wortgefecht zu hören. Dem Knall einer Tür folgte Schweigen.

Unschlüssig blieb Andrew stehen. Sollte er einfach von Wohnung zu Wohnung gehen, klingeln und fragen, ob jemand Amber näher kannte? Ihm wurde bewusst, wie fremd sich die Aufgabe anfühlte, die er sich selbst gestellt hatte.

Während er noch mit sich haderte, wurde die Wohnungstür gegenüber geöffnet.

Eine junge Frau mit gehetztem Gesichtsausdruck, in Jeans und ausgeleiertem T-Shirt, zwei Müllbeutel in den Händen, trat aus der Wohnung.

Als sie Andrew sah, stutzte sie. Ihr Blick glitt verwundert zu Gina, die zu wedeln begann.

„Guten Abend." Andrew trat einen Schritt auf sie, was Gina animierte, auf die Frau zuzusteuern. Da ein Lächeln das Gesicht von ihr erhellte, ließ Andrew der Leine mehr Spielraum.

„Hallo!" Die Frau stellte einen Müllbeutel ab und streichelte Gina mit der freien Hand, was diese mit heftigem Schwanzwedeln quittierte.

„Mein Name ist Andrew Martinez. Ich bin der Tierarzt von Gina, die ich vorübergehend in Obhut genommen habe."

„Isabella Brewster." Sie klemmte sich eine Haarsträhne hinters Ohr, die sich aus dem Pferdeschwanz gelöst hatte. Die blond gefärbten Haare zeigten einen breiten dunklen Ansatz. Mit gerunzelter Stirn musterte sie Andrew.

Aus der Wohnung hinter ihr drang jetzt wütendes Kindergeschrei.

„Jason, lass deine Schwester in Ruhe!", rief sie in den Flur. Die Tonlagen der Kinder blieben unverändert. Sie seufzte resigniert und wandte sich wieder Andrew zu.

„Was heißt das?" Ihr Gesicht spiegelte Verwirrung.

„Sie kennen Amber und Gina gut?", stellte Andrew eine Gegenfrage. Wieder kam er sich vor wie ein Privatdetektiv.

Sie zuckte die Schultern. „Was heißt gut? Amber wohnt ja noch nicht lange hier. Jeder ist mit seinem Kram beschäftigt. Aber sie ist ein nettes Mädchen. Zwei oder dreimal haben wir einen Kaffee zusammen getrunken. Was ist denn mit ihr?"

Andrews Hoffnung auf einen Wohnungsschlüssel schwand.

„Amber liegt im Krankenhaus, deshalb ist Gina auch bei mir."

„Oh." Isabella riss die Augen auf. In dem Moment nahm das Geschrei in der Wohnung Fahrt auf. Sie zuckte zusammen. „Entschuldigung, ich muss kurz nach dem Rechten sehen." Sie stellte auch den zweiten Müllbeutel ab und verschwand in der Wohnung. Ein mutloser Andrew blieb zurück. Es sah nicht danach aus, als würde die Beziehung der Nachbarinnen eng genug sein, dass sie Schlüssel austauschten.

Einen Moment später war sie zurück. In der Wohnung herrschte Stille.

„Also? Was ist mit Amber passiert?" Sie stemmte die Hände in die Hüften und sah Andrew auffordernd an.

„Sie hatte einen Unfall." Andrew räusperte sich. „Und sie liegt seitdem im Koma."

„Oh, mein Gott!" Isabella fasste sich an die Stirn. „Das ist ja grauenvoll."

Er nickte. „Ja, aber Gott sei Dank hat sie keine schweren Verletzungen."

Verwirrung zeichnete sich in ihren blauen Augen ab.

„Die Mediziner stehen vor einem Rätsel, sind aber guter Hoffnung, dass Amber bald wieder aufwachen wird. Gina besucht sie täglich als Therapiehund."

Isabella nickte langsam. Sie sah noch immer aus, als könne sie das Gehörte nicht wirklich verstehen.

„Nun hatten ihr Arzt und ich die Idee, dass vielleicht persönliche Gegenstände oder ihre Lieblingsmusik beim Aufwachen helfen könnten."

Sie nickte erneut, sagte aber nichts.

„Haben Sie vielleicht einen Schlüssel zur Wohnung?" Andrew hielt den Atem an.

„Ja. Ja, das habe ich."

„Wunderbar. Wäre es möglich, dass wir uns zusammen in der Wohnung nach geeigneten Sachen umschauen?"

Bevor sie antworten konnte, drangen erneut wütende Kinderstimmen auf den Flur.

„Es tut mir leid, aber ich muss wieder rein. Gerne gebe ich Ihnen den Schlüssel, aber sie müssen alleine auf die Suche gehen." Sie zuckte entschuldigend mit den Schultern. „Moment, ich bin gleich zurück."

Eine Minute später hielt sie ihm einen Schlüsselbund hin. „Bitte. Wenn Sie fertig sind, klingeln Sie einfach bei mir. Ich bin zuhause. Wie es aussieht, schaffe ich es wieder nicht mal runter zum Müll." Sie verzog das Gesicht und wischte sich über die Stirn.

Andrew nahm die Schlüssel entgegen. Er verkniff sich den Hinweis, dass sie ihm vertrauen könne. Das tat sie offensichtlich, sonst würde sie nicht so handeln. Sein Bonus war sicher Gina. Betrüger oder andere Kriminelle führten selten den Hund des potentiellen Opfers mit sich.

Isabella hatte ihre Tür längst hinter sich ins Schloss geworfen, als Andrew nachdenklich den Schlüssel in Ambers Haustür herumdrehte. Es war zweimal abgeschlossen.

Das Erste, das ihm auffiel, als er in die Wohnung trat, war die klamme Kälte. Er zog fröstelnd die Schultern hoch, während er den Lichtschalter betätigte. Gina neben ihm blieb davon unbeeindruckt. Er betrachtete sie prüfend. Sie sah seltsam unbeteiligt aus. Als er die Leine von ihrem Halsband löste, blieb sie neben ihm stehen, anstatt loszulaufen und sich in der Wohnung umzusehen. Der Flur, in dem sie standen, war winzig und bot gerade Platz für eine kleine Kommode, über der ein Spiegel angebracht war. Ein Haken an der Wand, an dem zwei Jacken hingen, komplettierte die Möblierung. Drei der vier Türen, die vom Flur abgingen, standen offen. Ein Blick in den ersten Raum offenbarte Andrew die Küche. Einfache Hängeschränke, ein kleiner Tisch samt Stuhl und eine Arbeitsplatte, die zerkratzt und stumpf war, aber blitzblank sauber wie der Rest der Küche. Zwischen Kühlschrank und Fenster standen zwei Näpfe. In einem davon befand sich ein kleiner Rest Wasser.

Gina machte keine Anstalten, in die Küche hineinzugehen.

Andrew wandte seine Aufmerksamkeit dem nächsten Zimmer zu. Dem Schlafzimmer. Eine schlichte Matratze auf dem Boden ersetzte ein Bett. Neben einem klapprig wirkenden Kleiderschrank lag nur noch ein Hundekissen neben der Matratze. Auch hier war alles peinlich sauber und aufgeräumt. Und seltsam unpersönlich. Bis jetzt hatte Andrew noch keinen einzigen persönlichen Gegenstand erspäht, bei dem es sich lohnen könnte, ihn mit ins Krankenhaus zu nehmen. Hinter der geschlossenen Tür, verbarg sich erwartungsgemäß das Badezimmer, und hier war ebenso wenig Spektakuläres vorhanden. Klo, Waschbecken und Dusche waren so eng umeinander konzipiert, dass sich auf keinen Fall mehr als eine Person im Bad aufhalten konnte. Auf der Ablage über dem Waschbecken standen Zahnbecher und einige Kosmetika.

Sollte sein Glück, dass er in Form der kooperativen Isabella getroffen hatte, schon wieder vorbei sein?

Mit einem Seufzen wandte er sich der vermeintlich letzten Möglichkeit zu. Dem Wohnzimmer.

Inzwischen hatte sich die Kälte endgültig erfolgreich durch seine Kleidung gekämpft. Dabei war sein Norweger-Pullover durchaus für kalte Tage geeignet. Aber er hatte schon häufiger die Erfahrung gemacht, dass er Kälte in geschlossenen Räumen schneller unangenehm fand als im Freien. Er knipste das Deckenlicht an und blieb überrascht stehen. Auf höchstens fünfzehn Quadratmetern breitete sich das Leben von Amber Scott vor ihm aus.

19.

„Wow, ist das verrückt!" Amber beschattete mit einer Hand die Augen und blinzelte in die Sonne. Vor ihr taten sich gigantische Wellen im gleißenden Licht auf. Der perlweiße Strand wimmelte von Surfern, Fotografen und unzähligen Schaulustigen. Ambers Magen schlug Kapriolen, die Euphorie, der sich hier niemand entziehen konnte, hatte sie im selben Moment gepackt, als sie mit Pete angekommen war. Wie sie allerdings hierhergekommen war, hätte sie nicht sagen können. In einem Moment stand sie noch neben ihrem reglosen Körper im Krankenhaus, und im nächsten befand sie sich in dieser Traumkulisse. Auf ihre überraschte Nachfrage hatte Pete nur verschmitzt gelächelt.

„Wo sind wir hier genau?" Ihre Stimme ging beinahe unter in der Geräuschkulisse um sie herum. Das tobende und gurgelnde Wasser behielt dabei die Oberhand über das Rufen, Kreischen und Lachen der Menschen.

„Wir sind an der *North Shore auf O'ahu*. Und wir werden gleich die *Banzai Pipeline* reiten!" In Petes Karamellaugen glänzte die pure Vorfreude. Und ein Funken Wahnsinn, wie Amber fand.

Sie musterte ihren Schutzengel. Er trug lediglich Boxershorts, die seinen gebräunten Körper mit den perfekt geformten Muskeln beeindruckend in Szene setzten. Seine blonden Haare reflektierten im Sonnenlicht. Amber sah sich um. Es tummelten sich junge, sportliche Menschen, die fast ausnahmslos attraktiv waren. Trotzdem wäre es Pete, dem sie den Titel „sexiest man alive“ ohne Zögern verleihen würde.

„Ich denke, ich werde es dabei belassen, dir zuzusehen! Du Augenweide.“ Sie zwinkerte ihm zu, setzte sich in den Sand und grub ihre nackten Zehen hinein. Der Strand fühlte sich warm und weich an.

Pete lachte amüsiert. „Sweetie, du hast die einmalige Chance, die berühmteste Welle der ganzen Welt zu nehmen, und du willst kneifen? Nur über meine Leiche!“ Angesichts seiner Wortwahl musste er wieder lachen. Er warf den Kopf in den Nacken und breitete die Arme zur Seite aus. Sie musste im Stillen zugeben, dass er vor Leben und Glück nur so strotzte. Genau hier war offensichtlich sein Seelenort.

„Aber müssen wir nicht wenigstens einen Surfanzug tragen?“, wagte sie einen anderen Einwand und sah zweifelnd an sich hinunter. Der knappe smaragdgrüne Bikini saß wie maßgeschneidert und entsprach der leichten Bekleidung von Pete. Anders als er konnte sie allerdings nicht mit sonnengebräunter Haut dienen. Ihrer war deutlich anzusehen, dass der letzte Urlaub bereits viele Monate zurück lag, und sie sich bis auf die Runden mit Gina meist in geschlossenen Räumen aufhielt. Viel Sonnenlicht bekam sie im Winter in New York dabei nicht ab.

„Gefällt dir der Bikini eigentlich?" Er setzte sich neben sie und ließ den Blick wohlwollend über ihre Rundungen schweifen.

„Hübsche Farbe. Aber findest du ihn nicht etwas klein?"

Er grinste. „Außer mir kommt doch ohnehin niemand in den Genuss, dich anhimmeln zu dürfen."

„Hast auch wieder recht." Sie lächelte. Noch immer tat sie sich schwer mit dem Umstand, unsichtbar zu sein und quasi in einer Parallelwelt zu leben. „Also ja, der Bikini ist schön."

„Und sexy." Pete blinzelte zufrieden. Es war klar, dass er weniger das Kleidungsstück als seine Trägerin meinte.

Sie boxte ihm spielerisch in die Seite und rollte mit den Augen. „Chauvi! Außerdem ist es Quatsch."

„Kein Quatsch, und du brauchst gar nicht rot zu werden. Aber nun zurück zum Thema." Sein Gesichtsausdruck wurde ernst. „Du musst gleich gar nicht viel machen. Steh einfach dicht hinter mir auf dem Brett und halt dich gut an mir fest. Schon kann das Abenteuer deines Lebens beginnen."

Sie blickte hinaus aufs azurblaue Meer, in dem sich gerade die nächste riesige Welle aufbaute. Trotz der sommerlichen Temperaturen lief es ihr bei der Vorstellung, mitten in diesem Geschehen zu sein, eiskalt den Rücken hinunter.

„Wovor hast du am meisten Angst?" Petes Stimme war eindringlich.

Sie sog die warme Sommerluft tief in die Lungen, hob hilflos die Schultern. „Ich ... ich weiß nicht genau. Sterben kann ich in meiner Situation vermutlich ja nicht.

Vielleicht vor dem Scheitern, vor dem Unbekannten, dem Loslassen ... ?"

„Vor dem Vertrauen ...?" Er hob eine Augenbraue.

Sie nickte zögernd. „Ja, vielleicht auch das." Nachdenklich ließ sie den perlweißen Sand durch ihre Finger rieseln.

„Wasser symbolisiert das Leben." Er deutete auf die nächste monströse Welle, die sich gerade brach. Als sie ans Ufer rollte tauchten auch unzählige Surfer wieder auf, die vorher im Tunnel verborgen waren.

Ambers Herz hüpfte. Gebannt hatte sie die Welle beobachtet, starrte jetzt fasziniert in die glücklichen und lachenden Gesichter der Surfer.

„Scheint sich wirklich zu lohnen." Sie räusperte sich.

Pete nickte heftig und sprang auf. „Dann lass uns jetzt ins Wasser. Die nächste Welle gehört uns."

Ambers Herz rutschte mehrere Etagen tiefer. Sie schnappte nach Luft und starrte entsetzt auf das Surfbrett, das mit einem Mal von Petes Hand gestützt neben ihm im Sand steckte.

20.

Anders als bei den anderen Räumen, marschierte Gina ins Wohnzimmer sofort hinein.

Ein schwacher Duft nach Sandelholz-Räucherstäbchen hing in der Luft, der neben der Einrichtung sofort für Gemütlichkeit sorgte. Andrews Blick schweifte verwundert durch den Raum. So karg der Rest der Wohnung möbliert war, so reichlich war dieses Zimmer bestückt. Langsam trat er näher, während Gina schon aufs Sofa geklettert war, das von einem Patchwork-Quilt in leuchtenden Farben verhüllt wurde.

„Hier also lebt ihr", murmelte er in Ginas Richtung. Die Hündin spitzte die Ohren, ihr Blick signalisierte Zustimmung.

Aus irgendwelchen Gründen hatte Amber bislang nur im Wohnzimmer Wert darauf gelegt, persönliche Spuren zu setzen.

Was als Erstes ins Auge fiel, waren die Unmengen Bücher, die nicht nur das übervolle Regal an der Wand unter ihrer Last bogen, sondern sich auch auf dem Couchtisch, auf der Fensterbank und auf dem Boden stapelten. Sie alle aber waren akkurat aufgeschichtet. Trotz der vielen Dinge herrschte auch in diesem Zimmer eine penible Ordnung. Einzig die Palme auf der Fensterbank ließ als Ausdruck ihrer tagelangen Vernachlässigung bedenklich ihre Blätter hängen. Bevor er wieder ging, würde er sie von ihrem Durst befreien. Aber zunächst musste er sich nach Dingen umsehen, die er mit ins Krankenhaus nehmen könnte. Die Räucherstäbchen wären zwar für die Patienten unter Umständen hilfreich, aber Andrew verwarf den Gedanken sofort wieder. Nicht einmal John würde erlauben, dass sich im St. Anne's die alternativen Heilmethoden aufs Räuchern ausweiten würden.

Andrew schlenderte durchs Zimmer, nahm die vielen Bücher in Augenschein. Von amerikanischen Klassikern, die mengenmäßig dominierten, konnte er neben Gegenwartsliteratur sowohl knallharte Thriller als auch Liebesromane entdecken. Ambers Geschmack war vielfältig. Das eine oder andere Buch mitzunehmen, war die erste Option. Koma-Patienten aus ihren Lieblingsgeschichten vorzulesen, war immer eine Therapievariante. Die einzige Schwierigkeit sah Andrew nur darin, eine Lieblingslektüre zu ermitteln. Oder liebte Amber alle ihre Bücher? Die Wahl würde er später treffen. Er schlendert weiter zu einer zerkratzen alten Holzvitrine, in der unzählige CDs aufgereiht standen. Andrews Augen wurden groß, als er die ersten in die Hand nahm. Ambers Sammlung bestand ausschließlich aus Country-Klassikern. Sofort musste er an Gloria denken. Johnny Cash, George Strait und Merle Haggard hatte er alle schon bei ihr gehört, wenn sie ihn gelegentlich abends zu einem Glas Wein in ihr Haus einlud.

Gloria war sechzig, aber Amber, die in den Zwanzigern war, wich damit ab vom Durchschnittsgeschmack ihres Alters. Andrew strich über eine der Plastikhüllen, unter der Dolly Parton lächelte. Aber irgendwie passte es zu der zurückhaltenden jungen Frau, wie er sie vor ihrem Unfall kennen gelernt hatte. Sie war vollkommen anders als der Durchschnitt, warum sollte sie dann also einen durchschnittlichen Musikgeschmack haben? Er erwiderte Dollys Lächeln und legte einige CDs auf den Tisch. Die erste gute Ausbeute für den therapeutischen Zweck.

Neben dem Sofa stand ein elektrischer Heizlüfter. Andrew erwog kurz, ihn einzuschalten, nachdem er sich vergewissert hatte, dass der alte Rippenheizkörper an der Wand eiskalt war, obwohl er laut Thermostat eingeschaltet war. Er rieb sich die Oberarme, verwarf den Gedanken aber wieder. Obwohl er sich überraschend wohl fühlte in diesem Wohnzimmer, das zwar mit wenigen finanziellen Mitteln, aber dafür mit viel Liebe eingerichtet worden war, wollte er nicht vergessen, dass er lediglich in seiner Eigenschaft als Therapeut hier war.

Er straffte die Schultern und sah sich noch einmal um. Neben dem Fenster stand ein alter Sekretär aus dunklem Holz, der wie die gesamten Möbel im Raum den Verdacht nahe legte, von einem Flohmarkt zu stammen. Darüber hing ein gerahmtes Foto. Es zeigte einen Mann, der schätzungsweise Ende Dreißig war und lachend an einem Truck lehnte. Er wirkte, als wäre er stolz auf das riesige Gefährt neben sich.

Vielleicht handelte es sich um Ambers Vater, mutmaßte Andrew. Er überlegte kurz, dann nahm er den Bilderrahmen von der Wand und legte ihn zu den CDs.

Ein weiterer Blick auf den Sekretär ließ ihn innehalten. Ein geöffneter Brief lag unter einem herzförmigen Stein, der als Beschwerer diente. Andrew erkannte sofort, dass es sich um eine Gehaltsabrechnung handelte. Es war weniger seine Neugier, wie viel Amber verdienen mochte, als vielmehr sein Interesse, wo sie arbeitete. Es war inzwischen dringend nötig, dass ihr Arbeitgeber informiert wurde. Wenn dieser nicht von sich aus Anfragen an Krankenhäuser gestellt hatte, dann würde die Information dort nicht vorliegen. Erst jetzt wurde Andrew bewusst, was alles daran hing, wenn es niemanden gab, der sich kümmerte. Er atmete flach, daran hatten weder er noch John gedacht. Beide hatten sich ausschließlich darauf konzentriert, dass Amber wieder gesund wurde. Aber wenn das – hoffentlich bald – geschah, dann war es auch wichtig, dass ihr normales Leben weitergehen konnte. Dazu gehörte natürlich auch und vor allem ihr Job. Andrew rieb sich die Stirn. Er hatte schlicht keinen Gedanken daran verschwendet. Entschlossen zog er die Abrechnung unter dem Steinherz hervor. Amber arbeitete im *Gregg's Diner*, wahrscheinlich als Kellnerin. Ihr Gehalt war, wie ihre Wohnung verriet, sehr niedrig. Aber genau darauf war sie mit Sicherheit angewiesen. Andrew beschloss, dort gleich hinzufahren. Vorher wollte er der armen Palme noch helfen zu überleben. Er ging rasch in die Küche, füllte Wasser in einen Becher und erledigte die Pflanzen-Nothilfe.

Dann sah er sich noch einmal um. Weitere persönliche Gegenstände, die ihm für Ambers Therapie nützlich sein könnten, fand er nicht. CDs, Bücher, die er nun eher wahllos bestimmte, und das Foto des Fernfahrers mussten reichen. Die Ausbeute an seine Brust gedrückt, verließ er mit Gina die Wohnung.

***

Ambers Eingeweide krampften sich schmerzhaft zusammen und ihr Atem ging stoßweise.

„Ich muss völlig verrückt sein", murmelte sie und klammerte sich verzweifelt an Pete fest. Ihre Worte gingen im Rauschen des Ozeans unter.

Sie waren so weit aufs Meer hinausgeschwommen, bis Pete die Stelle für perfekt hielt, um aufs Brett zu klettern. Mit weichen Knien hatte Amber gehorcht. Es gab kein Zurück mehr. Dabei war sie alles andere als sicher, dieses Abenteuer wirklich zu wollen. Aber nun stand sie hier, zitternd, wartend auf die gigantische Welle, die sich bereits unweit von ihnen aufzutürmen begann.

Mit angehaltenem Atem und weit aufgerissenen Augen starrte sie auf die Wassermassen, die in rasender Geschwindigkeit auf sie zukamen. Vor ihr juchzte und schrie Pete vor Begeisterung. Ihr Herz machte einen Satz, ihre Arme umschlangen Petes Mitte mit einer Kraft, die ihr selbst fremd war. Sie schrie ebenfalls, brüllte ihre Panik hinaus in die tobende Welt. Und dann war es so weit. Sie flogen. Inmitten von Petes gellenden Jubelschreien und Ambers Angstlauten erklomm das Surfbrett die meterhohe Wasserwand. Begleitet vom donnernden Applaus des Meeres wurden sie eins mit dem Brett und mit der sich brechenden Welle. Die Kraft des Ozeans war so umfassend, während sie durch die Dunkelheit wirbelten, dass Amber jede Kontrolle aufgab. Fast zeitgleich war die Angst wie weggefegt, und Glücksgefühle sprengten beinahe ihr Herz und fluteten den Körper. Die Erinnerung an David wurde zu einem Wassertropfen, der in den Fluten unterging. Mit ihm jedes Versagen, jeder Schmerz. Das einzige, das blieb, war eine grenzenlose Freiheit. Eine Zukunftsvision blitzte für einen winzigen Moment strahlend wie ein Stern in ihr auf. Sie wünschte, der Ritt würde ewig dauern, aber da wurden sie schon aus dem Tunnel wieder herauskatapultiert. Das Meer war nicht mehr dunkel, sondern schwappte mit ihnen im satten Blau Richtung Strand. Amber bebte, während sie ihre Umklammerung an Pete langsam löste.

Er sprang vom Brett und hielt ihr die Hand hin. Seine Augen leuchteten glückselig.

Sie nickte stumm. Worte mochten ihr noch nicht über die Lippen kommen. Ihre zitternde Hand ergriff Petes, die sich stark und warm anfühlte.

Am Strand angekommen, ließ sie sich einfach fallen. Ihre Beine hatten keine Kraft mehr, sie zu tragen. Benommen starrte sie aufs Meer, das sich langsam beruhigte.

„Und?" Pete setzte sich neben sie, strich sich die klatschnassen Haare aus dem Gesicht und sah sie erwartungsvoll an.

„Es war … unglaublich! Großartig, umwerfend … ich weiß gar nicht, was ich sagen soll." Ihre Stimme brach, während ihr Herz ganz langsam seine Turbo-Beschleunigung herunterfuhr. Zeitgleich wurde auch das Adrenalin in ihren Adern langsamer.

„Magisch, oder?" Er kreuzte die Beine, schlang die Arme darum und blickte sehnsüchtig aufs Meer.

„Ja, magisch. Das ist wohl das richtige Wort. Ich habe mich so unendlich befreit gefühlt! So mächtig. Das ist total surreal. In dem Moment, wo ich überhaupt keine Macht besaß, habe ich mich trotzdem so mächtig gefühlt wie noch nie!“ Sie blinzelte in die Sonne, versuchte die unterschiedlichen Gefühle in sich zu sortieren.

„Ich habe also nicht zu viel versprochen“, stellte er zufrieden fest und drehte sich ihr zu. „Und Sweetie, das Meergrün in deinen Augen ist noch nie besser zur Geltung gekommen als jetzt.“

Sie überhörte sein Kompliment, konzentrierte sich auf das Glücksgefühl, das sie am liebsten in einer Schachtel verstaut hätte, um es für immer zu konservieren. „Ich glaube, ich war noch nie so glücklich! Danke.“

„Du hast endlich mal alles losgelassen und dich nur auf den Moment konzentriert.“ Er drehte sich auf den Bauch und stemmte die Ellbogen in den Sand. Sein Blick musterte sie prüfend. „Genau so will ich dich sehen! Frei, sorglos, mitten im Leben.“

„Während ich durch diese Welle gerast bin, konnte ich mir mit einem Mal alles vorstellen. Also wirklich alles! Für einen winzigen Moment habe ich mich tatsächlich in meinem Literatur-Café gesehen!“ Sie schob ihre nassen schweren Haare auf die andere Seite des Halses, genoss die warme Brise, die ihren Körper liebkoste und versuchte, das euphorische Gefühl festzuhalten. Es klang noch in ihr nach, aber der Höhepunkt lag hinter ihr, das spürte sie wehmütig.

„Darling, du hast nur das gefühlt, was tatsächlich möglich ist. Es sind nur deine Gedanken, die dich vom Leben abhalten. Nichts sonst."

Sie senkte den Kopf, der perlweiße Strand war nicht mehr ganz so strahlend wie noch vor wenigen Sekunden.

„Aber ..."

„Nichts aber", fiel er ihr ins Wort. „Du kannst all das, was dir eben möglich erschien."

Sie nickte zögernd. Irgendwie musste sie es schaffen, die Erinnerung an die grenzenlose Freiheit zu bewahren. Wie es aussah, hatte Pete jedenfalls Recht gehabt. Surfen war schlicht grandios.

21.

Erleichtert trat Andrew in den warmen Flur seines Hauses. Nach der klammen Kälte, die in Ambers Wohnung geherrscht hatte, war er dankbar für die Annehmlichkeiten in seinem Leben. Plötzlich sah er wieder, wie schön es hier war und welcher Luxus ihn ganz selbstverständlich umgab. Er sehnte sich nach einem heißen Bad in der antik anmutenden Badewanne auf Füßen, die er mit Lisa erst nach wochenlangem Suchen gefunden hatte. Das große Badezimmer mit den schwarz-weißen Fliesen, den nostalgischen Wasserhähnen und den riesigen weißen Badeteppichen, ließ keine Wünsche offen. Lisa hatte die Fähigkeit gehabt, alte Dinge mit hochmodernen auf harmonische Weise zu kombinieren. Geld hatte dabei nie eine Rolle gespielt, wie ihm mit dem Anflug eines schlechten Gewissens klar wurde. Amber hingegen musste mit wenigen Mitteln das Beste herausholen. Zumindest in ihrem Wohnzimmer war ihr das gut gelungen, wie er nachträglich feststellte.

Er schloss die Tür und legte die aus ihrer Wohnung mitgebrachten Sachen auf der Kommode ab.

Während er die Hunde begrüßte, die sich gleichermaßen über ihn und über Gina freuten, ließ er das

Gespräch mit dem Chef des *Gregg's Diners* noch einmal Revue passieren. Schmierlappen war noch die freundlichste Bezeichnung, die ihm spontan für den Typen einfiel. Zwar war seine Arroganz, mit der er verkündet hatte, dass Ambers fristlose Kündigung längst auf dem Postwege war, einem bestürzten Erschrecken gewichen, als Andrew ihn knapp über die Tatsache aufklärte, warum Amber nicht zur Arbeit erschienen war. Aber der Sinneswandel kam zu spät, Andrews Meinung stand fest: Ambers Chef war einer der unangenehmsten Zeitgenossen, die er je getroffen hatte. Es ging Andrew zwar nichts an, aber er hoffte, dass sie sich einen neuen Job suchen würde, sobald sie dazu wieder in der Lage war.

Seufzend zog er seine Schuhe aus und ging in die Küche. Dicht gefolgt von allen Hunden. Es roch nicht nach Essen, wie er mit einer winzigen Enttäuschung feststellte. Ein Blick in den Kühlschrank sagte ihm, dass Gloria ihm heute nur ein paar belegte Sandwiches angerichtet hatte. Großen Hunger verspürte er allerdings ohnehin nicht.

Nachdenklich kümmerte er sich um die Versorgung seiner Hunde. Auch Gina stand inzwischen mit an vorderster Front. Sie hatte sich inzwischen so gut integriert, dass es den Anschein hatte, als ob sie immer schon zum Rudel gehört hatte. Und es schien ihr nichts mehr auszumachen, in Ruhe abzuwarten, bis sie ihr altes Leben wieder aufnehmen konnte. In einer Bruchbude in einem zwielichtigen Viertel. Noch immer haderte Andrew mit der Tatsache, wie Amber lebte. Er wurde das Gefühl nicht los, dass das vor ihrem Umzug nach New York ganz anders gewesen war. Gerne hätte er sie das gefragt. So, wie er vieles gerne gefragt hätte. Er schüttelte den Kopf. Sie war nur eine Patientenbesitzerin, um die er sich zufällig therapeutisch kümmerte. Nicht mehr und nicht weniger. Er machte sich eindeutig viel zu viele Gedanken um sie.

Kopfschüttelnd begann er, die inzwischen gefüllten Näpfe vor die Hunde zu stellen. Die Begeisterung, mit der sich alle über ihr Fressen hermachten, entlockte ihm ein Lächeln.

Ihm war noch immer kalt, der Wunsch nach einem heißen Bad flammte dringender wieder auf. Er beschloss, sich erst heißes Wasser einzulassen und später in Lisas Atelier zu gehen.

Das Bad lag im ersten Stock. Er war bereits auf dem Weg nach oben, als es an der Tür klingelte. Er seufzte lautlos und ging öffnen.

„Gloria!" Andrew war überrascht. Ohne Ankündigung kam seine Freundin und Haushälterin selten nach Feierabend noch einmal zu ihm.

„Tut mir leid, wenn ich störe, aber ich muss etwas mit dir besprechen." Sie sah ihn abwartend an.

„Quatsch, du störst mich nie! Hereinspaziert." Das war gelogen, trotzdem öffnete Andrew die Haustür weit und machte eine einladende Handbewegung.

„Danke." Gloria marschierte an ihm vorbei. Sie trug Jeans, ein Hemd mit Fransen und rote Cowboy-Stiefel. Und brachte eine ungewohnte, nervöse Energie mit ins Haus, von der Andrew noch nicht genau wusste, was er davon halten sollte.

Er runzelte die Stirn und schloss die Tür hinter ihr.

„Tee, Wein?" Er sah sie fragend an.

„Bier!", sagte sie entschieden. Dass welches da war, wusste sie besser als er. Sie bestückte immerhin seine Vorratskammer. „Im Keller", fügte sie amüsiert lächelnd hinzu.

„Okay, mach es dir schon mal im Wohnzimmer bequem." Er wandte sich zur Kellertür.

Einen Moment später saßen sie sich in der Sitzecke gegenüber. Andrew hatte sich ebenfalls für ein Bier entschieden, obwohl er nicht sicher war, dass Bier auf fast nüchternen Magen eine gute Idee war.

„Zum Wohl." Er hob die Flasche hoch.

Gloria prostete ihm zu, trank hastig einen Schluck und stellte das Bier dann mit einem Ruck auf den Tisch.

„Das Haus von den Browns geht demnächst in den Verkauf."

„Die Browns nebenan?" Er kannte seine unmittelbaren Nachbarn nur flüchtig. Eine junge Familie mit zwei kleinen Kindern. Er Chirurg, sie Kinderärztin, wenn er sich richtig erinnerte. Sympathische Menschen, die es stets eilig hatten. So wie er ... Bis auf oberflächliche Floskeln waren sie bislang nie ins Gespräch gekommen.

Gloria nickte. „Sie lassen sich scheiden, und keiner will das Haus behalten."

„Hm." Andrew überlegte, ob Glorias Aufregung damit zu erklären war. Soweit er wusste, pflegte sie mit den Browns auch nicht mehr Kontakt als er. „Was hat das mit uns zu tun ...?", fragte er irritiert.

„Na ja, mit mir nichts, mir reicht ein Haus." Sie lachte heiser. „Aber ich habe gedacht, vielleicht hast du Interesse. Du wolltest dir doch eigentlich bei Gelegenheit Praxisräume suchen, die nicht so weit weg von zu Hause sind."

„Ja, das stimmt. Aber ich habe eigentlich nie daran gedacht, etwas zu kaufen. Die jetzigen sind auch nur gemietet.“

„Wir haben ja noch nie über Geld geredet … entschuldige bitte. Ich habe einfach gedacht, dass ein Kauf möglich wäre.“ In ihre Augen trat ein unbehaglicher Ausdruck.

„Nein … nein, das ist es nicht“, beruhigte er sie. „Ich habe kein Problem damit, wenn wir über Geld sprechen. Mit dir tue ich es sogar lieber als mit Phil, meinem Banker.“ Er musste lachen, als er an Phils entsetzten Gesichtsausdruck zurückdachte, nachdem er das Gespräch heute Mittag einfach abgebrochen hatte.

„Ich habe nur noch nie einen Gedanken daran verschwendet, mir Praxisräume zu kaufen. Aber vielleicht ist die Idee gar nicht so verkehrt.“ Er drehte die Bierflasche nachdenklich in der Hand. „Allerdings müsste ich dafür Lisas Erbe in Anspruch nehmen.“

„Was machst du denn im Moment damit?“

„Nichts. Sehr zum Ärger von Phil. Zum größten Teil ist es in Aktien angelegt. Bislang habe ich mir noch keine Gedanken gemacht, das zu ändern. Noch ein Haus kaufen … darüber müsste ich erstmal nachdenken.“

„Falls es für dich infrage kommen könnte, wäre es gut, wenn du den Browns bald Bescheid sagst. Sie wollen in den nächsten Tagen einen Makler beauftragen. Die Courtage könntest du dir sparen, wenn du schnell bist.“

„Es wäre schon verlockend, keinen Fahrtweg mehr zur Praxis zu haben. Umweltschonender wäre es auch. Andererseits habe ich im Moment sowieso so viel um die Ohren. Ein Praxiswechsel und ein Hauskauf würde einiges an zusätzlichem Stress bedeuten." Andrew war hin- und hergerissen. Sollte er sich das auch noch aufbürden? Andererseits hätte es langfristig unübersehbare Vorteile. Nachdenklich trank er einen Schluck Bier.

„Gibt es eigentlich Neuigkeiten bei Amber?", fragte Gloria interessiert.

Er schüttelte den Kopf. „Nein. Allerdings war ich vorhin in ihrer Wohnung, eine freundliche Nachbarin hat mir den Schlüssel gegeben. Ich habe einige Dinge mitgebracht, die vielleicht helfen können, sie ins Leben zurückzuholen."

„Das hört sich gut an." Gloria schenkte ihm ein warmes Lächeln. „Ich weiß, gerade jetzt mit den Therapie-Besuchen ist dein tägliches Programm mehr als straff. Andererseits würdest du jede Menge Zeit sparen, wenn du morgens und abends nicht mehr fahren müsstest. Oder laufen, das machst du zwar zwischendurch ganz gerne, aber es kostet einiges an Zeit."

„Das stimmt." Er betrachtete nachdenklich das Etikett auf seiner Bierflasche. „Amber wohnt übrigens in keiner schönen Gegend. Die Heizung in der Wohnung funktioniert nicht, und die Nachbarschaft ist, gelinde gesagt, gewöhnungsbedürftig. Die Nachbarin war sehr freundlich, aber ich glaube, in dem Viertel gibt es viel Kriminalität." Er sah zu Gina, die vertraut neben Mac lag und schlief. „Amber hat schon Glück, dass Gina sie täglich begleitet."

Gloria setzte sich aufrechter hin. „Übrigens ist in dem Haus der Browns im Erdgeschoss noch eine abgeschlossene kleine Wohnung, in der im Moment das

Aupair-Mädchen wohnt. Falls du dich zum Kauf entschließt, könntest du Amber die Wohnung anbieten." Sie sah ihn fragend an.

„Damit wären dann sogar gleich zwei Probleme gelöst." Er pustete sich eine Haarsträhne aus dem Gesicht und überlegte.

„Genau!" Gloria leerte ihr Bier mit einem letzten Zug, stellte die Flasche auf den Tisch und sah ihn strahlend an.

„Gloria, sag mir den wirklichen Grund, warum es so wichtig ist, dass ich dieses Haus kaufe?" Irgendetwas Wesentliches verschwieg sie ihm, das wurde immer deutlicher.

Sie wich seinem Blick aus und spielte mit den Fransen ihres Hemdes.

„Spuck es schon aus!"

„Ach, wahrscheinlich ist es totaler Unfug …" Ihre Finger drehten nun kleine Knoten in die Fransen.

„Gloria, lass dein armes Hemd in Ruhe und sag mir, was los ist."

„Also gut." Sie ließ die Hände in den Schoß sinken und seufzte. „Ich überlege ebenfalls, etwas zu kaufen."

„Du willst umziehen?", rief er überrascht.

„Nein." Sie schüttelte den Kopf. „Mein Haus behalte ich natürlich. Aber es gibt da ein interessantes Immobilienangebot für ein Café."

„Du willst ein Café kaufen und Gastronomin werden?" Verblüfft starrte er sie an.

„Vielleicht." Sie zuckte die Schultern. „Also um genau zu sein, geht es mir weniger um das Café, aber im hinteren Bereich ist dort ein großer Veranstaltungsraum. Den könnte ich mir sehr gut für kleine Country-

Konzerte vorstellen. Etwas für die Veteranen unter uns tun, aber auch, um dem Nachwuchs eine Chance zu geben." Ihre Augen bekamen einen schwärmerischen Glanz. „Ich weiß, es ist völlig verrückt. Ich bin über sechzig, habe bis auf eine kurze Zeit in sehr jungen Jahren keinerlei Gastronomie-Erfahrung. Und trotzdem, irgendetwas hier drinnen ..." Sie legte eine Hand auf ihr Herz. „... sagt mir, dass das meine letzte Chance sein könnte, noch mal richtig was auf die Beine zu stellen."

„Dann solltest du es tun, wenn es sich richtig anfühlt", sagte er schlicht und meinte es auch so. Natürlich würde er den Rundum-Service von Gloria schmerzlich vermissen, aber sie hatte all die Jahre so viel für ihn getan, dass er sie jetzt kaum davon abhalten konnte, noch einmal einen Traum zu leben.

„Aber ich müsste bei dir kündigen ..." Sie sah ihn schuldbewusst an.

„Dann muss ich mir wohl eine neue Haushälterin suchen." Das Lächeln fiel ihm schwer, die Vorstellung zog seinen Magen zusammen. Die Chancen, noch einmal so einen Schatz wie Gloria zu finden, tendierten gen Null.

„Vielleicht ist es nichts als ein reines Hirngespinst. Aber ich glaube, ich muss es herausfinden."

„Musst du! Dienstliche Anordnung. Noch ein Bier?"

„Gerne."

Das Leuchten in ihren blaugrünen Augen sagte ihm, dass sie auf dem richtigen Weg war. Und dabei musste er sie als guter Freund unterstützen. So nachteilig das für ihn vermutlich auch war.

22.

Andrew breitete die Sachen, die er aus Ambers Wohnung geholt hatte, auf Johns Schreibtisch aus.

„Country?" Über Johns Gesicht flog ein Ausdruck von Überraschung, als er die CDs erblickte.

„Ungewöhnlich in ihrem Alter, das hab ich auch erst gedacht. Andererseits entspricht Amber auch sonst nicht dem Durchschnitt." Andrew fuhr sich lächelnd durch die dunklen Haare.

John erwiderte das Lächeln. „Nein, kann man wohl nicht sagen." Er griff nach einem Buch. „Hemingway *The old man and the sea*. Das Mädchen hat Geschmack."

„Deine Idee mit der Nachbarin war jedenfalls super. Vielen Dank noch mal!" Andrew nahm das gerahmte Foto des Truckers in die Hand. „Das hier ist natürlich eher etwas für die Zeit, nachdem Amber wieder aus dem Koma erwacht ist."

John nickte, während er weiter die Cover der Bücher überflog. „Grisham, Roberts, Capote. Eine wahre Vielfalt, in der du dir etwas zum Vorlesen aussuchen kannst."

„Hast du einen CD-Player hier? Ich wollte eigentlich einen von zu Hause mitbringen, habe es aber leider vergessen." Andrew hatte am Morgen zum ersten Mal seit Jahren verschlafen und sich dann in aller Eile fertigmachen müssen. An Ambers persönliche Sachen hatte er in letzter Minute noch gedacht, aber der nicht minder wichtige CD-Player war aus seinem Gedächtnis verschwunden gewesen.

„Da müsste ich im Schwesternzimmer fragen." John kratzte sich am Ohr.

„Ach, das kann ich auch gleich machen." Andrew blickte immer noch gebannt auf das Foto. Irgendwie fesselte ihn der fröhliche Trucker. „Ob das Ambers Vater ist?" Er hielt John die Aufnahme hin.

„Ich glaube nicht. Wenn ich mich richtig erinnere, hat die Nachbarin der Eltern gesagt, dass der Vater seine Kanzlei zum ersten Mal seit vielen Jahren alleine gelassen hat und erstmalig mit seiner Frau in einen längeren Urlaub gefahren ist. Daher wohl auch die Handy-Abstinenz." Er kniff die Augen leicht zusammen und betrachtete das Foto prüfend. „Eine gewisse Ähnlichkeit ist da. Dieselbe gerade Nase und die Form des Mundes könnten auch passen. Vielleicht ein Onkel?"

„Oder der Truck gehört ihm gar nicht", wandte Andrew ein.

„Du meinst, der Anwalt hat sich zum Spaß mit einem fremden Truck ablichten lassen?"

„Möglich."

„Wenn es aber nicht ihr Vater sein sollte, sondern ein entfernter Verwandter, dann frage ich mich, warum ich keine Fotos von ihren Eltern gefunden habe."

„Das war das einzige Bild, das in der ganzen Wohnung offen zu sehen war?"

Andrew nickte. „Das Wohnzimmer war der einzige Raum, der buchstäblich überquoll mit Ambers persönlicher Note. Alle anderen Räume enthielten bis auf das Allernötigste gar nichts."

„Du sagtest doch, sie sei noch nicht lange in der Stadt, vielleicht ist das die Erklärung."

„Ja, das könnte sein. Ob es irgendwelche neuen medizinischen Erkenntnisse gibt, brauchte ich wohl nicht zu fragen?" Andrew hielt kurz den Atem an, als John seine Brille zurechtrückte und ihn ernst ansah.

„Nicht direkt." John räusperte sich. „Aber ich habe mit einem guten Freund und Kollegen in Chicago gesprochen. Richard gilt als einer der führenden Spezialisten in der Koma-Forschung. Und er hat mir von einem Fall erzählt, den er vor einigen Jahren einmal behandelt hat, der ziemlich gut auf Amber passen könnte."

Andrew war wie elektrisiert, starrte den Freund gebannt an.

„Es hilft uns leider nicht in der Behandlung weiter, aber es könnte das Dunkel lüften, warum Amber überhaupt ins Koma gefallen ist."

„Was heißt das?", rief Andrew mit einer Spur Ungeduld in der Stimme.

„Also bei dem Fall damals hat sich herausgestellt, dass die Patientin einige Zeit, bevor sie ins Koma fiel, ein Trauma erlitten hatte. Nun war es zwar von außen betrachtet gar nichts besonders Dramatisches – eine überraschende Scheidung nach dreißig Ehejahren. Aber für die Frau war es anscheinend so gravierend, dass ein harmloser Sturz von der Leiter, bei dem sie sich nur den Knöchel angebrochen hatte, dazu führte, sie ins Koma zu befördern." John faltete die Hände und sah Andrew über den Rand seiner Brille nachdenklich an.

„Oh. Und das konnte damals eindeutig medizinisch geklärt werden?"

„Nein. Aber mit Hilfe von Psychologen wurde erarbeitet, dass es die wahrscheinlichste Ursache gewesen ist. Eine Seele, die in großer Not ist, kann in sehr seltenen Fällen wohl die Lichter für eine ganze Weile ausknipsen. Wir kennen das bei der normalen Ohnmacht in Situationen, in denen Menschen so stark überfordert sind, dass die Wirklichkeit vorübergehend verlassen wird. Wir fallen in eine ‚gnädige Ohnmacht', das haben wir alle schon gehört, manche auch erlebt. Tja, und dann gibt es anscheinend auch Fälle, in denen die Seele nicht nur für wenige Minuten den Pausenknopf drückt, sondern eben für eine längere Zeit."

„Wie lange hat das Koma bei der Patientin deines Freundes angedauert?"

"Sechs Monate."

„Wow!" Andrew stieß ein Pfeifen aus.

„Aber das heißt nichts! Es ist ohnehin nur eine Idee, dass dieser Fall hier ähnlich gelagert sein könnte. Wenn wir ehrlich sind, wissen wir viel zu wenig über Amber, um annehmen zu können, dass die Trauma-Theorie auch nur ansatzweise infrage kommen könnte."

Andrew nickte, während die Gedanken durch seinen Kopf rasten.

„Eines war aber für deine Arbeit sehr interessant."

Andrew horchte auf.

„Die Patientin von Richard konnte sich hinterher an vieles aus ihrer Koma-Zeit erinnern. Ihre Tochter hatte sie die ganze Zeit begleitet und sie immer wieder eindringlich gebeten zurückzukommen. Wie die Patientin selbst später sagte, war das der Grund für sie, alles daran zu setzen, wieder gesund zu werden."

Andrew blickte auf Gina, John folgte seinem Blick.

„Gleicher Gedanke." John lächelte. „Ob Tochter oder Hund, wichtig ist nur die emotionale Bindung an den Patienten."

„Dann machen wir uns jetzt besser wieder an die Arbeit."

Andrew stand auf.

23.

Als die Musik einsetzte, schossen Amber ohne Vorwarnung die Tränen in die Augen.

„Johnny Cash“, flüsterte sie und sah sich benommen um. Pete und sie waren gerade erst wieder im Krankenzimmer gelandet.

Verwundert sah sie sich um. Andrew stand an dem drehbaren Tisch am Kopfende des Bettes und hantierte an einem CD-Player, den Amber noch nie gesehen hatte. Sie drehte sich suchend nach Pete um, der in einiger Entfernung stand und sie beobachtete. Ihre Blicke trafen sich, ihrer noch immer voller unterschiedlicher Emotionen, seiner jetzt mit Sorge.

„Daddys Musik“, stellte sie fest. „Wie kommt die hier her?“

Sie beugte sich zu Gina runter, die schwanzwedelnd auf sie zukam.

Pete sah selbst überrascht aus. „Ich habe keine Ahnung“, gab er zu. „Es tut mir leid, ich war so auf Hawaii konzentriert, dass ich mich um nichts anderes gekümmert habe. Vielleicht ist es einfach Zufall.“

Sie sah ihn skeptisch an, während sie Gina streichelte. Die CDs von ihrem Vater gehörten zu ihrem persönlichen Heiligtum. Die ganze Zeit, die sie mit David zusammen gelebt hatte, war der Karton im Keller seines Hauses verbannt geblieben. „Diesen Schund kann kein Mensch mit Verstand anhören!", hatte er ihr gleich bei ihrem Einzug klargemacht. Manchmal hatte sie die Musik trotzdem gehört. Heimlich. Wenn David auf Geschäftsreise war.

Mit einem Mal packte sie eine ungeheure Wut. Warum hatte sie das zugelassen? Warum hatte sie tatsächlich da weitergemacht, wo sie in ihrem Elternhaus aufgehört hatte? Dort hatte ihre Mutter jede Erinnerung an den Vater verboten. Sie ließ Gina los, ballte die Hände zu Fäusten.

„Du bist wütend", stellte Pete überrascht fest.

„Oh ja, mir ist gerade einmal mehr bewusst geworden, was ich mir alles habe gefallen lassen. Erst von meiner Mutter, dann von David." Sie drängte die Tränen zurück, wollte statt zu weinen das euphorische Glück fühlen, das sie eben erst an der hawaiianischen Küste von *O'ahu* erleben durfte.

„Ich will das nicht mehr!", sagte sie schniefend und funkelte stellvertretend Pete an, der am wenigsten dafür konnte.

„Sehr gut", lobte er. „Lass es raus. Nur so kannst du in wirklicher Freiheit leben."

Sie sah ihn skeptisch an.

„Es kommt häufig vor, dass sich nach solchen kleinen Glücksreisen, wie wir sie eben unternommen haben, Dinge zeigen, die noch geklärt werden müssen. Und manchmal gehört auch dazu, einfach wütend sein zu dürfen."

Sie schüttelte leicht mit dem Kopf. Lieber würde sie alles vergessen, was gewesen war und direkt in ein

Leben starten, das sich anfühlte wie ihr Ritt in der *Banzai Pipeline*.

„Hm", brummte sie und trat an das Bett heran, in dem ihr regloser Körper lag. Missmutig starrte sie darauf. Seit ihrem Ausflug war noch immer so viel Energie in ihr, dass der reglose Körper im Bett sie ein bisschen aufregte.

Andrew, der jetzt fertig war mit seinem Räumen auf dem Schwenktisch, betrachtete Ambers Körper ebenfalls. Wenn auch mit einem ganz anderen Ausdruck im Gesicht. Irritiert musterte Amber ihn. *Fast schon liebevoll sieht er mich an*, dachte sie verblüfft.

„Amber, ich hoffe, ich habe die richtige Musik mitgebracht", sagte er gerade und lachte unsicher. „Andere habe ich leider in deiner Wohnung nicht gefunden, deshalb gehe ich davon aus, mit Country deinen Geschmack zu treffen."

Sie zeigte sprachlos mit dem Finger auf Andrew. „Er war in meiner Wohnung!", japste sie, als sie ihre Sprache wieder gefunden hatte.

Pete zuckte die Schultern, in seinen Augen blitzte es belustigt. „Sehr engagiert, der Herr Doktor."

„Gina und ich waren in eurer Wohnung. Deine Nachbarin hat mich reingelassen. Ich hoffe, das war okay." Andrew lächelte entschuldigend, während er weiter die schlafende Amber betrachtete.

„Isabella." Amber legte die Stirn in Falten. „Sie ist die misstrauischste Person auf dieser Erde. Gina muss sein Vertrauens-Bonus gewesen sein." Der Gedanke, dass jemand Fremdes in ihrer ärmlichen Behausung gewesen war, bereitete ihr Unbehagen.

„Deine Nachbarin hat mich vermutlich nur wegen Gina reingelassen", sagte Andrew.

„Bingo", sagte Pete und setzte sich aufs Bett.

Amber kicherte. „Ich habe gerade gedacht, wie voll es in diesem Zimmer eigentlich ist. Und Andrew hat keine Ahnung davon." Gleich darauf wurde sie wieder ernst, lauschte der Stimme von Jonny Cash, die die Atmosphäre im Zimmer veränderte. Die sterile Neutralität bekam plötzlich Risse, durch die Farbe sich ins stumpfe Tageslicht hervorkämpfte. Erinnerungen, süße und schmerzhafte, füllten den Raum und Ambers Kopf.

„Warum habe ich es zugelassen, dass sie mir die Erinnerungen an Daddy nehmen wollten?" Sie biss sich auf die Lippen, starrte auf ihre Hand, die zitternd auf Ginas Kopf ruhte. Eine Träne löste sich aus ihrem Augenwinkel, tropfte darauf.

„Du warst doch erst zehn Jahre alt, sei gnädig mit dir." Pete zückte ein Taschentuch und reichte es ihr.

Sie griff danach, nickte zweifelnd.

„Aber später ..." Sie schnäuzte sich geräuschvoll die Nase. „Später bei David, da hätte ich mich wehren müssen."

„Vielleicht ist dir David deshalb passiert, weil es die Sache mit deinem Vater gegeben hat?"

Sie sah ihn überrascht an. In seinen Augen lag ein wissender Ausdruck, den sie selten darin las. Sie hielt den Blickkontakt, während sie die Antwort in sich suchte.

„Und nicht nur David, auch deine Angst, Chancen im Leben zu ergreifen?", zählte er weiter auf.

„Den richtigen Mann zu finden …“, vervollständigte Amber die Liste und verzog das Gesicht. „Meinst du wirklich, das hängt alles mit Daddy zusammen?“

„Was glaubst du?“

„Ich weiß es nicht.“ Sie hob ratlos die Schultern. „Als er wegging, war das natürlich ein harter Schlag. Aber das soll alles erklären, was danach schiefgelaufen ist?“

Sie sah zu Andrew, der gerade ein Buch aufschlug, sich räusperte und leise vorzulesen begann.

Nach wenigen Sätzen waren zwei Dinge klar: Erstens: er hatte Hemingway den Vorzug gegeben und zweitens: wenn Andrew eines nicht konnte, dann war es vorlesen.

Ambers Augen wurden groß, einen Moment später konnte sie nicht mehr an sich halten und prustete los. Pete stimmte mit ein. Sie lachten, bis ihnen die Tränen über die Wangen liefen.

„Es tut mir leid.“ Amber legte eine Hand auf den Mund. „Ich finde es wirklich rührend, welche Mühe er sich gibt, aber so, wie er vorliest, könnte man glatt jeder Literatur abschwören. Dabei ist der Klang seiner Stimme sonst so angenehm. Dunkel, etwas rauchig, sexy. Wie schafft er es nur, einem Text jede Betonung zu nehmen?“ Sie lachte wieder.

„Sexy?“ Pete drohte ihr scherzhaft mit dem Zeigefinger. „Du findest den Doc also sexy. So, so.“

„Seine Stimme! Ich sagte, seine Stimme klingt sexy!“ Sie spürte, wie ihr das Blut in die Wangen schoss.

„Du wirst rot“, stellte er schonungslos fest.

„Blödsinn!“ Sie rieb sich die brennenden Wangen. „Bestimmt habe ich mir einen Sonnenbrand von Hawaii mitgebracht.“

„Ja klar, bestimmt." Er grinste ironisch.

Sie gähnte. Plötzlich fühlte sie eine bleierne Müdigkeit. Ihre Augenlider waren schwer, und sie hatte Mühe, sich auf den Beinen zu halten. Mit einem Schlag war ihre Energie verschwunden, als hätte jemand den Schalter ausgeknipst.

„Ich bin total kaputt. Seitdem ich mich außerhalb meines Körpers aufhalte, war ich noch kein einziges Mal müde. Ich dachte schon, das geht in dem Zustand gar nicht, aber jetzt bin ich mit einem Mal vollkommen fertig."

„Doch, das geht. Du weißt es vielleicht nicht, aber das heute war richtige Seelenarbeit. Und die ist anstrengend. Was hältst du davon, wenn ich dich vorübergehend in deinen Körper zurückschicke?"

Sie sah ihn erschrocken an. „Aber noch nicht endgültig, oder?"

„Keine Sorge, die Entscheidung hast du ja noch nicht getroffen. Nur kurz zum Ausschlafen."

Sie gähnte erneut. „Okay, wenn es nur vorübergehend ist, bin ich einverstanden."

Im selben Moment trieb sie wieder im Fluss, *war* wieder der Fluss …

24.

„Soll ich es wirklich tun – dieses Haus kaufen?" Andrew saß mit geschlossenen Augen im Ledersessel, atmete tief den wohltuend vertrauten Duft des alten Leders ein und wartete.

Endlich hatte er es wieder nach oben in Lisas Atelier geschafft, aber noch spürte er ihre Anwesenheit nicht. Dabei brauchte er dringend Lisas Rat, oder eher ihre Einwilligung, denn er musste sich bald entscheiden, ob er die Browns ansprechen würde.

Statt einer Antwort von Lisa brummte Gina neben ihm. Dieses Mal war sie ihm gleich zielstrebig gefolgt.

Andrew öffnete die Augen und sah sich im schwach beleuchteten Raum um. Alle vertrauten Gegenstände vermittelten ihm wie immer eine gewisse Ruhe und etwas inneren Frieden. Aber das Gefühl, Lisa fast wie zu Lebzeiten spüren zu können, fehlte. Andrews Herz zog sich schmerzhaft zusammen. Wieder beschlich ihn eine Ahnung, dass ihre Abwesenheit mit seinen regelmäßigen Besuchen bei Amber zusammenhing.

Er gab es auf und schloss wieder die Augen. Ein bisschen Ruhe tat nach dem langen, anstrengenden Tag gut. Es dauerte nicht lange, bis er eingeschlafen war.

***

„Es wird Zeit Darling, ich muss gehen." In Lisas Augen lag grenzenlose Traurigkeit, während sie vor Andrew stand und ihn unverwandt ansah.

„Bleib bei mir", flüsterte er und zog sie dichter an sich. Der blumige Duft, der sie umgab, legte sich wie Balsam auf den Schmerz, der seine Seele in Flammen setzte und ihm den Boden unter den Füßen wegzog.

„Das geht nicht."

Die tiefe Wehmut in ihrer Stimme ließ ihn leise aufstöhnen.

Verzweifelt grub er seine Hände in ihre schwarzen Haare, tastete sich dann langsam ihren Rücken hinunter. Es war so atemberaubend, sie so nah zu spüren. Er wollte sie nicht loslassen. Niemals! Nicht noch einmal …

„Warum kannst du nicht bleiben? Ich brauche dich", murmelte er an ihrem Ohr.

„Weil du dein Leben leben musst. So lange ich dich nicht loslasse, wird das nicht gehen." Sie schob ihn ein kleines Stück von sich weg und sah ihm in die Augen. Schmerz und Trauer mischten sich in ihrem Blick mit jener Entschlossenheit, die Andrew zu ihren Lebzeiten stets bewundert hatte. So zart und zurückhaltend sie auch gewesen war, wenn es darauf ankam, zauberte sie eine wilde Entschlossenheit hervor, von der er sich dann erstaunt fragte, in welchem Winkel ihrer Persönlichkeit sie die sonst verborgen hielt.

„Aber ich lebe doch mein Leben", widersprach er. „Und das geht nur, wenn ich weiß, dass es dich für mich noch gibt." Er nahm ihr Gesicht in beide Hände, spürte ihre samtweiche Haut, und suchte vergeblich in den dunklen Augen nach einem Hinweis, dass ihre Entschlossenheit verhandelbar war. Er fand keinen. Stattdessen spiegelte sich noch mehr Schmerz darin.

Sie schüttelte den Kopf. „Nein, Darling, das stimmt nicht. Das haben wir uns beide vorgemacht. Unsere Liebe war ein Geschenk, das uns niemand nehmen kann. Aber die Zeit, die wir miteinander hatten, sie ist längst vorbei. Wir haben uns nur geweigert, das zu akzeptieren. Jetzt ist der Moment gekommen, dich endgültig loszulassen. Denn nur, wenn ich das tue, wirst du frei sein können, wieder richtig zu leben." Ihre Lippen zitterte, als sie hinzufügte: „Und zu lieben."

Er erstarrte. „Aber ..." Sofort musste er an Amber denken. Das schlechte Gewissen schnürte ihm die Kehle zu. Er hätte nie ihre Betreuung übernehmen dürfen. Dann würde Lisa jetzt nicht gehen wollen ...

„Scht ..." Sie legte ihm einen Finger auf die Lippen. „Sag nichts, Darling. Du musst kein schlechtes Gewissen haben. Ich weiß, dass du mich liebst. So, wie ich dich immer lieben werde. Trotzdem müssen wir jetzt Abschied nehmen. Bitte mach es mir nicht noch schwerer."

Er versuchte zu nicken, obwohl alles in ihm auf pure Abwehr ausgerichtet war. Eine eiserne Faust hatte sich um sein Herz gekrallt. Stumm sah er sie an, bemüht, sich jeden Millimeter ihres Gesichts einzuprägen, fuhr mit den Fingern über ihre Wange, ihre Lippen. Bittersüße Erinnerungen, die bis in die Ewigkeit reichen mussten.

„Es war unser Schicksal, dass wir nicht mehr Zeit miteinander haben durften. Wir haben beide damit gehadert und waren nicht bereit, es anzunehmen. Ich glaube, nur deshalb war es möglich, dass ich in dieser Form bei dir bleiben konnte. Aber auf Dauer ist das nicht gut, für keinen von uns. Wir müssen jetzt beide weitergehen." Mit unendlicher Liebe in den Augen sah sie ihn an. Die Traurigkeit war fast gänzlich daraus verschwunden.

In diesem Moment wurde Andrew ganz ruhig. Er fügte sich. Ins Unausweichliche.

Ein letztes Mal nahm er sie in den Arm, küsste sie. In diesem Kuss lag so viel mehr als ihre grenzenlose Liebe zueinander. Der Kuss war ein Danke für ihre Liebe und für die wundervolle gemeinsame Zeit. Er besiegelte den Abschied und stand für das, was danach kam. Ohne einander.

Irgendwann löste Lisa sich von Andrew, und er machte keinen Versuch mehr, sie daran zu hindern.

„Kauf das Haus von den Browns." Das leichte Lächeln auf ihren Lippen war das Letzte, was Andrew an ihr wahrnahm, bevor sie sich umdrehte und von ihm entfernte. Er streckte den Arm aus, ohne sich vom Fleck zu bewegen. Mit einem Mal konnte er Lisa nicht mehr sehen. Verwundert sah er seinen Arm an, der noch immer nach vorne gestreckt war, sinnlos und zitternd. Wie ferngesteuert hob sich seine Hand und winkte in die Richtung, in die sie verschwunden war.

Lisa war gegangen. Endgültig.

25.

Seit dem Vormittag nieselte es schon. Ein feiner, eiskalter Sprühregen, der wie kleine Nadeln ins Gesicht stach. Der Tag war nicht richtig hell geworden, und spätestens jetzt zur Mittagszeit war klar, dass sich das auch nicht mehr ändern würde.

Für den Weg von der Praxis bis zum Krankenhaus brauchten sie heute trotz des schlechten Wetters deutlich länger als sonst, dabei lag es ausnahmsweise weniger an Ginas gemächlichem Tempo als an Andrews schleppenden Schritten.

Es kam ihm vor, als wenn Bleigewichte auf seinen Schultern lagerten und ihn bremsten. Dieses Gefühl begleitete ihn bereits seit dem Aufstehen am frühen Morgen.

In der Nacht war er irgendwann schweißgebadet auf dem Sessel in Lisas Atelier hochgeschreckt. Den bittersüßen Traum im Kopf, der mit seinen präzisen Einzelheiten viel zu real für einen solchen gewesen war.

Gina hatte ihn angesehen, als er im Sessel hochgefahren war. Voller Mitgefühl, als wüsste sie, was gerade bei ihm passiert war.

Nachdem Andrew sich einigermaßen wieder gefangen hatte, waren sie hinunter zu den anderen Hunden ins Schlafzimmer gegangen. An Schlaf war für Andrew nicht mehr zu denken gewesen. Lisa war gegangen. Diesmal für immer. Die restliche Nacht kämpfte er mit der Frage, ob das seine Schuld war oder ob er es irgendwie hätte verhindern können.

Wieder und wieder drehte er die Worte im Kopf, die sie gesagt hatte. Kam schließlich zu dem Ergebnis, dass Lisa Recht hatte. Sie hatten beide ihr Schicksal nicht akzeptieren können. Die Tatsache, nur so wenige Jahre zusammen verbringen zu dürfen.

Die „Lösung", die sie dann nach Lisas Tod fanden, war keine, die auf Dauer taugte. Für eine Weile war es sicher hilfreich gewesen, aber inzwischen waren es sechs lange Jahre, in der sie an ihrer Vergangenheit festhielten, ohne der Zukunft auch nur den Hauch einer echten Chance zu geben. Das alles sagte ihm sein Verstand. Trotzdem war der Schmerz, der seine Eingeweide zerquetschte, noch einmal fast so tief wie damals, als Lisa gestorben war.

Andrew holte tief Luft, als das St. Anne's in Sicht kam.

Amber wartete auf sie. Das sagte er sich zumindest, irgendeinen Sinn mussten ihre täglichen Therapiebesuche schließlich haben. Falls nicht, tat er zumindest Gina einen Gefallen damit, sie hierherzubringen. Und heute würde die Arbeit hier vielleicht helfen, ihn abzulenken. So, wie es bis vorhin die Patienten in seiner Praxis getan hatten.

Seufzend öffnete er die Eingangstür zur Klinik.

Als er in die Empfangshalle trat, wurde ihm bewusst, dass sich sein Gefühl in Bezug auf Krankenhäuser verändert hatte. Der Geruch, der ihm in die Nase stieg, roch nur noch nach Desinfektionsmittel, aber nicht mehr nach Angst und Schmerz.

Überrascht verharrte er einen Moment. Die Traurigkeit, die der erneute Verlust von Lisa zweifellos mit sich brachte, verdunkelte noch sein Gemüt, aber das Gefühl der Panik, das das Betreten eines Krankenhauses sonst mit sich brachte, war verschwunden. Er fühlte einen seltsamen Frieden.

Als er mit Gina im zweiten Stock ankam, trat ihm Schwester Sandra aus Ambers Zimmer entgegen.

„Oh, hi." Sie schenkte Andrew ein strahlendes Lächeln. „Wie schön, dass Sie beide wieder da sind. Möchten Sie einen Kaffee?"

„Hallo Sandra. Sehr gerne." Er lächelte sie an. „Gibt es Neues bei unserer Patientin?"

„Nein, leider unverändert." Sie streichelte Gina, die freundlich mit dem Schwanz wedelte, kurz über den Kopf und eilte dann Richtung Schwesternzimmer.

Andrew betrat das Zimmer. Gina marschierte direkt zum Fenster, was ihn inzwischen kaum noch wunderte. Was auch immer ihre Beweggründe waren, warum es sie manchmal zum Bett zog, sie ihre Schnauze auf oder neben Ambers Arm legte und sie sich an anderen Tagen in irgendwelchen Ecken des Zimmers aufhielt, die weit von Amber entfernt waren, hatte Gründe, die sich ihm nicht offenbaren wollten.

Er hatte sich gerade einen Stuhl ans Bett herangezogen und Platz genommen, als Schwester Sandra mit seinem Kaffee erschien.

„Bitte sehr." Sie reichte ihm den Becher. „An manchen Tagen hilft uns nur Koffein, den Tag zu überstehen." In ihren Augen konnte er ablesen, dass sie seinen übernächtigten Zustand auf Anhieb erkannt hatte.

Er nickte zustimmend.

„Die Idee mit der Musik finde ich großartig." Sie deutete auf den CD-Player, den Andrew sich aus dem Schwesternzimmer ausgeliehen hatte.

Erst jetzt fiel ihm auf, dass im Hintergrund leise Dolly Parton sang.

„Ja, es gibt wissenschaftliche Hinweise, dass sich Musik nicht nur in der Demenz-Therapie, sondern auch bei Koma-Patienten positiv auswirken kann. Wir wissen noch viel zu wenig darüber, aber immer dann, wenn Sinne und Emotionen gleichermaßen angesprochen werden, kann es zu erstaunlichen Erfolgen kommen."

„Das kann ich mir gut vorstellen." Ein Lächeln zeigte sich auf ihrem offenen, freundlichen Gesicht. Gleich darauf wurde sie wieder ernst. „Ich muss leider weiter, wir haben heute Nacht mehrere neue Notfälle aufgenommen."

Nachdem Sandra gegangen war, betrachtete Andrew Amber. Zum ersten Mal spürte er nicht den Impuls, sie zum Aufwachen drängen zu wollen. Was auch immer der Grund für ihr Koma war, es gab einen. Medizinisch nicht erklärbar, aber dennoch vorhanden. Es musste so sein, alles andere ergab für ihn keinen Sinn mehr. Und wenn sie noch nicht bereit war, in die Welt zurückzukehren, dann hatte auch das seinen Sinn.

Er blieb noch eine Weile still sitzen, den Blick auf Ambers regloses Gesicht gerichtet. Vielleicht brauchte sie diese Auszeit von der Welt. Vielleicht dauerte es noch einige Zeit, bevor sie bereit war zurückzukehren. Oder sie würde überhaupt nicht wiederkommen. Bei dem Gedanken wurde das Gewicht auf seinen Schultern schwerer. Er holte tief Luft. Natürlich wünschte er es sich anders. Für Gina. Für die junge bezaubernde Amber, die ihr Leben eigentlich noch vor sich hätte. Und für sich. Zum ersten Mal gestand er sich ein, dass er sie gerne besser kennen lernen würde. Sie war längst nicht mehr nur eine Patientenbesitzerin für ihn. Er wollte wissen, warum sie den Kontakt zu ihrer Familie so rigoros abgebrochen hatte. Warum es scheinbar keine Freunde gab, die sich kümmerten. Bis auf Isabella, die gestresste Nachbarin, gab es offensichtlich keine Beziehungen im Ambers Leben. Und auch das Verhältnis der beiden konnte man wohl kaum als Freundschaft bezeichnen. Was war geschehen?

Er legte seine Hand auf Ambers. „Normalerweise mache ich die Arbeit der *Foundation* an Patienten schon lange nicht mehr selbst. Um ehrlich zu sein, habe ich sie mit dem Tod meiner Frau eingestellt. Sie starb vor sechs Jahren. Seitdem war ich an keinem einzigen Krankenbett." Er schluckte, fuhr sich über die Augen. „Ich habe es einfach nicht mehr geschafft, mich Krankheit und Tod zu stellen. Aber ich bin froh, dass Gina mich dazu gezwungen hat." Er sah zu der Hündin, die vor dem Fenster saß und ihm keine Aufmerksamkeit schenkte. „Ohne meine Hunde hätte ich die Zeit nach Lisas Tod nicht überlebt. Alleine schon deshalb stehe ich tief in der Schuld unserer vierbeinigen Freunde." Er lächelte gequält und griff nach dem Becher. Nachdem er nachdenklich einen Schluck Kaffee getrunken hatte, stellte er den Becher ab und griff nach dem Buch, das auf dem Drehtisch lag. In dem Moment verließ Gina ihren Platz am Fenster, kam zu ihm und legte ihm den Kopf aufs Bein. Er strich über ihr weiches Fell, bevor er leise begann, Hemingway zu zitieren.

***

„Er liebt seine Frau sehr." Amber saß auf dem Fensterbrett, während sie Gina abwesend streichelte und die Szene am Bett beobachtete.

„Sie ist seit sechs Jahren tot. Eine lange Zeit", stellte Pete sachlich fest.

„Ja, aber wie es aussieht, hatten die beiden eine so tiefe Verbindung, dass Zeit keine Rolle spielt. Er macht den Eindruck, als wenn er nie eine andere Frau ansehen wird." Sie knabberte nachdenklich an der Nagelhaut ihres Zeigefingers. Den Schmerz in ihrer Brust tat sie unwillig als Neid ab. Jahrelang hatte sie sich so eine Verbindung mit David gewünscht. Dann würde er jetzt an ihrem Bett sitzen und ihrem Erwachen aus dem Koma entgegenfiebern. Prompt bekam sie ein schlechtes Gewissen. Andrew sah so entsetzlich traurig aus. Der Preis, den er zahlte, war hoch. Es gab keinen Grund, ihn zu beneiden. Sich David hier wirklich vorzustellen, erfüllte Amber mit Widerwillen, wie sie überrascht spürte.

„Also ich finde, er sieht dich durchaus zärtlich an." Pete deutete auf Andrew, dessen Blick auf Ambers schlafendes Gesicht gerichtet war.

„Aber doch nur, weil er mein Therapeut ist!" Sie verschränkte die Arme vor der Brust und zog die Augenbrauen zusammen.

Pete lachte. „Er nimmt seinen Job sehr ernst! Das stimmt. Wir haben zwar nicht besonders viele Vergleichsmöglichkeit, aber ich würde wetten, dass die Therapeuten-Blicke selten so zärtlich ausfallen.“

„Zärtlich! Quatsch!“ Amber schüttelte den Kopf und sah zu Gina hinunter. Im selben Moment stand die Hündin auf und marschierte zum Bett. Sie setzte sich direkt neben Andrew, legte ihm den Kopf aufs Bein, während er zum Buch griff und erneut aus Hemingways Roman vorzulesen begann.

Amber und Pete wechselten einen Blick.

„Er kann es immer noch nicht besser“, sagte er trocken.

„Nein.“ Amber schmunzelte. Trotzdem rührte es sie, wie viel Mühe Andrew sich beim Vorlesen gab. Und mit ihr. Und das, obwohl er so schrecklich traurig aussah. Am liebsten hätte sie ihn in den Arm genommen.

26.

In Gedanken versunken steuerte Andrew auf die schmiedeeiserne Pforte seines Stadthauses zu. Als er sie gerade öffnen wollte, nahm er auf dem Nachbargrundstück eine Bewegung wahr.

Er erkannte seine Nachbarin, Deborah Brown, und hob grüßend die Hand.

Sie nickte als Antwort, ein flüchtiges Lächeln im Gesicht, hastete aber sofort den Weg Richtung Grundstücksausgang weiter.

Andrew blieb stehen, wartete, bis sie ihre Pforte erreicht hatte und mit ihm auf gleicher Höhe stand. „Mrs. Brown, darf ich Sie kurz etwas fragen?"

Sie sah ihn überrascht an, runzelte die Stirn. „Ja?"

„Ich habe gehört, dass Sie Ihr Haus verkaufen wollen. Stimmt das?" Er räusperte sich, fühlte einen Moment Unbehagen in sich aufsteigen. Immerhin zerbrach hier gerade eine Familie, und er wollte daraus Vorteile ziehen …

„Ja, das stimmt. Warum?" Deborah Brown war gut zwei Köpfe kleiner als Andrew. Fragend sah sie zu ihm auf.

„Nun." Er räusperte sich erneut. „Ich hätte Interesse daran, meine Praxisräume dichter an mein Haus zu verlegen. Da wäre das Nachbarhaus natürlich perfekt." Er lächelte entschuldigend.

Sie nickte, der Ausdruck in ihrem Gesicht veränderte sich, Anspannung wich Interesse.

„Das wäre natürlich praktisch, dann kann ich mir sparen, das Ganze einem Makler zu übergeben. Das Telefonat wollte ich längst geführt haben. Aber zwischen den Diensten im Krankenhaus, der Betreuung meiner Kinder und den Terminen beim Scheidungsanwalt bleibt im Moment keine freie Minute übrig." Sie strich sich eine mahagonifarbene Locke ihrer halblangen Haare aus dem Gesicht und seufzte.

„Es befindet sich noch eine abgeschlossene Wohnung im hinteren Bereich, insgesamt hat das Haus gut 350 Quadratmeter Wohnfläche. Na ja, im Schnitt dürfte es nicht viel anders sein als Ihres."

„Das klingt perfekt. Haben Sie sich schon Gedanken über den Kaufpreis gemacht?" In Andrew regte sich eine zaghafte Freude bei dem Gedanken, seine Praxis so dicht an sein Zuhause zu verlegen.

„Zehn Millionen. Mein Schwager kennt sich mit Immobilien gut aus. Den Preis hält er auf dem momentanen Markt für realistisch."

Andrew musste kurz schlucken. Vor zehn Jahren hatte er nur einen Bruchteil davon für sein eigenes Haus nebenan gezahlt. Allerdings war es unrenoviert gewesen, und der Immobilienmarkt hatte sich seitdem verändert. Er wünschte, er hätte das Gespräch mit Phil nicht so hastig abgebrochen. Dann wüsste er jetzt, in welcher Höhe sich Lisas – beziehungsweise seine – Aktien derzeit befanden.

„Ich kläre das mit meiner Bank. Es wäre nett, wenn
Sie bis dahin noch keinen Makler beauftragen."

„Sehr gerne. Wie gesagt, ich bin dankbar für alles, was
ich gerade nicht tun muss." Sie sah auf ihre Armbanduhr. „Ich muss meine Töchter abholen. Wenn Sie in einer Stunde rüberkommen mögen, dann können Sie
sich das Haus gerne ansehen."

„Oh ja, das mache ich. Danke!"

Sie verabschiedeten sich und Andrew ging mit Gina
langsam auf sein Haus zu. Wenn alles gut ging, hätte er
bald keinen Fahrtweg mehr zu seiner Arbeit. Die Aussicht wurde immer verlockender.

***

„Ich habe mir vorhin das Haus der Browns angesehen. Der Deal steht, ich kaufe es." Andrew konnte es
selbst kaum glauben, wie schnell er die Entscheidung
getroffen hatte.

„Du machst es wirklich?" Gloria ließ den Löffel mit
der Bouillabaisse, den sie gerade zum Mund führen
wollte, sinken und sah Andrew mit großen Augen an.
Dann erschien ein strahlendes Lächeln auf ihren Lippen.

Er nickte, pustete auf die dampfende Suppe auf seinem Löffel und probierte vorsichtig. „Ein Traum",
stellte er genießerisch fest. „Nicht nur wegen deinen
Kochkünsten werde ich dich schmerzlich vermissen,
wenn du mich wirklich verlassen solltest."

„Ach, lassen wir das Thema erstmal." Sie winkte ab.
„Bei mir ist noch nichts entschieden. Jetzt freuen wir
uns erstmal über die Neuigkeiten bei dir! Ich hätte

173

niemals damit gerechnet, dass du dich so schnell entscheidest."

„Ich auch nicht. Aber manchmal muss man Gelegenheiten, die sich bieten, einfach beim Schopf packen. Wer weiß, wann hier in der Nachbarschaft jemals wieder etwas zu verkaufen sein wird. Meist werden unsere begehrten Stadthäuser doch unter der Hand verkauft, ohne je im freien Markt aufzutauchen."

„So wie jetzt." Gloria grinste und brach sich ein Stück Baguette ab, das auf einem Brett in der Mitte des Tisches lag.

„Stimmt." Das Abendessen mit Gloria hatte sich spontan ergeben. Andrew war dankbar für jede Stunde, die er an diesem Abend nicht alleine verbringen musste.

„Darf ich fragen, wie hoch sie den Preis angesetzt haben?"

„Zehn Millionen." Er rührte in seiner dampfenden Suppe und zuckte die Schultern.

„Wow!" Sie pfiff durch die Zähne. „Da hatten wir damals mit unseren Häusern ja noch Glück gehabt."

„Ich weiß." Er nickte. „Die Preise sind rasant gestiegen."

„Wie kommt es, dass du so schnell Nägel mit Köpfen gemacht hast?" Gloria griff zu ihrem Weinglas, das mit Chardonnay gefüllt war.

Nachdenklich nahm er sein Glas ebenfalls in die Hand. „Lisa ist letzte Nacht endgültig gegangen." Traurig sah er Gloria an.

„Oh nein." Voller Mitgefühl langte sie über den Tisch und legte eine Hand auf Andrews Arm.

Gloria war die Einzige, mit der Andrew jemals darüber gesprochen hatte, dass es nach wie vor eine

Verbindung zwischen ihm und Lisa gab. Und das hatte er nur getan, weil sie ihm irgendwann erzählt hatte, dass ihr verstorbener Ehemann Steve sie nach seinem Tod drei Monate lang jede Nacht im Traum besucht hatte. Sie war davon überzeugt, dass es mehr als Träume gewesen waren. Danach hatte Andrew keine Scheu mehr gehabt, von seinen eigenen Erfahrungen zu berichten.

„Es tut mir sehr leid." Ihre blaugrünen Augen schimmerten feucht. Sie wusste, wie viel Halt der anhaltende Kontakt zu Lisa ihm gab. „Wie geht es dir damit?"

Er hob die Schultern, starrte auf die Suppe in seinem Teller, die langsam kalt wurde. „Es ist schwer, aber Lisa war so überzeugt, dass es richtig ist, wenn sie weitergeht." Seine Stimme stockte. „Wahrscheinlich hat sie Recht. Wie immer." Ein verzerrtes Lachen rutschte über seine Lippen. „Sie meint, ich müsse mein Leben wirklich leben. Und das könne ich nur ohne sie."

„So ähnlich war es bei meinem Steve auch." Sie strich noch einmal tröstend über Andrews Arm, bevor sie ihre Hand zurückzog. Tiefes Mitgefühl leuchtete in ihren Augen auf.

„Und? Hatte er recht?"

Sie antwortete nicht gleich, spielte mit ihrem Weinglas. „Bei uns war es ein bisschen anders, ich war viel älter als du jetzt", sagte sie schließlich. „Und deshalb war ich davon überzeugt, dass das Beste ohnehin hinter mir lag." Sie holte tief Luft. „Aber vielleicht lag ich damit falsch. Erst in letzter Zeit hat sich mein Gefühl verstärkt, dass das womöglich ein Irrtum war. Wenn es gut läuft, habe ich immerhin noch zwanzig Jahre vor mir."

„Oder mehr", wandte er ein.

Sie lächelte leicht.

Eine Weile war im Wohnzimmer nichts zu hören als das leise Knistern und Knacken im Kamin.

„Auf die Zukunft!" Andrews Stimme war belegt. Aber er meinte, was er sagte, als er nun sein Glas hob. Es war hart, Lisa ein weiteres Mal gehen zu lassen. Trotzdem spürte er immer mehr, dass es richtig war.

„Auf die Zukunft!" Gloria sah ihn liebevoll an, als sie mit ihm anstieß.

„Und unsere Freundschaft", ergänzte er. So unterschiedlich er und Gloria waren, ihre gemeinsame Trauer, das Hadern mit dem Schicksal, und nun die Aussicht, der Zukunft noch einmal eine andere Richtung zu geben, schweißte sie zusammen.

Die Weingläser klangen hell, als sie zusammenstießen. Gloria und Andrew nahmen beide einen großen Schluck.

„Phil, mein Banker, war übrigens sehr traurig, dass er mir keine anderen Aktienfonds aufschwatzen konnte. Er hatte so tolle Angebote vorbereitet. Und dann komme ich und mache alles zunichte, weil ich lieber noch ein Haus kaufe." Er lachte.

„Oh je, der Arme!" Gloria verdrehte belustigt die Augen. „Er wird drüber hinwegkommen."

„Ja, das glaube ich auch. Mit Lisas restlichem Vermögen werde ich übrigens einen Gnadenhof für nicht resozialisierbare Hunde unterstützen. Es gibt da ein tolles Projekt im Hudson Valley, das ich schon seit einiger Zeit verfolge. Großartige Menschen, die das ins Leben gerufen haben."

„Das ist bestimmt in Lisas Sinne. Was sollen die Aktien vor sich hin schimmeln? Geld ist dafür da, es zu nutzen. Und am besten sinnvoll." Sie trank einen weiteren großen Schluck Wein.

„Ihre letzten Worte waren, ich solle das Haus der Browns kaufen." Seine Stimme war leise.

„Dann verstehe ich dein schnelles Handeln!"

„Aber nun sollten wir essen. Ewig bleibt eine Bouillabaisse auch nicht heiß!" Sie tauschten einen verstehenden Blick, bevor sich beide endlich der Suppe widmeten.

***

„Du willst also wirklich zurück in deinen Körper?" Pete musterte Amber über den Besuchertisch hinweg. Sein Blick drückte vorsichtige Skepsis aus.

Sie strich sich die Haare aus dem Gesicht, begutachtete für einen Moment ihre Fingernägel.

„Ja", antwortete sie dann. „Meine Sehnsucht nach Gina wird jeden Tag größer. Auch wenn sie mich ja wahrnimmt, ist es dennoch nicht dasselbe. Und unser Ausflug nach Hawaii hat mir deutlich gezeigt, dass ich manche Sachen auch anders sehen kann. Aber ich glaube, ein bisschen Zeit brauche ich noch."

Pete bremste seine Freude nicht länger und strahlte übers ganze Gesicht. „Wunderbar! Ich habe es ja gleich gewusst, dass der Ausflug deinen Geschmack treffen wird."

„Sag mal, werde ich mich an alles erinnern können, was während meines Komas geschehen ist?"

„Nein." Er schüttelte bedauernd den Kopf. „Das würde dich leider überfordern."

„Ich werde gar nichts von meinem Wissen mitnehmen können?" Sie krauste die Stirn.

„Doch." Er zögerte. „Sagen wir mal so, du wirst schon ein anderes Lebensgefühl haben, wenn du erwachst. Sonst wäre ja alles umsonst gewesen."

„Werde ich mich an Hawaii erinnern können?"

Er schüttelt bedauernd den Kopf. „Aber es wäre möglich, dass du auf einmal den Wunsch verspürst, surfen zu lernen."

Sie wollte gerade zu einer Erwiderung ansetzen, als es an der Tür klopfte, und gleich darauf das Therapeutenteam zum täglichen Besuch erschien.

Ambers Herz hüpfte.

„Da strahlt aber jemand", meinte Pete mit einem schelmischen Grinsen.

„Na klar, ich freue mich immer, Gina zu sehen!" Amber beugte sich bereits über ihre Hündin, deren ganzer Körper durch ihr fröhliches Schwanzwedeln in Wallung geraten war.

Andrew schüttelte den Kopf, als er sah, dass Gina wieder schnurstracks zum Besuchertisch und den leeren Stühlen gegangen war. Dort freute sie sich, und es blieb ihr Geheimnis, warum sie es an dieser Stelle tat, wo niemand war.

Andrew verkniff sich den Hinweis, dass ihr Frauchen immer noch im Bett zu finden war und sich dort am Fenster niemand aufhielt. Er schaltete den CD-Player ein, entschied sich in dem Stapel daneben für Musik von George Strait und legte die CD ins Gerät. Einen Moment später erklang die tiefe Stimme des Sängers, störte die ruhige Atmosphäre des Krankenzimmers aber nicht, sondern unterstrich noch die Harmonie.

Einen Moment blieb Andrew am Bett stehen. „Hallo Amber, Gina und ich sind wieder da. Heute habe ich mich für George Strait entschieden, ich hoffe, das ist okay." Er zog sich einen Stuhl heran und setzte sich. „Langsam fange ich an, Country zu mögen." Er lachte. „Mein Musikgeschmack findet sich sonst eher im Rock, aber durch meine Frau Lisa bin ich auch der Klassik nahegekommen. Und nun erweitere ich vielleicht auf Country. Vielfalt schadet ja nicht." Er blickte zu Gina, die sich inzwischen neben dem Stuhl in der Besucherecke niedergelassen hatte. „Gina möchte anscheinend heute wieder Fern-Therapie machen. Ich würde sagen, wir lassen dem kleinen Dickkopf ihren Willen. Sie fühlt sich inzwischen bei mir und meinen Hunden übrigens ganz wie zu Hause." Als ihm der tiefere Sinn bewusst wurde, korrigierte er schnell. „Also soweit das unter den Umständen möglich ist. Trotzdem fiebert sie natürlich darauf hin, wieder mit dir zu leben." Er räusperte sich. „Heute Morgen hat sie einen Socken von mir geklaut. Ich habe ihn nur im Tausch gegen ein Stück Pansen zurückbekommen." Schmunzelnd sah er zu Gina, die ihn ansah, als wüsste sie genau, was er gerade erzählte. Schalk blitzte in ihren dunklen Augen auf.

„Um ehrlich zu sein, werde nicht nur ich Gina vermissen, wenn sie wieder auszieht, sondern auch meine anderen Hunde. Allen voran Mac, der sich täglich mehr in sie verliebt." Er fuhr sich durch die dunklen Haare, zögerte, bevor er weiter sprach. „Ich bin gerade dabei, ein Haus zu kaufen, das direkt neben meinem liegt. Es eignet sich perfekt als Praxis, und somit kann ich mir den täglichen Fahrtweg sparen. Und ...", wieder zögerte er. „... in diesem Haus befindet sich noch eine abgeschlossene kleine Extra-Wohnung. Im Moment wohnt dort das Au-Pair-Mädchen der Familie. Also falls du an einer Wohnung mit einem kleinen Garten interessiert wärst, könntest du mit Gina dort einziehen. Mac würde sich sehr freuen!" Andrew stockte. Auch ihm gefiel die Vorstellung immer besser. Aber das konnte er beim besten Willen nicht sagen. Nicht einmal im Hinblick darauf, dass Amber ihn vermutlich sowieso nicht hörte.

„Aber darüber können wir sprechen, sobald du wieder ganz bei uns bist."

Verlegen griff er zu dem Buch, das noch vom Tag zuvor auf dem Drehtisch bereit lag. Ob Amber es sehr merkwürdig finden würde, wenn sie sein Angebot im wachen Zustand hören würde?

Die Gefahr bestand vielleicht. Andererseits war es nun mal so, dass er bald eine Wohnung zu vermieten hatte. Bei nüchterner Betrachtung war es eindeutig eine Win-Win-Situation für alle. Ein eigener Garten wäre für Gina garantiert ein Traum, für Amber hoffentlich ebenso. Und Andrew brauchte sich keinen fremden Mieter zu suchen.

Durch diese Gedanken beruhigt, begann er leise zu lesen.

***

„Wie es aussieht, wirst du umziehen können, sobald du wieder fit bist", sagte Pete erfreut und schlug die Beine übereinander. In dem Moment fing Andrew an vorzulesen. Pete biss sich auf die Lippen. Verhindern konnte er das herzhafte Lachen, das aus seiner Kehle stieg, damit nicht.

Amber stimmte nicht mit ein. Sie war noch zu überrascht von dem eben Gehörten. „Andrew will uns tatsächlich eine Wohnung mit Garten vermieten!" Die Fassungslosigkeit stand ihr ins Gesicht geschrieben.

„Cool, oder?"

„Aber warum will er das für mich tun?" Sie knetete nervös ihre Hände, während sie Andrew beim Vorlesen beobachtete.

„Warum nicht?" Pete zuckte die Achseln, kämpfte noch immer mit seinem Lachanfall. „Wie es aussieht, mag er dich. Bis auf seine mangelnden Vorlese-Qualitäten ist er doch ein echt toller Typ."

„Hm." Amber blieb verwirrt. Eine Wohnung mit eigenem Garten war natürlich ein Traum. Und raus aus der elenden Gegend zu kommen, in der sie im Moment lebte, sowieso. Dennoch war es für sie nicht greifbar, dass jemand relativ Fremdes so nett zu ihr war.

„Ich glaube, eine böse Motivation hinter seinem Angebot können wir ausschließen." Pete blinzelte belustigt. „Oder was meinst du, Gina?"

Die Hündin antwortete mit einem Schwanzwedeln.

„Immerhin wohnt sie freiwillig bei ihm. Wir wissen beide, dass das anders aussehen würde, wenn es nicht so wäre."

„Ja, da habe ich keinen Zweifel, Ginas Vertrauen genießt er zu einhundert Prozent. Es fällt mir nur schwer zu glauben, dass jemand ohne Grund zu mir so freundlich ist …"

Sie beobachtete Andrew weiter. Irgendwann schlich sich ein Lächeln auf ihr Gesicht. „Er ist wirklich süß in seinen Bemühungen."

„Als Vermieter ist er bestimmt auch toll."

„Schlimmer als jetzt geht es ohnehin nicht." Amber verzog das Gesicht, wenn sie an die endlosen Gespräche mit ihrem Vermieter dachte. Die Ausflüchte, ihre abgewürgten Anfragen, wann endlich die Heizung wieder funktioniere, das unbehagliche Gefühl mit dem sie jeden Abend nach Hause kam, dankbar, zumindest Gina an ihrer Seite zu haben ... die Aussicht, das alles hinter sich zu lassen, war überwältigend.

„Wenn er mir seine Wohnung anbietet, sollte ich vielleicht einfach annehmen", sagte sie nachdenklich.

Pete nickte. „Das solltest du wohl."

„Vorausgesetzt, ich kann mir die Miete überhaupt leisten."

„Er hat gesehen, wie du jetzt lebst. Ich denke, er weiß, dass du keine Reichtümer besitzt", sagte er trocken.

27.

Andrew kam gerade die Treppe hinunter, als im Wohnzimmer das Telefon klingelte. Er hatte frische Blumen in Lisas Atelier gestellt. Lange verweilte er dort nicht mehr, seitdem er wusste, dass sie ihn nicht mehr besuchen kam. Das Ritual mit den Rosen behielt er dennoch bei. Es jetzt schon einzustellen, wäre ihm wie ein Verrat vorgekommen. Auch wenn er wusste, dass das Blödsinn war, fühlte es sich dennoch so an. Er würde Zeit brauchen, sich an die neue Situation zu gewöhnen.

Die letzten beiden Treppenstufen sprang er mit einem Satz hinunter und beeilte sich, rechtzeitig an den Apparat im Wohnzimmer zu gelangen. Atemlos meldete er sich, ohne vorher aufs Display zu sehen.

„Wie schön, dich zu erreichen!" Die fröhliche Stimme seiner Mutter drang in sein Ohr.

„Hey Mom." Er klemmte sich das Telefon zwischen Ohr und Schulter und ließ sich aufs Sofa fallen. Mac nutzte die Gelegenheit und pflanzte sich neben ihn.

„Wie geht es dir, mein Lieber?"

„Hier ist alles in Ordnung, danke. Und bei euch?" Er legte die Füße auf den Wohnzimmertisch, bereit für ein längeres Gespräch. Die letzten Versuche seiner Mutter, ausführlich mit ihm zu sprechen, hatte er stets im

Ansatz abgewürgt. Jedes Mal war er auf dem Sprung gewesen. Heute Abend nicht, da war er ihr die Aufmerksamkeit schuldig. Mac legte sich quer über seine Beine und schloss die Augen.

„Dein Vater ist erkältet, das heißt, bei uns ist Ausnahmezustand.“

Andrew sah sie im Geiste mit den Augen rollen.

„Sei gnädig mit Dad! Du weißt, er leidet dann wirklich sehr.“

„Aber vor allem leiden alle anderen, die in seiner Nähe sind“, gab sie spitz zurück. „Na, egal, das wird schon wieder. Trotz seines dramatischen Zustands lässt er herzliche Grüße bestellen.“

„Danke. Sag ihm gute Besserung von mir.“ Andrew hatte seinen Vater stets für seine Stärke, seine Souveränität und die Art, wie er die Dinge im Leben anpackte, bewundert. Nur wenn ihn ein Erkältungsvirus erwischte, mutierte sein Vater für einige Tage zu einem jammernden Jungen, der seine Umgebung auf Trab hielt. Andrew empfand diese Schwäche – die einzige, die er bei seinem Vater je hatte feststellen können – schon immer als sympathisch, bewies sie doch nur, dass auch er nur ein Mensch war.

„Richte ich aus. Was macht das Mädchen, um das du dich kümmerst?“

Andrew seufzte. „Leider unverändert. Inzwischen habe ich die Therapie ausgeweitet. Mit Hilfe einer Nachbarin war ich in der Wohnung und habe Musik und Bücher organisiert. Zu Country-Klängen lese ich nun neuerdings vor.“

Ein herzhaftes Lachen erklang aus dem Hörer. „Du liest vor?“

„Ja, wieso?“, fragte er befremdet.

„Nun, ich erinnere mich, wie du deine Englischlehrerin damals fast in den Wahnsinn getrieben hast, wenn du etwas vorlesen musstest.“

„Habe ich?“ Er kratzte sich am Kopf. Daran konnte er sich nicht erinnern.

„Hast du“, bekräftigte seine Mutter. „Aber da du andere Qualitäten besitzt, ist aus dir ja doch noch was geworden.“ Sie lachte wieder. „Aber vielleicht wacht Amber – so heißt sie doch – ja früher auf, um deinen Vorlesekünsten zu entfliehen.“

Andrew setzte sich aufrechter hin. „Vielleicht sieht Amber das ja anders.“

„Möglich. In ihrem Zustand muss man ja auch an Zerstreuung nehmen, was man kriegen kann.“ Sie kicherte.

„Danke, Mom. Was würde ich nur ohne deine freundliche Unterstützung tun?“

„Entschuldige“, sagte sie prompt. „Du siehst, die Krankenpflege bei deinem Vater hinterlässt schon Spuren. Dabei bin ich doch eigentlich ein netter Mensch.“ Sie kicherte wieder. „Sonst irgendwas Neues bei dir?“

„Ich kaufe das Nachbarhaus.“

„Warum?“

„Als neue Praxis.“ Mac leckte ihm mit Hingabe die Hand, die Augen hielt er dabei geschlossen. Andrew lächelte, als Gina das Sofa nun ebenfalls erklomm und sich halb auf Mac und ihn legte. Mac brummte, aber es klang eher wohlig als ablehnend. „Ich habe keinen Arbeitsweg mehr und die gewonnene Zeit kommt meinen Hunden zugute.“

„Ach, das klingt aber gut!“

Er überlegte, seine Mutter einzuweihen, dass Gloria vielleicht ihre Stelle bei ihm aufgab. Schließlich entschied er sich dagegen. Sie würde sich nur wieder unnötig Sorgen machen. Es reichte, sie zu informieren, falls es wirklich so weit kam.

„Ich glaube, ich muss Schluss machen. Der Kranke braucht Pflege." Die Stimme seines Vaters mischte sich mit dem Lachen seiner Mutter. „Der Herr wünscht einen Tee."

„Gut, dann kümmere dich um ihn." Kopfschüttelnd beendete Andrew das Gespräch. In jedem Arm einen Hund lehnte er sich auf dem Sofa zurück und schloss die Augen.

***

Am nächsten Morgen erwachte Andrew mit einem seltsamen Gefühl. Zur Trauer, die ihn seit Lisas letztem Besuch nicht mehr losließ, war etwas anderes hinzukommen. Ein freudiges Prickeln, das eine Aufregung entfachte, als würde gerade etwas Neues und Spannendes in sein Leben drängen. Die Unterschiedlichkeit dieser beiden Gefühle hätte nicht größer sein können.

Trotz der viel zu kurzen Nacht war er hellwach.

Er setzte sich im Bett auf und stopfte das Kopfkissen in seinen Rücken, bevor er sich nach hinten sinken ließ.

Mikey, der neben ihm auf dem anderen Kopfkissen lag, schnarchte leise vor sich hin. Unterstützt von einigen der anderen Hunde, die ebenfalls im Schlaf Geräusche machten. Außer Andrew war noch niemand wach.

Lag das Gefühl des Aufbruchs an einem Traum in der letzten Nacht begründet? Sosehr er sich bemühte, er konnte sich nicht erinnern. Er musste gut geschlafen haben. Tief und fest, aber traumlos.

Er tastete nach seiner Armbanduhr, die auf dem Nachttisch lag. Sieben Uhr. Gleich würde sein Wecker klingeln. Er stellte ihn vorab aus. Lauschte dem Regen, der gegen die Scheiben prasselte. Hörte das Atmen der Hunde und fragte sich, ob es schlicht die Aufregung um den Hauskauf war, die ihn umtrieb. Vermutlich. Er wischte sich über das Gesicht und schlug die Bettdecke zurück. Als er aufstand, erwachten die ersten Hunde. Verschlafene Augen blinzelten ihn mit einem gewissen Vorwurf darin an. Einzig Gina wirkte fast so wach wie er selbst und schien das Ende der Nachtruhe sogar willkommen zu heißen. Ausnahmsweise musste die Dusche Andrew nicht helfen, überhaupt in den Tag starten zu können.

***

Die Morgenvisite war gerade vorbei. Der normalerweise so zuversichtlich wirkende Dr. John Mitchell hatte heute auf Amber einen leicht resignierten Eindruck gemacht. Vielleicht bildete sie sich das aber auch ein. Sie seufzte und betrachtete weiter unschlüssig ihren reglosen Körper.

„Ach komm schon, Amber. Jetzt, da du dich entschieden hast, zurückzukehren, kannst du es auch genauso gut gleich machen. Lebenszeit ist kostbar, also hopp, zurück in deinen Körper!"

Petes Karamellaugen blickten ausnahmsweise streng.

„Ich weiß nicht. Irgendwie habe ich mich schon so daran gewöhnt, mir mein Leben aus der Ferne anzugucken." Sie rieb sich den Oberarm.

„Ja, das ist fein, so schön risikolos. Bravo." Er applaudierte gespielt beeindruckt, sprang vom Bett und stellte sich neben sie.

Zum ersten Mal fiel ihr auf, wie groß er war. Sie schätzte ihn auf mindestens einen Meter fünfundachtzig. Vielleicht größer.

„Ich dachte, du hast inzwischen schon mehr gelernt." Er stemmte die Hände in die Hüften und schüttelte leicht den Kopf.

„Habe ich! Aber vielleicht habe ich gerade deswegen Angst, dass ich es nicht umsetzen kann. Vor allem, weil du doch gesagt hast, dass ich mich eben nicht an alles, was in der Zwischenzeit passiert ist, erinnern werde. Womöglich mache ich einfach da weiter, wo ich aufgehört habe. Und dann war alles umsonst!" Ihr Blick flackerte.

„Nein, keine Angst, das wirst du nicht." Sein Blick wurde milder. „Solche Erfahrungen gehen niemals spurlos vorbei. Und bei dir werden sie dafür sorgen, dein Leben anders anzugehen. Vertraue mir."

Sie sah ihn zweifelnd an, nagte an ihrer Unterlippe.

Schließlich traf sie eine Entscheidung. „Also gut. Aber dann mache ich es erst, wenn nachher Andrew und Gina hier sind."

„Lässt du Andrew erst noch was vorlesen?" Gutmütiger Spott blitzte in Petes Augen auf.

„Du bist gemein!" Sie boxte ihn spielerisch in die Seite.

Er hob entschuldigend die Hände. „Verzeih! Ich wollte deinen Therapeuten nicht schlecht machen.“

Sie sah ihn drohend an.

„Okay“, gab er sich geschlagen. „Vielleicht ein bisschen, aber es ist nicht böse gemeint. Ich weiß ja, dass er ein Goldstück ist, unser Herr Doktor.“

Diesmal suchte sie vergebens nach Spott in seinen Augen.

Plötzlich verlegen blickte sie auf den Linoleumboden unter ihren Füßen.

„Also gehst du später zurück, sobald die beiden hier sind?“

Sie nickte zögernd. Als sie den Blick hob, sah sie, wie er zufrieden nickte und einen Daumen nach oben streckte.

Sie schluckte trocken. Hoffentlich behielt Pete recht, und sie würde es schaffen, ihr Leben zu ändern.

***

Mit wehendem Kittel betrat Andrew atemlos seinen Behandlungsraum. Das Telefonat, das er gerade geführt hatte, hatte nicht nur für Verzug in seiner Vormittagssprechstunde geführt, sondern ihn auch aufgewühlt.

Er musste sich zwingen, seine Aufmerksamkeit auf den jungen Mann und die Hündin zu richten, die auf ihn warteten.

„Hallo. Es tut mir leid, dass Sie warten mussten.“

Der junge Mann winkte ab. „Kein Problem.“

Die schwarze Labradorhündin, die ruhig neben ihm saß, wedelte mit dem Schwanz.

Andrew warf einen Blick auf die Patientenkarte. Marla, natürlich. Fast hätte er sie nicht erkannt. Ihr Verhalten war ein ganz anderes als beim letzten Termin.

„Was führt sie heute zu mir?" Er beugte sich vor, und streichelte Marla sanft über den Kopf. Das Wedeln der Hündin wurde stärker, aber sie blieb brav sitzen. Ein Verhalten, das noch vor wenigen Wochen undenkbar erschienen war.

„Ich wollte mich nur bedanken und Ihnen sagen, dass Sie recht hatten. Marlas Juckreiz war tatsächlich psychisch bedingt. Vermutlich hat sie die Trennung von meiner Exfreundin mindestens so mitgenommen wie mich." Er lächelte verhalten.

„Ihre Ratschläge habe ich streng befolgt. Wir haben alles gemacht, was Spaß macht, waren viel im Park unterwegs, oder haben es uns zu Hause gemütlich gemacht. Ich habe auch angefangen, Marla geistig auszulasten. Ich verstecke das Futter jetzt in der ganzen Wohnung. Sie glauben gar nicht, an welchen Stellen ich es manchmal beim Saubermachen dann wieder finde." Er lachte leise. „Und ich habe uns in einer Hundeschule angemeldet. Das war eine gute Idee für uns beide." Das Blut schoss ihm in die Wangen. „Die Trainerin ist inzwischen meine neue Freundin."

„Das ist ja wundervoll. Für Sie beide." Andrew machte einen kurzen Vermerk auf der Karteikarte.

„Ja, und das haben wir auch Ihnen zu verdanken. Deshalb haben wir etwas für Sie mitgebracht." Er bückte sich und zog aus einer Tüte ein verpacktes Geschenk.

„Danke, das wäre aber wirklich nicht nötig gewesen." Andrew schmunzelte.

„Doch, doch. Wenn Sie nicht gewesen wären, hätte ich mich bestimmt noch sehr lange in meinem Kummer vergraben. Sie haben mich daran erinnert, dass ich mich mehr um Marla kümmern muss. Und nur weil ich das getan habe, ist jetzt die Liebe in mein Leben zurückgekehrt." Ein Lächeln erhellte sein blasses Gesicht.

Andrew hatte den jungen Mann, dessen Name ihm partout nicht einfallen wollte, noch nie so strahlend gesehen. Er warf einen weiteren unauffälligen Blick auf die Karteikarte. Bob Reileigh.

„Das war bestimmt Schicksal, Bob. Aber wenn ich einen kleinen Anteil daran haben sollte, dann freut es mich. Und ich nehme Ihr kleines Dankeschön gerne an."

„Alles Gute für Sie, Dr. Martinez." Bob reichte ihm seine kühle Hand.

„Das wünsche ich Ihnen auch."

Als Bob und Marla das Zimmer verlassen hatten, wickelte Andrew das Geschenkpapier ab. Zu Tage kam eine Pralinenschachtel. Lächelnd zog er die Plastikhülle von der Packung. Irgendwie rührend von Bob, dass er ernsthaft glaubte, er habe Anteil an seinem neuen Liebesglück.

Andrew blickte auf die Uhr über der Tür. Er musste sich gleich mit Gina auf den Weg machen. Nicht wie geplant zur Therapiestunde ins Krankenhaus, sondern zu dem Notar, der die Beurkundung seines neuen Hauses vornehmen sollte.

Deborah Brown hatte ihn eben aufgeregt angerufen. Durch einen ausgefallenen Termin hatte der Notar heute Mittag spontan Zeit für die Beurkundung. Andrew hatte nur kurz gezögert und dann zugesagt. Je eher die Sache unter Dach und Fach war, desto schneller konnte er sich den täglichen Arbeitsweg sparen.

Sollte auch Gloria sich kurzfristig entschließen, ihr Café zu eröffnen, wäre es für ihn weniger schwer ohne sie, wenn der Umzug der Praxisräume bis dahin schon abgeschlossen wer.

Ihre Rundum-Betreuung würde er natürlich schmerzlich vermissen, aber immerhin konnte er dann jede Pause im Praxisgeschehen nutzen und nach seinen Hunden sehen. Sie in den Garten lassen oder kurz mit ihnen spielen.

Nachdenklich schob er sich eine Nougat-Praline in den Mund. Gleich würde er zum zweiten Mal Hauseigentümer werden.

Das Prickeln war zurück; wieder spürte er die Vorfreude auf das Neue, das in der Luft zu liegen schien. Der Schokoladengeschmack entfaltete sich süß und intensiv auf seiner Zunge, während er zaghaft für möglich hielt, bereit für die Zukunft zu sein.

***

Amber behielt die Uhr fest im Blick, während sie durch das Krankenzimmer marschierte. Die Arme vor der Brust verschränkt, hatte sie jeden Winkel des Zimmers bereits mehrmals durchwandert. Als sie wieder einmal beim Fenster ankam, blieb sie stehen und sah durch den Regen hinaus in den Park. Keine Menschenseele war heute dort unterwegs.

Sie seufzte abgrundtief und nahm ihren Rundgang wieder auf.

„Du machst mich ganz verrückt", stellte Pete fest. Vom Fensterbrett aus verfolgte er jeden ihrer Schritte.

„Ich mich auch", gab sie zu. „Nun habe ich mich schon entschlossen zurückzugehen, und dann tauchen sie nicht auf." Sie seufzte erneut. „War ihnen das Wetter zu schlecht? Oder warum versetzen sie mich heute?" Sie trommelte genervt mit ihren Fingern auf dem Drehtisch an ihrem Bett, der gerade in Reichweite war.

Pete hob ratlos die Schultern. „Keine Ahnung. Vielleicht kommen sie ja gleich. Bis jetzt sind sie nur fünf Minuten über die Zeit."

„Vielleicht soll es doch noch nicht sein, dass ich zurückgehe." Ambers Gesicht verfinsterte sich. Gerade hatte sie sich an den Gedanken gewöhnt, wieder am normalen Leben teilzunehmen. Vielleicht bald da unten im Park zu spazieren, selbst wenn es regnete. Und sie würde endlich Dana anrufen. Darauf freute sie sich am meisten. Sie hoffte nur, dass ihre Freundin ihr den heimlichen Weggang nicht allzu übel nahm. Aber Dana war der großzügigste Mensch, den sie kannte, deshalb ging sie davon aus, auf Verständnis zu stoßen. Aber vielleicht sollte es nun doch nicht sein … Noch nicht.

„Du könntest trotzdem jetzt sofort dein Leben wieder aufnehmen. Dr. Mitchell würde sich bestimmt auch freuen, wenn er der erste ist, der es erfährt", schlug Pete vor.

„Nein, ich möchte, dass Gina dabei ist." Sie faltete ihre Hände so fest vor der Brust, dass die Knöchel weiß hervortraten.

„Und der Doktor", ergänzte er sanft.

„Andrew muss ja mit. So selbstständig ist mein Hund auch wieder nicht, dass er alleine kommen kann."

Amber öffnete ihre Hände wieder und nahm den Rundgang durchs Zimmer erneut auf.

„Sweetie, kannst du dich nicht mal hinsetzen? Es passiert alles zur richtigen Zeit, entspann dich!"

„Du hast gut reden!" Schmollend ließ sie sich auf einen der Stühle am Fenster fallen. Der Regen perlte gegen die Scheibe, während sie damit haderte, dass sich ihre Pläne verzögerten. Es ärgerte sie vor allem deshalb, weil sie die Befürchtung hatte, es sich doch wieder anders zu überlegen. Wieder am Leben teilzunehmen bedeutete auch, es zu gestalten. Es anders zu gestalten als bisher.

„Weißt du", sagte sie leise und zwirbelte an einer Haarsträhne. „Bis jetzt habe ich es zwar geschafft, David räumlich hinter mir zu lassen. Aber nun geht es darum, mir etwas wirklich Besseres einfallen zu lassen als das Leben mit ihm."

Pete nickte. „Ja, genau das hast du erkannt. Nun geht es um die Umsetzung."

„Aber ich habe Angst, das wieder nicht zu schaffen." Sie sah ihn ratlos an.

„Das wirst du! Immerhin hast du auf Hawaii gespürt, dass inmitten der größten Angst auf einmal alles ganz einfach ist, wenn du loslässt."

„Und wenn ich das wieder vergesse? Und was, wenn Andrew mir das Angebot mit der Wohnung gar nicht macht? Vielleicht kauft er das Haus doch nicht, oder er findet Mieter, die mehr Miete zahlen können als ich."

„Erstens glaube ich das nicht, und zweitens – selbst wenn. Dann suchst du dir eben trotzdem eine bessere Wohnung."

Ihre tiefen Zweifel spiegelten sich in dem Meergrün ihrer Augen. Pete stand auf, trat nah an sie heran und legte eine Hand auf ihre Schulter. „Liebe Amber, wo ist auf einmal dein Vertrauen wieder hin?"

„Ich weiß nicht." Sie zuckte hilflos die Schultern. Tränen glänzten in ihren Augen. „Ich habe solche Angst, es wieder nicht hinzukriegen."

„Okay", sagte er nach einem Blick auf die Uhr. „Deine Therapeuten scheinen tatsächlich heute nicht zu kommen. Ich glaube, wir beide müssen noch einen anderen Ausflug machen."

„Nochmal Hawaii?", fragte sie überrascht.

„Nein." Er schüttelte entschieden den Kopf. „Kein Surf-Vergnügen. Ich glaube, ich habe etwas übersehen. Das müssen wir noch erledigen."

„Was denn?", wollte sie misstrauisch wissen.

Er schüttelte wieder den Kopf. „Lass dich überraschen."

28.

Die Geschäftsräume des Notariats lagen nur wenige Straßen von Andrews Praxis entfernt. Ein kurzer Anruf dort hatte Andrew die Gewissheit verschafft, Gina mitnehmen zu können. Hunde waren erlaubt und die Räumlichkeiten befanden sich im zweiten Stock, sodass sie problemlos die Treppe nehmen konnten.

Andrew blinzelte, als er aus der Praxis auf den Bürgersteig trat. Eine fahle Sonne hatte es geschafft, sich durch den wolkenverhangenen Himmel zu kämpfen.

„Was meinst du, ist das ein gutes Omen?" Er blickte zu Gina, die neben ihm stand und ihn aufmerksam ansah.

„Wir gehen einfach mal davon aus", entschied er und ging los. Gina folgte willig.

„Zu Amber können wir leider erst heute Abend, jetzt muss ich eben ein neues Haus kaufen." Ihm wurde bewusst, dass sie von unzähligen Menschen umgeben waren. Aber hey, dachte er, wir sind in New York, da gibt es Seltsameres als einen Mann, der sich angeregt mit seinem Hund unterhält. Außerdem gingen sie ohnehin in der Masse unter, niemand nahm Notiz von ihnen.

Keine zehn Minuten später waren sie vor dem Bürogebäude der Zieladresse angekommen.

Von der anderen Seite eilte gerade Deborah Brown mit gerötetem Gesicht auf die Glastür zu. Ein Stück hinter ihr erkannte Andrew ihren Ehemann. Richard Brown, der Chirurg, war bestimmt drei Köpfe größer als seine Frau. Trotz seines Alters von ungefähr Mitte Dreißig hatten sich bereits große Teile seines graublonden Haares von ihm verabschiedet. Der spärliche Rest formierte sich als Kranz an den Seiten.

Unter seinem Mantel zeichnete sich ein deutlicher Bauchansatz ab. Neben seiner Leibesfülle war er mit einem gutmütigen Gesicht gesegnet.

Andrew blieb stehen und lächelte ihnen entgegen.

Als sie bei ihm angekommen waren, erkannte er in den Augen von Deborah neben der üblichen Hast noch etwas, das ihn an sein eigenes Gefühl erinnerte: Freudige Aufbruchstimmung.

Überrascht hob er eine Braue. Während er die beiden mit Handschlag begrüßte, wurde ihm klar, dass er sich sein Mitgefühl vermutlich sparen konnte. Seine Schlussfolgerung, dass nebenan gerade eine Familie zerbrach, was für die meisten Menschen sicher einen schlimmen Einschnitt darstellte, schien die beiden erstaunlich wenig zu kümmern.

„Ja, dann wollen wir mal", sagte Deborah munter, als ihr Mann die Tür aufhielt.

„Und ob", stimmte er mit breitem Lächeln zu.

Nachdem sie gemeinsam in den zweiten Stock hinaufgestiegen waren – das Ehepaar Brown zeigte Verständnis für Ginas Fahrstuhlphobie – wurden sie von einer freundlichen Blondine in Empfang genommen, mit Kaffee und der Bitte versorgt, es sich noch für einen Moment im Wartebereich gemütlich zu machen.

Sie nahmen Platz auf den weichen Lederstühlen. Nach einem kurzen, verlegenen Schweigen ergriff Deborah Brown das Wort.

„Vielleicht fragen Sie sich, warum wir trotz Scheidung so guter Dinge sind." Sie knöpfte ihren karierten Cashmere-Mantel auf und lehnte sich zurück.

Andrew gab ein Geräusch von sich, das als gemurmelte Zustimmung durchgehen konnte. Er war nicht sicher, ob er solche Dinge von seinen zukünftigen Ex-Nachbarn noch wissen wollte.

„Denken sie nicht, wir sind herzlos." Richard Brown stieß ein tiefes, anziehendes Lachen aus. Seine Frau stimmte mit ein. „Wir bleiben beste Freunde!" Zur Bestätigung legte er seine Hand auf ihre, die unter seiner Pranke verschwand.

„Es ist nur so", erklärte Deborah. „Wir sind schon sehr lange nur noch gute Freunde. Und jetzt hatten wir endlich den Mut, das auch auszusprechen. Eine Erleichterung für uns beide!"

Die beiden sahen sich an. Und lächelten.

„Ich habe einen Forschungsauftrag in Kanada angenommen!" Mrs. Brown strahlte.

„Und ich ziehe mit meiner Freundin zusammen." Ein Leuchten glitt über das Gesicht von Richard.

Andrew musste sich Mühe geben, nicht zusammenzuzucken.

„Für die Kinder wird sich nicht viel ändern, außer natürlich das Räumliche. Aber als Familie haben wir schon seit Ewigkeiten nichts mehr gemeinsam unternommen, da wird ihnen nichts fehlen. Und wir denken, die Hauptsache ist für sie, dass wir beide immer noch freundschaftlich miteinander umgehen. So, wie sie es gewohnt sind." Doborah strich ihren beigefarbenen Rock glatt und sah dann auf ihre Armbanduhr. „Könnte ruhig langsam losgehen. Ich habe gleich noch eine Videokonferenz mit den kanadischen Kollegen."

Andrew nickte stumm. Ihm fiel schlicht keine Erwiderung ein.

Hätte er so eine Ehe mit Lisa geführt, wäre ihm viel Schmerz erspart geblieben. Und er müsste jetzt nicht mit den widerstreitenden Gefühlen kämpfen, die ihn selbst sechs Jahre nach ihrem Tod immer noch zwiespältig hier sitzen ließen, weil er gleich mit ihrem hinterlassenen Geld seinem Leben eine neue Wendung geben wollte.

Dann schüttelte er leicht den Kopf. Nein, mit den Browns hätte er trotzdem nicht tauschen mögen. Um nichts in der Welt hätte er die intensiven Jahre mit Lisa missen wollen.

Die Tür hinter dem Empfangsbereich öffnete sich und der Notar Dr. Alasthair Armstrong trat heraus.

Der Endfünfzigjährige trug einen perfekt geschnittenen dunkelgrauen Anzug, ein blütenweißes Hemd und eine schrill gemusterte Krawatte, die in einigem Widerspruch zu seinem sonstigen Auftreten stand. Tiefe Falten auf der Stirn und eine Goldrandbrille gaben ihm ein strenges Aussehen.

„Guten Tag, meine Damen und Herren." Der Notar lächelte in die Runde und wies dann einladend auf die geöffnete Tür zu seinem Büro. Sein Lächeln veränderte den ernsten Eindruck und vermittelten eine Ahnung, dass seine grelle Krawatte doch zu ihm passen konnte.

Nachdem Andrew und das Ehepaar Brown am Konferenztisch Platz genommen hatten, setzte sich auch der Notar.

Er bot neue Getränke an, die alle dankend ablehnten, und schlug dann die bereit liegende Akte auf.

Andrews Gedanken schweiften zu Lisa, als der Beurkundungstermin begann. Mit einem Mal packten ihn erneut Zweifel, ob es richtig war, was er hier tat. Vielleicht sollte er die Aktien doch lieber weiter unangetastet lassen. Vielleicht war es kompletter Irrsinn, noch ein millionenschweres Stadthaus in Manhattan zu kaufen. Er fuhr sich über die Stirn, hörte die Stimme des Notars nur noch aus weiter Ferne. Worte, durch Watte gedämpft und ohne jede Bedeutung. Für einen Moment verlor Andrew sich in seinen Erinnerungen an die Zeit, in der seine Welt noch in Ordnung gewesen war. Als er nach Hause gekommen war und Lisa auf ihn gewartet hatte.

Erst die Berührung von Ginas feuchter Schnauze holte ihn in die Wirklichkeit zurück.

***

Amber war immer noch misstrauisch, was Pete nun wieder mit ihr vorhatte.

„Honey, ich glaube, du musst jemanden treffen, der dir etwas zu sagen hat.“

Sie hob die Brauen, sagte aber nichts.

„Wir beide reisen jetzt in den Vorhimmel. Wenn alles gut geht, werden wir dort deinen Vater treffen.“

Sie riss die Augen auf. „Daddy?“ Ihre bebende Hand flog vor ihren Mund. „Ich kann Daddy sehen?“

Pete berührte zart ihre Wange, an der Tränen hinunterliefen. „Ja, ich hoffe es. Ich muss oben noch ein paar Formalitäten erledigen, aber eigentlich müsste es klappen."

Sie gab einen unterdrückten Laut von sich. Es war so unendlich lange her, dass sie Daddy das letzte Mal gesehen hatte. Die Erinnerung an ihn war im Laufe der Zeit immer blasser geworden. Eine Tatsache, die sie zutiefst deprimierte. Es war ihr so wenig von ihm geblieben, da hätte sie wenigstens die Erinnerung in glasklarer Schärfe behalten wollen. Stattdessen war sie von Jahr zu Jahr schwächer geworden, und die wenigen Fotos, die so von ihm besaß, konnten das nicht ausgleichen.

„Bist du bereit?" Pete musterte sie.

Sie nickte, biss sich auf die Lippe. Ihre Gefühle fuhren Achterbahn. Glauben konnte sie es noch nicht, dass sie wirklich gleich ihren Vater treffen durfte.

„Okay, gib mir deine Hand."

Sie gehorchte, klammerte sich an ihm fest. Sie brauchte den Halt in diesem Moment, der aufwühlender nicht sein konnte. Die Vorstellung, mit Daddy reden zu können, raubte ihr schlicht den Atem.

In der nächsten Sekunde stand sie nicht mehr im Krankenzimmer.

Ungläubig sah Amber sich um. Zu ihren Füßen tat sich ein perlweißer Strand auf. Vor ihr lag ein Meer, dessen beinahe unwirklich schönes Türkis sie an Hawaii erinnerte. Statt der monströsen Wellen zeigte sich dieser Ozean aber vollkommen ruhig. Mit offenem Mund drehte Amber sich um. Hinter ihr mündete der

Strand mit einem sanften Anstieg an einen leeren Highway.

„Warte hier", sagte Pete. „Ich bin gleich zurück."

Benommen setzte sie sich in den Sand, presste eine Hand auf ihr Herz, das im rasanten Tempo schlug, und sah Pete hinterher, der die Anhöhe zur Straße erklomm. Kurz darauf war er aus ihrem Blickfeld verschwunden. Sie ließ den Blick schweifen, atmete tief ein und aus, um sich zu beruhigen. Der Erfolg war mäßig. Ihr Puls beschleunigte sich erneut, als in der Ferne ein dumpfes Geräusch ertönte. Amber erstarrte. Sie sprang auf und starrte angestrengt den Highway hinunter. Erkennen konnte sie noch nichts. Die endlos lange Straße schlängelte sich menschenleer am Strand entlang.

Lange bevor sie einen dunklen Punkt am Horizont ausmachen konnte, wusste Amber trotzdem, was gleich sichtbar werden würde. Nichts konnte sie so sicher identifizieren wie den Motorsound eines alten Trucks.

Ihre Knie wurden weich und die feuchten Handflächen wollte sie gerade an ihrer Jeans abwischen, als sie feststellte, dass sie andere Kleidung trug. Fast gaben ihre Beine nach, als sie auf die weiße Baumwollstrumpfhose blickte.

Sie trug ein blauweißes Matrosenkleidchen mit Schleife und weiße Lackschuhe, die an kleinen Füßen steckten. Noch bevor Amber ihre Hand mit dem zarten Goldkettchen am Gelenk in Augenschein nahm, wusste sie, dass sie wieder zehn Jahre alt war. Zur Sicherheit fasste sie sich trotzdem an den Kopf, erspürte den hohen Pferdeschwanz, der von einem Gummiband mit

Schleife gehalten wurde. Sie presste die Lippen fest aufeinander, versuchte die Tränen zurückzudrängen. Sie sah exakt so aus wie an jenem Tag, als Daddy das letzte Mal mit seinem Truck von zu Hause weggefahren war. Er hatte Amber noch eine Kusshand zugeworfen und die Hupe betätigt, dann war er losgebraust. Sie hatte ihn niemals wiedergesehen.

Der Fleck am Horizont wurde größer. Metall funkelte im Sonnenlicht, das Dröhnen eines Motors wurde lauter. Amber hielt es nicht länger am Strand. Sie jagte den sanften Hügel zur Straße hinauf und rannte auf dem Asphalt weiter. So schnell, wie ihre kurzen Beine es irgendwie schafften. Strähnen lösten sich aus ihrem Pferdeschwanz, tanzten im Wind. Sie lachte und weinte gleichzeitig, während sie dem stählernen Ungetüm immer näherkam.

Schließlich blieb sie keuchend stehen. Hupend und mit kreischenden Bremsen kam der silberblaue Stahlkoloss vor ihr zum Stehen.

Die Beifahrertür öffnete sich zuerst. Pete sprang heraus. Seine blonden Haare wirbelten durch sein Gesicht und leuchteten im Sonnenlicht auf. Er schob den Pony zur Seite und winkte Amber zu.

Als sich langsam die Fahrertür öffnete, wurde Ambers Brust eng. Mit großen Augen stand sie still da und starrte auf den Mann, der mit einem Satz das Fahrzeug verließ.

Jeanshemd, passende enge Hose, abgewetzte Cowboystiefel – zusammen mit dem altmodischen Schnauzbart und den intensiv leuchtenden Bernsteinaugen sah Mick exakt so aus wie in Ambers verschwommener Erinnerung.

Sie wollte zu ihm laufen, konnte sich aber immer noch nicht vom Fleck rühren.

Ein Strahlen glitt über das jungenhafte Gesicht ihres Vaters. Er breitete die Arme aus und kam mit langen Schritten auf Amber zu. Jetzt endlich verlor sie die Starre. Ein Schluchzen stieg aus ihrer Kehle, während sie ihm entgegenrannte.

Dann wurde sie emporgehoben, sicher in starken Armen geborgen, und durch die Luft gewirbelt. Der strahlend blaue Himmel über ihr zog rasend schnell an ihr vorbei, während sie glücklich den Duft einatmete, den sie so viele Jahre vermisst hatte. Ein Gemisch aus Leder, Lucky Strikes und Freiheit. Oder schlicht: Daddys Geruch.

Sein Schnauzbart kitzelte ihre Wange, als er sein Gesicht an ihres drückte.

Schließlich blieb er stehen, hielt sie vor sich, sah ihr direkt ins Gesicht. Die Liebe, die in seinen Augen leuchtete, wärmte Ambers Inneres, von dem sie jetzt erst merkte, wie kalt dort manche Stellen waren.

„Meine Kleine", sagte er mit rauer Stimme und drückte sie fest an sich. „Was meinst du, wollen wir eine Fahrt zusammen machen?"

Sie blickte zu dem Truck. Es war immer ihr Größtes gewesen, wenn Daddy sie damals mit auf Tour mitgenommen hatte. Es war selten vorgekommen, meistens hatte er weite Strecken zurücklegen müssen und war viele Tage unterwegs gewesen. Aber bei allen Aufträgen, die in der näheren Umgebung zu erledigen gewesen waren, hatte er sie mitgenommen. Das Donnern des Motors, der Wind, der ihr durchs geöffnete Fenster die Haare zerzaust hatte, das gemeinsame Mitsingen aus vollem Hals, all das waren Ambers schönste Kindheitserinnerungen.

Stumm und mit glänzenden Augen nickte sie.

Behutsam hob er sie auf den Beifahrersitz. Draußen winkte Pete. Er sagte noch etwas, aber das konnte Amber nicht verstehen. Es war auch nicht wichtig. Sie würde jetzt mit Daddy auf Tour gehen, da zählte nichts anderes mehr.

Der Sitz war so tief, dass Ambers Füße kaum den Boden berührten.

„Festhalten, Kleine. Es geht los!" Die Worte waren das übliche Startsignal.

Der Truck vibrierte, als Mick den Motor startete. Über Ambers Rücken lief ein wohliger Schauer. Und dann gab Mick Gas. Die Landschaft flog an Amber vorbei. Das Meer zur ihrer Linken strahlte mit dem Blau des Himmels um die Wette. Als sie den Blick nach rechts wendete, konnte sie sanfte Hügel ausmachen, die sich mit saftigen Wäldern abwechselten.

Unbemerkt stellte Mick den CD-Player im Autoradio an.

George Straits Stimme mischte sich mit den Motorengeräuschen. Aus vollem Herzen stimmten Vater und Tochter mit ein. Singend und lachend brausten sie den Highway entlang. Amber fühlte sich frei und dennoch unendlich geborgen. Bislang hatten sie kaum gesprochen, aber das störte Amber nicht. Die Verbindung zu ihrem Vater war wieder dieselbe wie früher. Sie war zehn Jahre alt, er war ihr Held. Und wenn er bei ihr war, konnte ohnehin nichts Schlimmes passieren. So einfach war ihre Welt einmal gewesen. Und jetzt war sie es wieder. Die vielen Fragen, die sie Mick seit Jahren so gerne gestellt hätte, sie konnten warten. Im Moment zählte nur, dass sie wieder zusammen waren.

Amber genoss jede Sekunde der Fahrt. Wenn es nach ihr gegangen wäre, hätten sie ewig *on the road* bleiben können. Aber irgendwann stoppte Mick das Fahrzeug und drehte sich ihr zu.

„Wollen wir noch ein Stück am Strand laufen, Kleine?" Micks Stimme klang warm, glücklich. So, wie sie sich fühlte.

Amber nickte, obwohl sie eigentlich lieber weitergefahren wäre. Aber sie ahnte, dass sie nicht ewig Zeit haben würden.

Mick stieg aus und ging um den Truck herum. Er öffnete die Beifahrertür und hob Amber hinaus.

Hand in Hand schlenderten sie dann am Strand entlang. Sand stob bei jedem ihrer Schritte auf, ein Teil davon fand seinen Weg in Ambers Lackschuhe. Mommy würde böse sein, wenn sie den Dreck später mit ins Haus brachte. Sie sah rüber zu Mick, der mit seinen Cowboystiefeln besser gerüstet war. Ihr wurde bewusst, dass sie später ins Krankenhaus zurückkehren würde und nicht als kleines Mädchen zu ihrer schimpfenden Mutter.

„Kleine, es gibt da etwas, was ich dir sagen muss." Er blieb stehen, sah zu ihr hinunter.

Sie hob fragend den Blick, kaute an ihrer Unterlippe.

Er räusperte sich. „Es tut mir so leid, dass ich mich nicht gleich bei dir gemeldet habe, nachdem deine Mutter mich damals rausgeworfen hatte."

„Mom hat dich rausgeworfen?" Ungläubig sah sie zu ihm auf. Schlagartig wurde ihr kalt. Was redete ihr Vater denn da?

„Sie hat es dir nicht gesagt." Er seufzte, rang nach
Worten.

„Nein. Nein! Sie hat gesagt, du hättest die Nase voll
vom langweiligen Familienleben." Von der langweiligen Tochter, aber das sagte sie nicht. Für sie war damals eine Welt zusammengebrochen. Daddy hatte die
Familie verlassen. Weil er das freie, wilde Leben vorzog.

„Ach, Kleine. Und das hast du ihr geglaubt? Ich hatte
doch mein freies Leben. Viel zu viel davon. Ich hätte sofort eine Tour angenommen, bei der ich jeden Abend
nach Hause komme. Aber so einen Job habe ich leider
nicht rechtzeitig gefunden. Deine Mutter hatte genug
von mir. Genug davon, unter der Woche alleine zu sein.
Wobei ich glaube, dass sie das noch am wenigsten gestört hat. Sie hatte es satt, mit jedem Cent rechnen zu
müssen. Und vor allem das Ansehen, oder vielmehr das
fehlende, das sie durch mich besaß. Sie war die Frau eines Truckers."

„Aber das ist doch nicht wichtig!" Ambers Unterlippe
zitterte bedenklich. Aber sie wollte jetzt nicht weinen.
Zorn war es, der ihr die Tränen in die Augen trieb.

„Warum hat Mom gelogen?" Ihre Stimme bebte.

„Ach, Kleine. Ich glaube, sie hatte Angst, dass du ihr
dann böse bist."

Und ob! Amber zitterte vor Wut.

„Sei nicht wütend auf sie", bat Mick und legte ihr eine
Hand auf die Schulter.

„Wie könnte ich nicht auf sie wütend sein?" Fassungs-
los starrte sie ihn an. Was verlangte er denn da von ihr?

„Weißt du, sie brauchte die finanzielle Sicherheit, die
ich ihr nicht bieten konnte."

Amber wollte gerade zu einer heftigen Erwiderung ansetzen, ihrer Wut, ihrem Frust lautstark Ausdruck verleihen, als er ihr zärtlich einen Finger auf die Lippen legte.

„Warte, bevor du ein endgültiges Urteil fällst."

Sie schlang die Arme um ihren Oberkörper, klappte den bereits geöffneten Mund wieder zu. Die Sonne hatte ihre Strahlkraft verloren. Sie stand hier mit Daddy, was eigentlich wundervoll war, aber trotzdem zogen ihr seine Worte den Boden unter den Füßen weg.

Mick setzte sich wieder in Bewegung, nahm Ambers Hand und zog sie sanft weiter. Im Gehen sprach er schließlich weiter. „Du weißt ja, dass der Vater deiner Mutter früh gestorben ist."

Sie nickte ungeduldig. „Ja, er ist von einer Leiter gefallen."

„Nein. Das ist nur die offizielle Version. Er ist mit seinem Laden Pleite gegangen. Mit der Schmach konnte er nicht leben. Er hat sich auf dem Dachboden erhängt. Deine Mutter war zwölf Jahre alt und musste fortan nicht nur mit dieser Lüge leben, sondern auch damit klarkommen, dass es am Geld lag, dass ihr Vater plötzlich nicht mehr da war. Deshalb hatte sie panische Angst davor zu verarmen. Und wahrscheinlich hatte sie auch unbewusst Angst davor, erneut von jemandem verlassen zu werden, den sie liebte. Ich habe diese Angst vermutlich ständig neu belebt, weil ich nicht besonders viel Geld verdient habe. Mich hätte das zwar nie in den Selbstmord getrieben, im Gegenteil, es hat mich nicht mal gestört. Aber ich glaube, diese unbewussten Ängste waren bei deiner Mutter doch größer, als ich gedacht hatte. Hinzu kam vielleicht noch, dass wir beide noch sehr jung waren, als wir uns kennen lernten. Wir waren erst wenige Monate ein Paar, als du dich angekündigt hast." Ein Strahlen glitt über sein Gesicht. Er strich ihr liebevoll über den Kopf. „Ich war einfach glücklich. Und unglaublich naiv. Die meiste Arbeit blieb natürlich an deiner Mutter hängen. Ich war die überwiegende Zeit auf Tour und sie mit einem Baby alleine zu Hause." Mit einem wehmütigen Lächeln blieb Mick stehen. „Als sie mich dann rauswarf, war ich natürlich sehr verletzt. Und ich hatte keine Ahnung, wie ich mit der Situation umgehen sollte. Natürlich wollte ich mich irgendwann darum kümmern, dich wieder regelmäßig zu sehen."

„Aber dann passierte der Unfall ..." Ambers Stimme zitterte. Sie starrte aufs Meer und kämpfte mit den Informationen. Acht Wochen nachdem Daddy ausgezogen war, stand ein Polizist vor der Tür. Amber hatte unbemerkt oben auf der Treppe gesessen und seinen mitfühlenden Worten gelauscht. Es hatte einen Unfall gegeben. Der Truck sei in Flammen aufgegangen. Für den Fahrer war leider jede Hilfe zu spät gekommen ... Und der fast schon barschen Erwiderung ihrer Mutter, dass sie nicht mehr mit ihrem Ehemann zusammen lebe.

Weitere acht Wochen später wurde ihr ihr Stiefvater vorgestellt. Ein stiller Rechtsanwalt, der sich Mühe gegeben hatte, freundlich zu dem kleinen Mädchen zu sein, das nun mal zu der Frau gehörte, in die er sich verliebt hatte. Fortan hatten sie als Familie zusammen gelebt. Angefühlt hatte es sich nie so. Aber Amber waren fast alle Wünsche erfüllt worden. Das große Puppenhaus, ein neues Fahrrad und die lang ersehnten Reitstunden auf einem Pony. Als stumm vereinbarte

Gegenleistung hatte sie nicht von Mick sprechen dürfen, dem verstorbenen Trucker, der ihr Vater war.

Ein Schluchzen stieg in ihrer Brust auf, verkantete sich in der Kehle.

„Es tut mir sehr leid, Kleine, dass ich nicht rechtzeitig zurückgekommen bin, aber ich konnte doch nicht ahnen, dass mir nur noch so wenig Zeit bleibt. Ich bin davon ausgegangen, dass du weißt, wie sehr ich dich liebe. Und dass du das großartigste kleine Mädchen der Welt bist, aus dem einmal eine wundervolle junge Frau werden wird.“

In dem Moment spürte Amber, die die Tränen nicht länger zurückhalten konnte, eine Veränderung in sich. Sie blickte an sich hinunter. Sie war in der Gegenwart zurück, trug Jeans und ihren korallenroten Pullover.

Auf Micks Gesicht breitete sich ein Lächeln aus, in seinen Augen glänzten Tränen. Er öffnete die Arme und zog Amber hinein. Jetzt waren sie fast auf Augenhöhe.

„Ich wusste es ja, eine wundervolle und wunderschöne junge Frau“, flüsterte er an ihrem Ohr. Er drückte sie noch einmal an sich, ergriff dann ihre Hände und trat einen Schritt zurück.

„Ich hätte dich so gerne begleitet auf diesem Weg, aber das sollte leider nicht sein. Sag, wie lebst du heute?“

Amber schüttelte den Kopf. So viele Gefühle und Gedanken stürmten auf sie ein, dass sie nicht gleich antworten konnte.

„Noch nicht so, wie ich will“, erwiderte sie schließlich ehrlich.

Mick zog eine seiner buschigen Augenbrauen nach oben. „Warum nicht, Kleine?“

„Weil ich immer das Gefühl hatte, irgendwie falsch zu
sein. Bis vor kurzem hatte ich den falschen Mann. Einen falschen Job, den habe ich übrigens immer noch.
Ach ja, und eine falsche Wohnung im falschen Viertel.“
Sie hob die Schultern, lachte, aber es klang nicht froh.

„Was wäre denn das Richtige?“ Er umfasste mit beiden Händen ihre Schulter und versenkte seinen Blick
in ihren.

„Eine schönere Wohnung, aber die bekomme ich
wahrscheinlich bald angeboten. Mein Traum ist ein Literaturcafé, aber bislang hat es nur zur Kellnerin ge-
reicht. Für die Selbstständigkeit hat mir einfach der
Mut gefehlt.“

Mick hatte ihr schweigend zugehört. „Und nun?“,
fragte er vorsichtig.

„Na ja, mein Schutzengel Pete hat eine Menge mit mir
angestellt, seitdem ich im Koma liege. Wir waren surfen auf Hawaii, ich bin hier, erfahre, was damals wirklich passiert ist.“ Sie schluckte an dem Kloß in ihrem
Hals vorbei.

„Pete ist toll! Hör auf ihn. Väterliche Anweisung.“
Mick lachte.

„Ja, das ist er. So langsam lerne ich von ihm, dass
Angst kein Schutz im Leben ist, sondern das Leben
selbst verhindert.“ Amber verzog die Lippen zu etwas,
das einem Lächeln nahe kam. Das hatte sie tatsächlich
durch Pete gelernt, wie ihr bewusst wurde. Aber ob sie
es auch in die Praxis umsetzen konnte, da war sie unsicher.

Ihr Vater nickte. „Oh ja, das kann ich bestätigen. Lebe
das, was dir wichtig ist. Du musst niemandem gefallen.
Auch deiner Mutter nicht. Sie hat genug mit ihren

eigenen Dämonen zu tun. Darum musst du dich nicht kümmern.“

„Seitdem ich meinen letzten Freund, David, verlassen habe, habe ich keinen Kontakt mehr zur Familie. David hat all das verkörpert, was Mom wichtig ist. Nach außen ist er ein toller Typ, attraktiv, erfolgreich, und so weiter. Aber er hat mich nicht nur betrogen, sondern mir in all den Jahren mein Selbstbewusstsein genommen. Die Zeit mit ihm hat mir überhaupt nicht gut getan. Aber ich bin trotzdem viel zu lange bei ihm geblieben. Das macht mich inzwischen richtig wütend.“ Sie strich sich eine Haarsträhne aus dem Gesicht und blickte nachdenklich aufs Meer. Die Infos, die sie gerade von ihrem Vater erhalten hatte, musste sie erstmal sortieren und verdauen. Trotzdem sah sie schon jetzt vieles in einem anderen Licht.

„Pete hat mir erzählt, dass du bald zurückgehen möchtest in dein altes Leben. Oder vielmehr in dein neues Leben.“ Mick griff in die Brusttasche seines Jeanshemds und zog eine Packung Lucky Strike heraus. Mit einem entschuldigenden Lächeln steckt er die Zigarette an.

Amber winkte ab. Zigarettenrauch hatte sie noch nie gestört, obwohl sie in ihrem Leben noch keine einzige Zigarette geraucht hatte. Aber der Geruch gehörte einfach zu Daddy. Und jedes Mal, wenn jemand in ihrer Nähe rauchte, wurde ihr ein kleines Stück Erinnerung geschenkt.

„Das Gute am Totsein ist ja, dass dir nichts mehr passieren kann.“ Er kicherte.

„Du bist ähnlich gestorben wie Pete. Ihr beide habt gerade das getan, was euch so viel bedeutete. Du im

Truck, er auf dem Surfbrett. Und trotzdem bereut ihr es keine Sekunde.“

„Doch, ich schon. Also nicht die Art meines Todes, grundsätzlich wäre das in Ordnung gewesen. Aber wenn ich deine Kindheit dafür hätte miterleben dürfen, hätte ich meine Autoschlüssel sofort abgegeben. Aber ansonsten bereue ich nichts, das stimmt.“

Ein kleiner harter Klumpen in ihrem Innern löste sich bei seinen Worten auf. Daddy hatte sie nicht freiwillig verlassen! Und er hätte sogar sein Liebstes aufgegeben, nur um bei ihr bleiben zu können. Wut auf ihre Mutter wallte kurz und heftig in ihr auf. Verpuffte dann aber in der Erkenntnis von deren Dämonen, wie Daddy sie bezeichnet hatte.

„Es soll da übrigens einen sehr netten Tierarzt geben, der sich rührend um dich kümmert.“ Er grinste verschwörerisch.

„Nun ja“, sagte Amber zögernd. „Andrew ist wirklich toll. Aber ich kannte ihn vor meinem Unfall nur flüchtig. Er kümmert sich hauptsächlich in seiner Eigenschaft als Therapeut um mich und um Gina, meinen Hund. Andrew liebt Hunde.“

„So wie du“, stellte ihr Vater sanft fest.

„Ja, das stimmt.“ Sie zwirbelte an einer Haarsträhne.

„Wie früher, als du klein warst! Wenn du nervös warst, hast du das auch immer gemacht.“ Er deutete auf ihren Finger, um den nun eine dicke blonde Strähne gewickelt war. „Manche Dinge ändern sich nie.“

Sie nahm die Hand aus ihren Haaren, schüttelte den Kopf. Nervös? Warum sollte Ginas Tierarzt sie nervös machen?

„Du magst ihn sehr." Mick nahm einen tiefen Zug von seiner Zigarette und sah sie durch den blauen Rauch wissend an.

Sie wollte es abstreiten, zögerte. „Ja", gab sie schließlich zu. „Aber ich habe keine Ahnung, ob das auf Gegenseitigkeit beruht."

„Alle Anzeichen deuten darauf hin." Er schmunzelte. „Aber du hast alle Zeit der Welt, das in Ruhe herauszufinden. Dafür musst du dich allerdings auf den Weg zurück in die Welt machen."

Ambers Herz wurde schwer. Zurückzukehren in die Welt bedeutete gleichzeitig, diesen Ort wieder zu verlassen. Daddy zu verlassen. Sie könnte auch einfach hierbleiben.

„Denk nicht mal drüber nach!" Gespielt drohend hob er den Zeigefinger. Entweder konnte er ihre Gedanken lesen oder ihr Gesichtsausdruck hatte sie verraten. „Deine Zeit ist noch lange nicht abgelaufen! Wir können später noch jede Menge Touren unternehmen. Aber bis dahin wartet erst einmal dein Leben auf dich! Nutze es. Lebe, liebe, mach Fehler, bügele sie wieder aus. Lerne, lache und genieße jeden einzelnen Tag. Meine Liebe begleitet dich, das hat sie übrigens immer." Sein Lächeln wärmte Amber mehr als die Sonnenstrahlen auf ihrer Haut. Sie blickte kurz auf das türkisfarbene Meer, sah den blauen Himmel, der sich seiden darüber spannte und dann wieder zu ihrem Vater, der sie liebevoll, aber auch mit einer gewissen Erwartung musterte.

„Ich muss es wohl riskieren." Amber zog eine Grimasse.

„Das musst du, Kleine."

„Daddy?"

„Ja?"

„Werde ich mich an unser Gespräch erinnern können?"

„Ich glaube nicht." Er schüttelte bedauernd den Kopf. Dann strich er sich nachdenklich über den Schnauzbart. „Aber ich glaube, du wirst das Wissen trotzdem als innere Sicherheit behalten. Bist du noch böse auf deine Mom?"

Sie dachte einen Moment nach. „Nein, ich glaube nicht. Jetzt, wo ich ihre Gründe kenne, verstehe ich sie besser. Das ist schon schlimm, was mit Grandpa passiert ist."

„Weißt du, Nancy und ich waren sehr verliebt ineinander. Aber wir waren fast noch Kinder, hatten keine Ahnung vom richtigen Leben. Wir wussten nicht, was es bedeutet, eine Familie zu haben. Das Verliebtsein hat bald nachgelassen. Aber eines kann ich dir schwören: Wir haben dich beide geliebt. Jeder auf seine Art."

Amber spürte, dass ihre gemeinsame Zeit dem Ende zuging.

„Glaubst du wirklich, dass ich es hinkriege, mir ein Leben aufzubauen, wie ich es mir wünsche?" Sie hielt den Atem an, während sie auf seine Antwort wartete.

„So sicher wie das Amen in der Kirche. Hey, du bist schließlich meine Tochter!" Er grinste verschmitzt, warf seine heruntergebrannte Zigarette in den Sand und nahm Amber fest in den Arm. Noch ein letztes Mal atmete sie den typischen Daddy-Geruch ein, schmiegte ihre Wange an seine Schulter und genoss das warme, sichere Gefühl.

Schließlich löste er sich sanft von ihr.

„Es wird Zeit!" Er deutete auf Pete, der sich ihnen langsam näherte.

Sie schluckte die aufsteigenden Tränen mühsam hinunter und nickte.

Ja, es wurde Zeit. Sie musste ihr Leben wieder aufnehmen. In ihrem Bauch kribbelte es. Vor Aufregung. Und ein bisschen vor Angst.

29.

Das Krankenzimmer war nur schwach beleuchtet, als Andrew und Gina eintraten. Die Vorhänge waren zugezogen, so dass auch von draußen kein Licht hereinfiel.

Langsam näherte Andrew sich dem Bett. Die Atmosphäre im Raum war eine völlig andere als sonst. Irritiert fragte er sich, ob das nur am fehlenden Tageslicht lag. Der Monitor am Kopfende zeigte gleichbleibend ruhige Linien. Es war alles wie immer, vermutlich bildete er sich nur ein, dass sich hier etwas Grundlegendes verändert hatte. Oder es lag an ihm. Bei ihm hatte sich heute etwas verändert. Im letzten Moment hatte er sich doch für den Kauf des Nachbarhauses entschieden. Somit gehörten ihm nun zwei klassische Stadthäuser in Manhattan. Und eines davon würde er zu seiner neuen Praxis umbauen lassen.

Nachdenklich betrachtete er Ambers regloses Gesicht. Die Narbe über dem Auge war inzwischen kaum noch zu erkennen. Ihre Wangen schienen mehr Farbe zu haben als sonst. Ein gutes Zeichen? Oder nur der sanften Beleuchtung geschuldet und morgen würden sie wieder leichenblass sein?

Er runzelte die Stirn und beobachtete Gina, die mit einem seligen Schnaufen ihren Kopf an Ambers Hals schmiegte. Das hatte sie noch nie getan. Kopfschüttelnd bediente er den CD-Player. Wieder war es die Aufgabe von George Strait, für musikalische Untermalung zu sorgen. Als die ersten Töne erklangen, ging Andrew zum Fenster und zog die Vorhänge zurück. Eine sternenklare Nacht warf bläuliche Schatten ins Zimmer. Schweigend stand er dort und blickte hinaus. Als er beim Notar die Unterschrift unter den Kaufvertrag gesetzt hatte, war es ihm vorgekommen wie der allerletzte Schritt, um Lisa loszulassen. Absurd, dies an den Verkauf ihrer Aktien zu koppeln, trotzdem fühlte es sich so an.

Wenn Amber irgendwann die Augen wieder aufschlug, könnte sie seine Mieterin und Nachbarin werden. Er drehte den Kopf und sah zum Bett. Was sie wohl zu seinem Angebot sagen würde? Hoffentlich käme ihr das nicht zu übergriffig vor ... Blödsinn, dachte er dann, ich begründe es einfach mit dem Garten für Gina. Ein leichtes Lächeln schlich sich auf seine Lippen.

In dem Moment begann Gina leise zu jaulen. Andrew erschrak und eilte zum Bett. Ambers Lider flatterten. Oder bildete er sich das nur ein? Sein Herz setzte für einen Schlag aus. Ungläubig starrte er auf ihr Gesicht. Gina leckte gerade darüber. Mit großen Schritten durchquerte Andrew das Zimmer und schaltete das Deckenlicht an. Neonröhren flammten auf, vertrieben das sanfte weiche Licht mit einem Schlag. Er eilte zum Bett zurück. Wieder sah er Ambers Lider flattern. Andrews Mund wurde trocken. Seine Hand tastete zu dem Alarmknopf, der über dem Bett hing.

Im selben Moment schlug sie die Augen auf. Ginas Gesicht war nur Millimeter von Ambers entfernt. Andrew verlagerte seinen Standpunkt, um einen freien Blick auf die Patientin zu behalten.

Ambers meergrüne Augen waren klar, aber der Ausdruck darin spiegelte grenzenlose Verwirrung.

Andrew legte vorsichtig eine Hand auf Ambers. „Hallo Amber, herzlich willkommen zurück im Leben." Er lächelte sie an, während das Herz in seiner Brust trommelte. Sie hatten es geschafft! Amber war endlich aufgewacht.

Die Patientin bewegte stumm die Lippen, ihr Blick wanderte zwischen Gina und Andrew hin und her.

„Ganz ruhig", sagte Andrew. „Du hast alle Zeit der Welt, in Ruhe wach zu werden."

Amber deutete ein Nicken an. Sie versuchte sich aufzusetzen, gab es aber stöhnend sofort wieder auf.

„Warte lieber, bis dein Arzt gleich da ist. Ich habe schon geklingelt." Andrew war in Sorge, dass Amber jetzt etwas tun könnte, was medizinisch falsch war. Nun, da sie endlich zurück war, durfte nichts schiefgehen. Wo blieb denn nur John? In dem Moment ging die Tür auf, und John rauschte ins Zimmer. Andrew und er tauschten einen Blick. In Andrews Bauch kribbelte es vor Freude. Ihre Arbeit war nicht umsonst gewesen! Vor Erleichterung wurden seine Knie weich.

Schwester Sandra folgte John mit aufgerissenen Augen ins Zimmer. Mit ihr erschien eine blasse Brünette, die nicht nur so jung, sondern auch so unerfahren wirkte wie eine Praktikantin oder eine Schwesternschülerin, die erst vor wenigen Tagen ihren Dienst aufgenommen hatte. Sie huschte wie ein Mäuschen in Sandras Windschatten.

Die beiden Schwestern hielten sich im Hintergrund, während John nun ans Bett trat. Gina hatte inzwischen ihren Kopf wieder in Ambers Halsbeuge gebettet. Schwanzwedelnd vibrierte dabei der ganze schwere Hundekörper.

„Hallo Amber, ich bin Dr. John Mitchell, Ihr behandelnder Arzt. Wie geht es Ihnen?" John verbarg jede Aufregung geschickt hinter seiner professionell ruhigen Art.

„Gut … glaube ich …" Ambers Stimme glich einem Krächzen, trotzdem potenzierte sich die Freude in Andrew. Sie konnte antworten! Das war auf jeden Fall ein gutes Zeichen.

Zitternd hob sich Ambers Hand von der Bettdecke und legte sich auf Ginas Rücken.

„Sie hatten einen Unfall und lagen fast vierzehn Tage im Koma." John rückte seine Brille zurecht und sah Amber prüfend an.

Sie nickte. Der Ausdruck in ihren Augen war noch immer staunend, während sie sich umsah. Als sie erneut versuchte, sich im Bett aufzusetzen, kam wieder ein schmerzerfülltes Stöhnen über ihre Lippen.

„Ganz ruhig. Sie sind bis auf eine gebrochene Rippe unverletzt, aber das ist sehr schmerzhaft." Er fuhr sich mit der Hand durch den Bart. „Und kann leider langwierig sein", fügte er hinzu.

Sie nickte stumm, richtete ihre Aufmerksamkeit dann auf Gina. Beide sahen sich tief in die Augen. Ein glückliches Lächeln umspielte Ambers Mundwinkel.

John und Andrew tauschten einen viel sagenden Blick. Sie wussten um die Freude und Erleichterung des jeweils anderen.

„Wie fühlen Sie sich sonst, wenn wir die Rippen außen vor lassen?" John warf einen unauffälligen Blick auf den Monitor. Zufrieden nickte er Andrew zu.

„Seltsam …", murmelte Amber. „Und ich habe Durst."

Sofort eilte Schwester Sandra ans Bett, öffnete eine Flasche Mineralwasser und goss daraus etwas in einen bereit stehenden Plastikbecher. Dann stützte sie Ambers Kopf und hielt ihr den Becher an die Lippen. Argwöhnisch beobachtet wurde sie dabei von Gina. Andrew trat näher und legte eine Hand auf Ginas Kopf. „Alles in Ordnung, Mädchen." Zu genau erinnerte er sich noch an die Szene am Unfallort. Lieber deeskalierte er gleich, bevor Gina noch des Raumes verwiesen wurde.

Nach einigen zaghaften Schlucken drehte Amber den Kopf zur Seite.

„Können Sie mir Ihren Namen sagen?", fragte John sanft.

„Amber. Amber Scott." Ihre Stimme klang jetzt fester. Sie sah den Arzt an, als wenn irgendwas bei ihm nicht stimmen würde. Dann merkte sie, worauf er hinauswollte. Sie stieß ein heiseres kleines Lachen aus.

„Ich glaube, mit meinem Kopf ist soweit alles in Ordnung." Sie sah zu Andrew. „Das ist Dr. Martinez, der Tierarzt von Gina. Ich weiß zwar nicht, was er hier macht, aber es scheint in Ordnung zu sein. An einen Unfall kann ich mich nicht erinnern, aber ansonsten weiß ich noch alles über mein Leben." Sie verzog das Gesicht, als wenn ihr das nur bedingt gefiel. „Ich bin achtundzwanzig Jahre alt, Kellnerin in einem schrecklichen Diner und lebe mit Gina in einer winzigen Wohnung, in der ständig die Heizung ausfällt." Sie sah John ins Gesicht. „Reicht das, um meine geistigen Fähigkeiten einschätzen zu können?"

Belustigung blitzte kurz in den Augen des Arztes auf. „Absolut!" Er drehte sich zu Andrew. „Der engagierte Tierarzt Ihrer Hündin ist übrigens in der Zeit Ihres Komas auch zu Ihrem Therapeuten geworden. Als Präsident der Gesellschaft *Dog's Help For Human Beings* hat er zusammen mit Gina geholfen, Ihnen die Zeit des Komas leichter zu machen. Haben Sie irgendeine Erinnerung daran?"

Ambers Augen verengten sich. Sie dachte nach, schüttelte schließlich den Kopf. „Die Erinnerung an mein Leben vor dem Unfall ist absolut klar. Aber ich habe das Gefühl, gerade aus einem sehr intensiven Traum erwacht zu sein, an den ich aber nicht die geringste Erinnerung habe." Sie schüttelte betrübt den Kopf. „Leider."

„Es kann sein, dass das noch kommt. Aber die Hauptsache ist erstmal, dass Sie wieder bei uns sind!", sagte John, ein erleichtertes Lächeln auf den Lippen.

„Das finden Gina und ich auch!", mischte Andrew sich erstmalig ins Gespräch ein. „Gina wohnt übrigens im Moment bei mir und meinen Hunden. Es gefällt ihr ganz gut, aber ich bin sicher, dass sie noch viel lieber bald wieder nach Hause geht."

„Danke", murmelte Amber. Im nächsten Moment fielen ihr die Augen zu. Mühsam öffnete sie die Lider wieder.

John schritt sofort ein. „Ich denke, Sie brauchen noch viel Ruhe. Wir sollten unsere kleine Versammlung jetzt auflösen, und Sie in Ihre Nachtruhe entlassen."

„Aber ich habe doch gerade erst zwei Wochen durchgeschlafen", protestierte Amber.

„Das ist leider nicht dasselbe." John bedachte sie mit einem warmen Blick. „Das Leben hat sie jetzt ja wieder. Und morgen ist auch noch ein Tag."

„Gina und ich werden morgen Mittag wie üblich auf der Matte stehen." Andrew nahm die Leine vom Stuhl und befestigte sie an Ginas Halsband. Die Hündin wurde steif, sie schien nicht davon angetan sein, gleich zu gehen.

„Sie würde gerne ganz bei dir bleiben, aber ich fürchte, das stört den Krankenhausbetrieb." Andrews Miene war amüsiert. Wie es aussah, würde Gina ihm ohne mit der Wimper zu zucken sofort untreu werden und zurück zu ihrem Frauchen wechseln. Ein bisschen Wehmut erfüllte ihn bei dem Gedanken, den übergewichtigen Hundeklops nicht mehr täglich um sich zu haben. Er würde sie und ihre liebenswürdige Art vermissen. Es sei denn, sie zog nebenan ein ... Aber das konnte er jetzt nicht ansprechen. Amber brauchte offensichtlich Schlaf. Und musste sich sowieso erst wieder daran gewöhnen, am normalen Leben teilzuhaben.

„So sieht es aus", bestätigte John gespielt streng. „Manche meiner Kollegen halten uns sowieso schon für verrückt, dass wir das zulassen." Er deutete auf den Hund, der halb auf dem Krankenbett lag.

„Also hopp, hopp, alle raus hier, bis auf die Schwestern." Er klatschte in die Hände und wirkte außerordentlich zufrieden mit dem Abschluss dieses Tages.

Beim Rausgehen traf sich Andrews Blick mit dem von Amber. Für einen Moment stand die Zeit still, während sich ihre Blicke ineinander verfingen. Erst als John sich räusperte, gelang es Andrew mit Mühe, sich von den meergrünen Augen, die Sogwirkung auf ihn hatten, zu lösen.

„Bis morgen dann", murmelte er, winkte unsicher und verließ hastig das Krankenzimmer.

***

„Auf die tollen Neuigkeiten!" Gloria hob ihr Weinglas und prostete Andrew zu. Ihre blaugrünen Augen blitzten vor Freude.

„Ja, vor allem trinken wir auf Ambers Gesundheit." Er kostete den Wein, den Gloria mitgebracht hatte. „Fein, der Shiraz. Passt hervorragend, um das Leben zu feiern."

„Hat sich die Mensch-Hund-Therapie also einmal mehr ausgezahlt. Wunderbar!" Gloria faltete ihre Beine im Schneidersitz auf dem Sofa. Von einem faulen Fernseh-Abend hochgescheucht, trug sie eine bequeme weinrote Samthose und ein ausgeleiertes Sweatshirt. Ihre grauen Locken waren zu einem wilden Knoten auf dem Hinterkopf geschlungen. Als Andrew eben mit glänzenden Augen vor ihrer Tür gestanden und verkündet hatte, es gäbe etwas zu feiern, war sie in ihrer Wohlfühl-Kleidung geblieben, hatte nur schnell eine Weinflasche geschnappt und war ihm in sein Haus gefolgt.

Jetzt saßen sie nebeneinander, die Hunde hatten sich um sie herum auf dem Boden verteilt und im Kamin brannte ein Feuer.

„Amber kann sich nicht erinnern an die Koma-Zeit. Also ob Gina und ich wirklich Anteil am Wachwerden haben, wissen wir nicht." Er beugte sich vor und streichelte Gina über den Kopf, die vor ihm auf dem Teppich lag.

„Na, geschadet hat es bestimmt nicht, dass ihr täglich da wart!" Gloria griff in das Schälchen mit gerösteten Nüssen, das auf dem Tisch stand. Genüsslich kauend lächelte sie Andrew an.

„Nein, bestimmt nicht. Wenn Gina mein Hund wäre, und ich läge im Koma, würde ich auch darauf bestehen, dass sie mich besuchen kommt." Er grinste schief und kraulte die Hündin hinter den Ohren. Gina schnaufte begeistert. Wieder erfüllte ihn Wehmut beim Gedanken, sie nicht mehr täglich um sich zu haben.

„Du wirst Gina vermissen", stellte Gloria fest.

„Ja, in der Tat, das werde ich", gab er zu. „Aber vielleicht nimmt Amber das Angebot für die Wohnung ja an, dann ist Gina weiter in meiner Nähe." Er merkte, wie sehr er das hoffte. Gina war ihm inzwischen genauso ans Herz gewachsen wie jeder seiner eigenen Hunde. Er hätte es wissen müssen, Hunde eroberten ihn im Sturm. Deshalb schaffte er es auch nie, Hunde, die er *vorübergehend* aufnehmen wollte, dann wirklich weiter zu vermitteln. Aber bei Gina lag der Fall natürlich anders. Sie hatte schließlich ihr Frauchen.

Andrew sah zu Gloria hinüber, die nachdenklich über den Rand ihres Weinglases strich und abwesend in die Flammen im Kamin blickte.

„Was machen eigentlich deine Pläne mit dem Country-Club?"

Sie zuckte die Schultern, starrte weiter ins Feuer.

„Gloria?"

„Ach, ich weiß es nicht. Ich bin so hin- und hergerissen. Einerseits ist die Idee so verlockend. Aber andererseits befürchte ich, mich vielleicht doch zu übernehmen. Ich bin schließlich keine zwanzig mehr. Und für alles alleine die Verantwortung tragen …" Sie ließ den Satz unvollendet und schob sich abwesend die nächste Ladung Nüsse in den Mund.

Andrew kam eine Idee. „Sage mal, hast du schon mal darüber nachgedacht, jemanden mit ins Boot zu nehmen? Wenn du einen Kompagnon hättest, würde nur die Hälfte der Verantwortung auf dir lasten."

Sie sah ihn überrascht an. „Aber wo soll ich so schnell jemanden herkriegen? Einfach irgendjemand Fremdes zu nehmen, würde mir auch nicht behagen." Sie krauste die Stirn.

Er nickte langsam. „Das verstehe ich. Aber es ist schon schade, wenn du deinen Traum einfach begräbst." Das fand er wirklich, auch wenn ihm die Vorstellung, Glorias Hilfe unverändert behalten zu können, natürlich gefiel. Aber es musste doch eine Lösung geben, die für alle das Beste war! Nachdenklich sah er in die züngelnden Flammen im Kamin. Eine Idee kristallisierte sich aus dem Gewirr seiner Gedanken heraus. Die Idee war gut. Und völlig verrückt. Auf jeden Fall war es viel zu früh, sie auszusprechen. Er schüttelte leicht den Kopf.

„Na, wir werden sehen. Noch ist ja nichts endgültig entschieden." Ein wehmütiges Lächeln heftete sich an Glorias Mundwinkel, während sie zu ihrem Weinglas griff.

30.

Das erste, was Amber spürte, als sie aufwachte, war ein stechender Schmerz in den Rippen. Sie biss sich auf die Lippen, während sie sortierte, wo sie war. Im Krankenhaus, natürlich. Eben noch war das Zimmer voll gewesen mit medizinischem Personal, ihrer Gina und deren Tierarzt.

Mühsam setzte Amber sich im Bett auf. Das Zimmer war nur schwach beleuchtet. Ihr Blick fiel auf die Uhr über der Tür. Drei Uhr nachts. Jedenfalls ging sie davon aus, dass es nicht Nachmittag war, denn durch die halb geöffneten Vorhänge fiel kein Licht ins Zimmer.

Sie hatte also doch einige Stunden geschlafen, nachdem auch die letzte Schwester ihr Zimmer verlassen hatte.

Bis auf die Schmerzen in ihren Rippen ging es ihr überraschend gut. Sie fühlte sich seltsam energiegeladen. Zwei Wochen sollte sie im Koma gelegen haben. Anscheinend reichlich Zeit, um aufzutanken. Bevor es zu dem Unfall gekommen war – an den sie immer noch keine Erinnerung besaß – hatte sie sich nur noch durch die Tage geschleppt. Der einzige Lichtblick war Gina gewesen. Alles andere hatte sich schwer und anstrengend angefühlt. Am schlimmsten war dabei das Gefühl, einfach auf der Stelle zu treten, mit keinerlei Aussicht auf Besserung. Die Flucht vor David und ihrer Familie hatte nicht dazu geführt, dass sie sich in irgendeiner Weise besser gefühlt hatte. Sie war frei gewesen, aber gleich wieder gefangen in der nächsten Situation, die sich schrecklich angefühlt hatte. Sie hatte in ihrer winzigen Wohnung gehaust, war jeden Tag in *Gregg's Diner* gegangen, um das Nötigste zu verdienen und das Leben schien an ihr vorbei zu laufen, ohne dass sie irgendeine Chance besessen hatte, daran teilzuhaben.

Und jetzt hatte sie zum ersten Mal das ungewohnte Gefühl, alles ändern zu können. Sie hätte bei dem Unfall sterben können. Ohne vorher annähernd richtig gelebt zu haben. Diese Erkenntnis hatte ihr kurz den Atem geraubt und sie dann mit dieser seltsamen Energie versorgt. Wenn der Schmerz in den Rippen sie nicht zwingen würde, sich sehr langsam und vorsichtig zu bewegen, wäre sie am liebsten aus dem Bett gesprungen, hätte sich angezogen und wäre hinaus ins Leben gestürmt. Ein Impuls, der sich sehr fremd anfühlte.

Ihr Blick schweifte durch den Raum. Blieb an einem halbhohen Schrank hängen, auf dem ein Bücherstapel lag und daneben – an die Wand gelehnt – eine gerahmte Fotografie von Daddy.

Verwundert fragte sie sich, wie die hierher gekommen sein mochte. Daddys Lächeln traf sie mitten ins Herz. Wie immer, nur jetzt ohne den Schmerz, der sonst unweigerlich folgte, wenn sie ein Foto von ihm ansah oder seine alten CDs anhörte. Etwas hatte sich grundlegend geändert. Vergeblich wartete Amber auch auf die Wut, die früher ebenfalls in solchen Momenten dazu gekommen war. Die Wut auf Mom, weil Daddy keine offizielle Rolle hatte spielen dürfen. Und weil Mom eben Mom war.

Wozu ein Koma doch gut sein kann, dachte sie irritiert. Ihr Gefühlsleben schien sich vollkommen neu aufgestellt zu haben. Etwas musste in dieser Zeit geheilt worden sein.

Wieder wallte der Wunsch in ihr auf, aus dem Bett zu springen und ihr Leben in die Hand zu nehmen. Da ihr aber klar wurde, dass das um drei Uhr nachts mit einer gebrochenen Rippe keine gute Idee war, schloss sie die Augen. Vielleicht schaffte sie es, noch mal einzuschlafen.

Ihre Gedanken wanderten zu Gina. Die mit ihrem Tierarzt Andrew inzwischen so vertraut schien wie mit Amber selbst. Eifersucht spürte sie keine. Gina war Fremden gegenüber zwar freundlich, aber eher misstrauisch, so lange sie jemanden nicht gut kannte. Wenn sie also jemandem ihr volles Vertrauen schenkte, dann musste das einen guten Grund haben. Der sympathische, stets etwas melancholisch wirkende Andrew hatte es bestimmt verdient, Ginas Herz erobert zu haben. Amber lächelte. Ihre Gedanken wurden langsamer. Der letzte, bevor sie einschlief war: Gina hat wirklich einen ausgezeichneten Männer-Geschmack!

***

Mit einem seltsamen Flattern im Magen stieg Andrew die Treppen des Krankenhauses hinauf. Gina neben ihm schien ebenfalls guter Dinge zu sein.

Zum ersten Mal wusste er, dass er eine wache Amber im Bett vorfinden würde.

229

Es war tatsächlich gut ausgegangen. Erst jetzt spürte Andrew, wie sehr er die ganze Zeit daran gezweifelt hatte. Nach Lisas Tod war er kaum noch in der Lage gewesen, darauf zu vertrauen, dass schlimme Situationen sich auch positiv entwickeln können. Wie sehr ihn das in diesem Fall freute, wurde ihm ebenfalls erst jetzt bewusst.

Der seit Wochen wieder vertraute Krankenhaus-Geruch löste nicht mehr das Gefühl von Angst und Schmerz aus.

Viele Patienten konnten diesen Ort geheilt wieder verlassen. Dieses Wissen war ihm mit Lisa abhandengekommen.

Nachdem Gloria gestern Abend nach Hause gegangen war, hatte er bei einem weiteren Glas Wein die letzte Zeit Revue passieren lassen. So viel war geschehen. Gina hatte sich in sein Herz geschlichen, er hatte noch ein Haus gekauft. Und er hatte Lisa endgültig gehen lassen. Eine Tatsache, die noch immer schmerzte, sich aber von Tag zu Tag richtiger anfühlte. Ihre Liebe war nicht gestorben, und Lisa würde immer ein Teil seines Lebens bleiben. Aber trotzdem konnte er jetzt wieder in eine Zukunft blicken, in der sie nur noch eine Rolle in der Vergangenheit spielte. Gegenwart und Zukunft definierten sich gerade neu. Ein aufregender Zustand, gemischt mit Wehmut und einem Hauch Angst.

Oben angekommen, holte er vor Ambers Tür tief Luft. Gina sah erwartungsvoll zu ihm auf. Seine Hand krampfte sich um den Strauß korallenroter Tulpen, den er noch schnell auf dem Weg besorgt hatte. Er gab sich einen Ruck und klopfte zaghaft an. Zum ersten

Mal nicht nur der Form halber. Ihr „Herein“ klang munter.

Andrew hatte kaum einen Spalt geöffnet, als Gina sich schon gegen die Tür warf und dann vor ihm ins Zimmer stürmte.

Lachend folgte er ihr.

Amber saß aufrecht im Bett. Ihre meergrünen Augen blickten wach und spiegelten Freude, als Gina zu ihr stürzte. Kurz vor dem Bett bremste Gina – es sah aus, als ob sie sich selbst zur Vorsicht ermahnte – und stellte ihren Schwanz auf Turbo. Ihr dicker Körper schwang dabei fast bedrohlich hin und her.

„Hey, mein Schatz!“ Amber streckte beide Hände nach ihrer Hündin aus, und Gina warf sich begeistert in ihre Arme. Dabei schleckte sie selig über Ambers Gesicht.

„Hallo Amber, willkommen zurück im Leben.“ Andrew strich sich die dunklen Haare zurück. Mit einer jetzt wachen Patientin zu kommunizieren, machte ihn seltsam verlegen.

„Danke“, erwiderte sie undeutlich, weil sie noch immer mit Ginas Liebkosungen zu kämpfen hatte.

„Ich versuche mal, im Schwesternzimmer eine Vase aufzutreiben.“ Er deutete unsicher auf die Tulpen in seiner Hand.

Sie sah ihn über Ginas Kopf hinweg an. „Eine wunderschöne Farbe. Danke!“

„Ein erster Hauch von Frühling“, murmelte er und war froh, sich wegen der Vase nützlich machen zu können. Beinahe fluchtartig verließ er den Raum. Draußen lehnte er sich für einen Moment an die Wand. Seine Beine fühlten sich weich an und sein Herz schlug schnell. Es muss die Erleichterung sein, Amber so munter zu sehen, dachte er.

Dann riss er sich zusammen und ging zum Schwesternzimmer. Schwester Sandra gab ihm die gewünschte Vase.

Als er ins Zimmer zurückkehrte, hatte Gina sich beruhigt und saß mit verzücktem Gesichtsausdruck vor dem Bett. Amber kraulte sie hinter den Ohren und sah genauso glücklich aus.

„Wie schön, euch so zu sehen." Lächelnd stellte Andrew die Blumen auf dem Schwenktisch ab. Sein Blick fiel auf das Buch daneben.

Amber folgte seinem Blick. „Hemingway. Es ist schon sehr lange her, dass ich es gelesen habe."

„Ich habe dir daraus vorgelesen." Andrew suchte in ihrem Gesicht nach einem Zeichen der Erinnerung.

Sie hob entschuldigend die Schultern. „Das ist sehr nett, aber ich kann mich leider an gar nichts erinnern."

„Das macht doch nichts." Immer noch seltsam befangen zog er sich einen Stuhl heran, den er deutlich entfernter als sonst positionierte.

„Dr. Mitchell meint, dass es sein kann, dass ich mich irgendwann noch mal an die Zeit im Koma erinnern kann. Aber bis jetzt kommt da nichts."

„An den Unfall kannst du dich auch nicht erinnern, oder?"

„Nein." Sie schüttelte den Kopf.

„Es ist ein bisschen seltsam für mich." Andrew räusperte sich. „Wir kennen uns ja nur flüchtig von den Terminen in der Praxis. Aber dadurch, dass Gina und ich täglich bei dir waren, habe ich das Gefühl, dass wir uns schon ewig kennen. Komisch, ich weiß." Er lachte, fuhr sich durch die Haare. „Die direkte Patientenbetreuung für die *Foundation* hatte ich schon sehr lange nicht mehr selbst gemacht. Früher waren das ausschließlich Patienten, die ich vorher nicht kannte. Das war bei dir ja anders. Außerdem habe ich die Therapie auch vorher noch nie mit dem eigenen Hund des Patienten absolviert. Allerdings hat sich Gina als Naturtalent erwiesen.“

Amber hatte ihm aufmerksam zugehört. „Mir geht es ähnlich. Obwohl ich keinerlei Erinnerung habe.“ Für einen Moment sahen sie sich in die Augen.

Ein Klopfen an der Tür ließ beide zusammenzucken.

John steckte den Kopf ins Zimmer. „Ich bin auf dem Sprung, wollte nur kurz horchen, ob bei euch alles in Ordnung ist?“

Andrew und Amber nickten gleichzeitig.

„Na, dann weitermachen.“ Johns warmes Lachen war noch zu hören, als er die Tür bereits wieder geschlossen hatte.

„Ähm, brauchst du irgendwas, das ich dir morgen mitbringen kann?“ Andrew rang um Fassung und setzte sich aufrechter hin.

Amber schüttelte den Kopf, sah zu Gina, die sich unverändert wohlig kraulen ließ. „Obwohl ...“

„Ja?“, hakte er nach.

„Du warst doch schon einmal in meiner Wohnung, um die Bücher und die Musik zu besorgen. Wenn es nicht zu unverschämt ist, könntest du vielleicht noch mal hinfahren und mir Sachen zum Anziehen holen?“ Sie verzog entschuldigend den Mund.

„Ja, natürlich. Das mache ich gerne! Soll ich mir den Schlüssel wieder von Isabella holen?“ Er grinste.

„Ich glaube, einfacher ist es, wenn ich dir meinen gebe." Sie grinste zurück. Senkte dann den Blick.

„Es war ziemlich kalt in deiner Wohnung." Er hüstelte.

„Die Heizung fällt andauernd aus. Die Wohnung ist wirklich schrecklich, aber ich war froh, überhaupt eine gefunden zu haben." Sie ließ Gina los und schlang ihre Hände ineinander.

„Ich weiß nicht, ob es vielleicht zu früh ist ... aber ich würde dich gerne etwas fragen." Andrew spürte, wie ihm das Blut ins Gesicht schoss.

Amber hob ihren Blick. Mit einem großen Fragezeichen in den Augen sah sie ihn an.

„Also ... meine Hunde und ich haben uns zugegebenermaßen sehr an Gina gewöhnt. Natürlich freue ich mich für euch beide, wenn sie bald wieder mit dir nach Hause gehen kann. Trotzdem wird sie allen im Hause Martinez sehr fehlen." Er brach ab, rang nervös die Hände. Amber starrte ihn neugierig an. Ihm war klar, dass sie keinen blassen Schimmer hatte, was er sie fragen wollte.

Er nahm all seinen Mut zusammen. „Ich habe gerade das Nachbarhaus gekauft. Dort werde ich meine Praxis einrichten. Innerhalb des Hauses liegt noch eine abgeschlossene kleine Wohnung, die ich vermieten möchte. Und nun meine Frage: Könntest du dir vorstellen, mit Gina dort einzuziehen?" Er hielt kurz den Atem an, während er in ihren Augen Unglauben ausmachen konnte.

„Es kommt vielleicht ein bisschen plötzlich. Bestimmt willst du erstmal darüber nachdenken. Und sowieso erstmal aus dem Krankenhaus entlassen werden. Aber die Wohnung hat einen kleinen Garten nach hinten hinaus. Für Gina wäre das perfekt, sie müsste keine Treppen mehr steigen." Andrew holte tief Luft. Soviel Geplapper. Die arme Amber. Wie konnte er sie derart überfallen? Sie war kaum einen Tag aus dem Koma erwacht, und er schlug ihr einen Umzug vor. Am liebsten hätte er sich geohrfeigt.

„Eine Wohnung mit Garten?" Ihre meergrünen Augen leuchteten auf. „Wo liegt denn das Haus?"

„Greenwich Village", sagte er erleichtert. Sie schien ihm nicht nur nicht böse zu sein, sondern sogar interessiert.

Ihr Blick verdunkelte sich. „Oh."

„Es ist schön in unserer Gegend", warf er hilflos ein.

„Daran zweifle ich keine Sekunde." Sie blies sich eine Haarsträhne aus dem Gesicht, atmete tief ein. „Aber ich werde mir keine Wohnung mit Garten in Greenwich Village leisten können." Sie verschränkte die Arme vor der Brust und ihre Miene verschloss sich.

„Und wenn wir uns auf dieselbe Miethöhe einigen, die du jetzt zu tragen hast?"

Ihre Augen weiteten sich. „Aber wenn deine Wohnung halbwegs passabel ist, wird sie vermutlich das Dreifache an Miete einbringen, das ich momentan zahle."

Er zuckte die Achseln. „Das ist möglich, aber ich bin ein vorsichtiger Mensch und ein noch vorsichtigerer Vermieter. Mir ist es lieber, einen Menschen zu kennen, bevor ich ihm eine Wohnung vermiete. Und um ehrlich zu sein, ist es das erste Mal, dass ich die Rolle des Vermieters einnehme. Sieh mir meine mangelnde Professionalität also bitte nach." Er sah sie bittend an.

Sie nickte langsam, schien zu überlegen, was sie davon halten sollte. Ihr Blick wanderte zu Gina, dann zurück zu Andrew.

„Außerdem ist es nicht ganz uneigennützig. Wenn ihr nebenan wohnt, habe ich bestimmt häufiger das Vergnügen, Gina zu sehen." Er lächelte unsicher.

„Ernsthaft? Ich kann in einer Wohnung in Greenwich Village mit Garten wohnen? Ist ja vollkommen verrückt!" Ihr Kopf verschwand unter der Bettdecke. Die komischen Geräusche, die darunter erklangen, hörten sich wie irres Lachen an.

Andrew sah Gina an, die den Kopf schief legte und wohl nicht recht wusste, was sie davon halten sollte.

„Ich glaube, Amber freut sich bloß, dass wir bald Nachbarn sein werden." Erleichterung breitete sich in ihm aus. Wie es aussah, war Amber nicht nur einverstanden, sondern hoch erfreut, bald Wand an Wand mit ihm und seinen Hunden zu leben. In diesem Moment waren die letzten Zweifel ausgeräumt, die er hinsichtlich des Immobilienkaufs noch gehabt haben mochte.

***

„Das ist doch vollkommen verrückt!" Amber saß in ihrem Bett und sprach die Worte laut aus, obwohl sie ganz alleine im Zimmer war. Andrew Martinez, der sympathische Tierarzt, Hunde-Begleit-Therapeut und Immobilieneigentümer von zwei Stadthäusern hatte ihr eine Wohnung in Greenwich Village angeboten! Mit Garten! Vielleicht lag sie immer noch im Koma und träumte ... anders konnte sie sich das Glück kaum erklären. Andrew hatte sich nicht nur in der Not um Gina gekümmert, er mochte die Hündin auch kaum wieder gehen lassen. Von solchen Menschen braucht es mehr auf der Welt, dachte Amber und ein warmes Gefühl flutete ihre Brust.

Nicht zu vergessen die rührende Fürsorge, die er ihr hatte angedeihen lassen. Sie konnte sich nicht erinnern, dass jemand beinahe Fremdes jemals so viel für sie getan hatte. Sie wusste, dass sie wie ein Honigkuchenpferd strahlte. Auch wenn sie die in Aussicht gestellte Wohnung noch gar nicht gesehen hatte, wusste sie jetzt schon, dass sie ein Traum war. Auf Andrews Geschmack wollte sie sich einfach verlassen. Außerdem kannte sie den Stadtteil ganz gut, war schon oft mit Gina hindurchgewandert. Vor manchen Häusern war sie stehengeblieben, hatte den altehrwürdigen Glanz bewundert. Die stuckverzierten Fassaden und die schmiedeeisernen Zäune um die Grundstücke erzählten ihre eigenen Geschichten aus längst vergangener Zeit. Amber liebte diese frühere Architektur. Sie würde sich in Greenwich Village schnell heimisch fühlen, da hatte sie keine Zweifel.

Am liebsten wäre sie sofort nach Hause gefahren (also in die Bruchbude, die sie noch als ihr Zuhause bezeichnen musste), würde schnell ihre Habseligkeit zusammenpacken und ihre neue Wohnung einrichten. In Greenwich Village, diesem zauberhaften Stadtteil, der für sie mit seinen vielen Cafés, Restaurants, Jazzclubs und kleinen Theatern der schönste in New York war. Ein anderer Traum zupfte in Ambers Erinnerung. Dorthin würde auch ihr Literaturcafé bestens passen. Das Lächeln auf ihren Lippen erlosch. Vielleicht sollte sie nicht gleich zu den Sternen greifen. Und sich vor allem nicht gleich übernehmen. Erst einmal musste ihre gebrochene Rippe heilen, dann konnte sie die Wohnung besichtigen. Falls Andrew bei seinem Angebot bleiben sollte (noch wusste er immerhin nicht, wie lächerlich klein ihre derzeitige Miete war ...), konnte sie dann den Umzug in die Wege leiten. Für einen anderen Job oder gar der Weg in eine Selbstständigkeit wäre danach immer noch genug Zeit. Falls ihr Mut dafür reichen sollte ...

Seufzend lehnte sie sich im Bett zurück. Der Schmerz in ihrer Rippe flammte für einen Moment unbarmherzig auf. Keine Frage, mit dem Start in ein neues Leben musste sie noch warten. Aber sie würde sich gleich ein Telefon von der freundlichen Schwester geben lassen und Dana anrufen.

Ihr Magen krampfte sich zusammen. Aufregung paarte sich mit einem Hauch Angst. Ob ihre beste Freundin überhaupt noch mit ihr sprechen würde?

31.

Andrew stellte die gepackte Reisetasche im Flur seines Hauses ab, während Gina schon die anderen Hunde begrüßte. Sie kamen gerade aus Ambers Wohnung, wo er mit einem etwas unbehaglichen Gefühl Kleidung aus ihrem Schrank zusammen gesucht hatte. Es war ihm peinlich gewesen, in ihren Sachen zu wühlen, obwohl er den Auftrag dazu hatte. Jetzt, da Amber wieder wach war, empfand er es noch befremdlicher als beim letzten Mal. Schnell hatte er das Notwendigste eingepackt. Jedenfalls hoffte er, dass er nichts vergessen hatte.

Stirnrunzelnd richtete er sich auf. Mac, der gerade Gina ausgiebig begrüßt hatte, kam nun auf ihn zugetrabt. Er tätschelte den Schäferhund. „Na, mein Alter. Ist deine große Liebe zurück?" Gina und Mac verhielten sich inzwischen wie ein Liebespaar. Kamen sie abends heim, tauschte niemand so innige Küsse wie die beiden.

„Guten Nachrichten", sagte er zu Mac. „Deine Gina wird nebenan einziehen." Der Rüde legte den Kopf schief und sah Andrew aufmerksam an.

„Hallo!", rief Gloria in dem Moment aus der Küche. „Ich bin gleich bei euch!"

„Okay!" Andrew schlüpfte aus seinen Schuhen und hing gerade seine Jacke an die Garderobe, als Gloria mit gerötetem Gesicht und zersausten Haaren aus der Küche trat.

„Da seid ihr ja!“ Sie wischte sich die Hände an der Jeans ab, schenkte Andrew ein flüchtiges Lächeln. „Die Gemüsetarte ist fast fertig!“

Zusammen mit den Hunden folgte er ihr in die Küche. Sein Herz wurde schwer bei dem Gedanken, dass er diesen Luxus wahrscheinlich bald nicht mehr haben würde. Er würde Gloria schmerzlich vermissen, aber das durfte er sich nicht anmerken lassen. Gloria hatte ein Recht darauf, noch einmal ihr Glück zu versuchen.

„Das duftet aber schon köstlich!“, sagte er gespielt munter.

„Isst du mit mir?“

„Gerne.“ Sie nickte, während sie am Herd hantierte. „Chardonnay dazu?“

Sie murmelte Zustimmung.

Kurz darauf saßen sie sich am Küchentisch gegenüber. Vor ihnen dampfte die Tarte auf den Tellern.

„Amber scheint übrigens nicht abgeneigt, nebenan einzuziehen“, sagte er, den Blick auf sein Essen gerichtet.

„Oh, wie schön! Aber alles andere hätte mich auch gewundert. Wer würde schon eine Wohnung in New York, die einen Garten besitzt, ablehnen? Und dann noch von so einem attraktiven Vermieter?“ Sie lachte verschmitzt und schob sich eine Gabel voll Gemüsetarte in den Mund.

„Na, ich denke, es wird eher der Garten sein.“ Er begann ebenfalls zu essen.

„Beides attraktiv!“ Sie nahm ihr Glas. „Auf deine neue Mieterin!“

„Auf Amber und Gina!" Er trank einen Schluck.

„Ja klar, auf Gina natürlich auch! Wenn es sie nicht gäbe, wärst du nie an Ambergs Krankenbett gelandet." Sie warf einen bedeutungsvollen Blick auf die Hündin, die schlafend zu ihren Füßen lag.

„Das stimmt", erwiderte er und stellte nachdenklich sein Glas ab. Darüber hatte er noch nie nachgedacht. Aber Gloria hatte Recht: Ohne Gina wären die täglichen Besuche bei Amber nicht zu seiner Alltagsroutine geworden. Die Vorstellung, nicht bei Amber gewesen zu sein, löste ein trauriges Gefühl in ihm aus, das er sich nicht erklären konnte.

„Bist du denn weiter gekommen mit deinen Überlegungen für dein Country-Café?" Er wollte jetzt nicht weiter darüber nachdenken, wie wichtig Amber für ihn schon geworden war.

Gloria ließ die Gabel sinken, die bereits auf dem Weg zu ihren Mund war. Sie seufzte tief. „Ich bin immer noch so schrecklich unschlüssig." Sie spielte mit der Gabel in ihrer Hand und legte die Stirn in Falten. „Ja, es ist so verlockend wie nichts, die Vorstellung, ein Country-Café zu eröffnen. Aber ich habe noch mal intensiv nachgedacht, ob ich meine anderen Aufgaben wirklich abgeben möchte." Sie sah ihm ins Gesicht. „Die Antwort ist Nein. Ich möchte mich weiter um dich und die Hunde kümmern. Auch für meine Enkelkinder möchte ich noch genug Zeit haben."

„Und die Idee mit einer Teilhaberschaft?", warf er ein.

Sie winkte ab. „Eine normale Teilhaberschaft, in der die Rechte und Pflichten hälftig aufgeteilt sind, wäre nicht das Richtige. Ich würde mich gerne ausschließlich um den musikalischen Teil, also um die

Organisation der Konzerte kümmern, aber nicht um das Gastronomische. So könnte ich es mit meinen anderen Leidenschaften kombinieren. Aber ob sich dafür jemand fände? Ich denke, das wird schwierig."

Er dachte einen Moment nach. „Manchmal passieren auch Wunder", sagte er schließlich mit einem unergründlichen Lächeln.

***

Ambers Erleichterung war grenzenlos, als sie das Telefon sinken ließ. Dana hatte gelacht und geweint, sie aus der Ferne gedrückt und ihr im selben Moment verziehen, als Amber darum bat. Nicht ohne darauf hinzuweisen, sie eigenhändig zu erwürgen, sollte sie es jemals wieder wagen, einfach sang- und klanglos zu verschwinden. Egal aus welchem Grund. Die Standpauke, die Amber sich darüber anhören musste, wie groß Danas Sorgen gewesen waren, nahm sie fast dankbar entgegen. Ihre Freundin hatte alles Recht der Welt, ihr die Leviten zu lesen.

Amber konnte es selbst nicht mehr verstehen, warum sie damals auf diese Weise verschwunden war. Ihren Weggang hielt sie nach wie vor für richtig. David zu verlassen war das Beste, was sie in den letzten Jahren getan hatte. Aber sie hätte mit ihren Eltern und mit Dana reden müssen.

Plötzlich wurde ihr klar, warum sie anders gehandelt hatte. Es war die Sorge, dass einer von ihnen sie womöglich davon hätte überzeugen können, David zu verzeihen und bei ihm zu bleiben. Die Gefahr war begründet. Es war schließlich nur ein sehr kleiner Teil von ihr, der die Notbremse in der Beziehung gezogen hatte. Der sehr viel größere Teil wäre empfänglich gewesen für die allerkleinste Hoffnung, dass doch wieder alles gut werden konnte.

Es war wie ein Puzzle, das sich langsam zusammenfügte. Stück für Stück. Mom, die David immer angehimmelt hatte. Sein umwerfendes Aussehen, seine Bildung und nicht zuletzt sein beruflicher Erfolg. Er repräsentierte all das, was ihrer Mutter an Männern wichtig war. Das Aussehen spielte hierbei noch die kleinste Rolle. Aber Geld und Prestige brauchte Nancy Scott so dringend wie die Luft zum Atmen. Amber hatte sich immer wie vom anderen Stern gefühlt, weil sie selbst diesen Dingen so gut wie keine Bedeutung schenkte. Sie hatte sich in David verliebt und glaubte, dass er der Mann ihres Lebens war. Der Eine. Der für immer da sein würde. In guten und in schlechten Zeiten. Wenn einer von ihnen im Koma lag, zum Beispiel. Ein Mann, der neben all seinem Charisma ein guter Mensch war. Das war ein Irrtum gewesen. Aber das hatte sie jahrelang nicht sehen können oder wollen.

Seufzend strich sie die Bettdecke glatt. Seitdem sie aus dem Koma aufgewacht war, stürmte so vieles auf sie ein. Und vieles hatte sich geändert. Es war tatsächlich, als ob sie ein neues Leben geschenkt bekommen hatte. Sie musste an Andrew denken, dabei flog ihr Blick zu der Uhr über der Tür. Schwester Sandra hatte ihr gesagt, dass das Therapeutenteam jeden Tag pünktlich um dreizehn Uhr erschienen war, und wie sehr das alle auf der Station gefreut habe. Es wäre so rührend zu sehen gewesen, mit welcher Sorgfalt die beiden sich um sie gekümmert hatten.

Es war Viertel vor Eins. Ob Andrew heute auch kommen würde? Immerhin war seine Aufgabe eigentlich erfüllt. Die Kleidung, die er aus ihrer Wohnung für sie holen wollte, könnte er auch am Abend bringen. Dann fiel Amber wieder ein, dass er ihr die neue Wohnung angeboten hatte. Ob er das nur getan hatte, weil er seinen zukünftigen Mieter lieber vorher kannte? Dabei kannten sie sich eigentlich überhaupt nicht gut. Es fühlte sich nur so an, wie Amber irritiert feststellte.

Oder hatte Andrew es wirklich getan, damit er Gina nicht ganz verlor?

Schluss mit den Grübeleien, befahl sie sich schließlich energisch. Ihr Blick wanderte durchs Zimmer, blieb an dem gerahmten Foto von Daddy hängen. Lange betrachtete sie die markanten Gesichtszüge, seine strahlenden Augen mit dem stolzen Blick, der wahrscheinlich von dem Truck neben ihm hervorgerufen wurde. Daddy – er würde ihr immer fehlen. Aber zum ersten Mal fühlte sie eine tiefe Dankbarkeit, dass er und kein anderer ihr Vater war. Selbst wenn sie nur die wenigen gemeinsamen Jahre gehabt hatten. Ein Klopfen an der Tür riss Amber aus ihren Gedanken. Ihr Puls beschleunigte sich.

***

„Hallo Amber." Andrew lächelte schüchtern. Seltsam steifbeinig näherte er sich dem Bett. Gina war schneller und leckte Amber bereits das Gesicht, als Andrew langsam näher trat.

„Hi", nuschelte Amber undeutlich, während sie lachend versuchte, den schweren Hund abzuwehren.

Andrew räusperte sich. „Ich hoffe, ich habe alles dabei, was du brauchst." Er hielt die Reisetasche kurz hoch, bevor er sie auf dem Boden abstellte. Eine Tüte mit Donuts legte er auf dem Drehtisch ab.

„Oh ja, herzlichen Dank!" Sie lächelte ihn strahlend an.

„Du siehst gut aus", sagte Andrew. „So erholt und lebensfroh." Und wunderschön, fügte er in Gedanken hinzu. Das konnte er natürlich nicht aussprechen. Immerhin war sie seine Betreuungspatientin und seine zukünftige Mieterin. Und außerdem kannten sie sich kaum.

Für einen Moment verhakten sich ihre Blicke ineinander. In der Stille des Zimmers hätte man eine Stecknadel fallen hören können. Erst als sich Gina, die ihre Schnauze an Ambers Hals abgelegt hatte, bewegte und dabei laut schnaufte, lösten sie verlegen den Blickkontakt.

Mit fahrigen Bewegungen nahm Andrew die Reisetasche und öffnete den Reißverschluss. „Möchtest du dich vielleicht anziehen? Dann könnte ich in der Zeit versuchen, einen Kaffee aufzutreiben."

„Vielleicht können wir den Kaffee ja unten im Park trinken?" Sie sah sehnsüchtig zum Fenster. Es war der erste Tag seit langem, der strahlenden Sonnenschein im Gepäck hatte. Von drinnen sah es schon nach Frühling aus. Passend zum freundlichen Wetter leuchteten die korallenroten Tulpen, die eine Schwester auf das Fensterbrett gestellt hatte.

„Es ist aber nicht so warm, wie es aussieht", warnte Andrew stirnrunzelnd.

„Egal, aber ich wäre so gerne mal wieder draußen. Es muss ja nicht lange sein, ich würde mich schon über ein paar Minuten sehr freuen." Sie sah ihn flehentlich an.

„Ich versuche, Dr. Mitchell aufzutreiben", gab er sich geschlagen.

***

„Herrlich." Amber holte tief Luft und schloss die Augen, während sie ihr Gesicht von der Sonne liebkosen ließ.

Andrew konnte den Blick nicht von ihr lösen. Sie sah so glücklich aus, fast wie neugeboren. Ihre Haut war immer noch blass, aber es war kein Vergleich zu dem bleichen Anblick, den sie während ihres Komas geboten hatte. Sie trug einen korallenroten Pullover, Jeans und eine wattierte schwarze Jacke. Über ihren Beinen war eine karierte Decke ausgebreitet.

John hatte ohne Zögern sein Okay gegeben. Die Patientin durfte ins Freie gebracht werden. Er hatte Rollstuhl und Decke empfohlen und viel Spaß gewünscht. Schwester Sandra hatte sich um alles Nötige gekümmert, und so saßen sie nun hier – Andrew auf einer Bank, Amber in ihrem Rollstuhl, Gina neben ihr – mit einem wunderbaren Ausblick auf die weite Rasenfläche und große alte Kastanien.

Auf dem Brett, das als Tisch zum Rollstuhl diente, standen zwei Becher Kaffee. Daneben lag die Tüte mit den Donuts.

„Sag mal, hast du das wirklich ernst gemeint mit deiner Wohnung?", fragte Amber mit geschlossenen Augen.

„Natürlich. Über so etwas macht man doch keine Witze!" Er biss sich auf die Lippen, unterdrückte ein Lachen.

Ein leichtes Lächeln umspielte ihre Lippen, als sie die Augen wieder öffnete. „Und ich dachte schon, ich hätte es nur geträumt."

„Nein, das hat alles seine Richtigkeit." Andrew öffnete die Tüte und hielt sie ihr hin. Der aufsteigende Geruch war verführerisch und fettig und mischte sich mit der frischen Winterluft, in der ein Hauch Frühling lag.

„Vielleicht nicht das Gesündeste, aber gut für die Seele." Er grinste.

„Seelennahrung ist wichtig." Sie entschied sich für einen Donut mit Himbeer-Glasur und griff zu.

Andrew zog einen klassischen Schoko-Donut vor und bediente sich ebenfalls. Eine Weile kauten sie schweigend, jeder seinen Gedanken nachhängend.

„Ich bin verdammt froh, dass du wieder wach bist", sagte Andrew schließlich leise.

„Ich auch." Amber schluckte, blickte zu Gina. „Auch wenn sie sich offenbar sehr wohl bei dir und deinen Hunden fühlt, bin ich heilfroh, wenn ich sie wieder bei mir habe."

„Das kann ich leider gut verstehen." Eine leichte Wehmut schwang in seiner Stimme.

„Und du hast vier Hunde?" Sie sah ihn an.

Er nickte. „Bei vier hab ich mir mal die Grenze gesetzt. Aber Gina fällt trotz ihrer Ausmaße überhaupt nicht auf. Sie hat sich einfach still und leise integriert."

„Das kann ich mir vorstellen." Sie pustete sich eine Haarsträhne aus dem Gesicht, die ein leichter Wind hineingeweht hatte. „Ach, einfach herrlich die frische Luft!"

Sie schwiegen eine Weile, genossen die Sonnenstrahlen auf der Haut. Die Februarsonne hatte zwar noch keine große Kraft, versprach aber zumindest schon die Ahnung auf den kommenden Frühling.

„Ich habe mich vorhin endlich bei meiner besten Freundin gemeldet. Als ich aus Pennsylvania weggegangen bin – man kann vielleicht auch sagen geflohen –, da habe ich nicht mit ihr gesprochen. Jetzt kann ich das nicht mehr verstehen, aber damals war es die einzige Möglichkeit für mich." Sie blickte nachdenklich auf den angebissenen Donut in ihrer Hand.

„Wirklich gute Freunde verstehen es, wenn man manchmal komische Dinge macht", sagte er schlicht. Dachte an sein eigenes Verhalten nach Lisas Tod. Die wenigen guten Freunde, die er besaß, hatten Gott sei Dank volles Verständnis dafür gehabt, dass er danach erstmal untergetaucht war.

„Ja, Dana hat mir tatsächlich sofort verziehen. Es war auch nur ..." Sie stockte. Dann holte sie tief Luft. „Ich hatte einfach Angst, dass mir irgendjemand die Trennung von meinem Freund wieder ausreden könnte. Damals wäre ich dafür wahrscheinlich empfänglich gewesen."

Er sagte nichts, nickte nur. Und spürte eine eigenartige Erleichterung bei ihren Worten.

„Na ja, jetzt fehlt nur noch das Gespräch mit meiner Mutter, aber das kann noch etwas dauern, bis sie wieder zurück in der Heimat ist. Wir haben kein besonders enges Verhältnis zueinander. Ich war immer mehr ein Papa-Kind. Sein früher Tod hat daran nichts geändert."

Sie schob sich den Rest ihres Donuts in den Mund.

„Und du? Hast du nette Eltern?", fragte sie, nachdem sie den Bissen runter geschluckt hatte.

„Oh ja, sehr. Meine Mom ist vielleicht manchmal etwas zu nett." Er grinste. „Aber ansonsten bin ich gesegnet mit ihnen."

„Da hast du Glück", sagte sie und griff zu ihrem Kaffeebecher.

Wolken verdunkelten die Sonne. Augenblicklich wurde es kühler. Amber zog fröstelnd die Schulter hoch.

„Ich glaube, wir sollten langsam wieder reingehen. John erschlägt mich, wenn sich seine Patientin beim ersten Ausflug nach draußen eine Erkältung einfängt. Dann darf ich dich vermutlich nie wieder besuchen." Er lachte. Das wollte er tatsächlich lieber nicht riskieren.

„Oh, stimmt, das wäre blöd!" In ihren Augen blitzte etwas auf, das Andrew nicht genau benennen konnte.

***

Andrew und Gloria schwiegen bereits eine ganze Weile, während sie mit den Hunden durch den nächtlichen Washington-Square-Park spazierten. Die Luft der sternenklaren Nacht war kalt und frisch. Es war Glorias Idee gewesen, noch einmal hinauszugehen, und Andrew hatte sich gerne angeschlossen.

Er war trotz der späten Stunde hellwach und wusste, dass an Schlaf sowieso noch lange nicht zu denken war. Da konnte er die Zeit genauso gut sinnvoll verbringen. Und eine Extra-Runde mit den Hunden gehörte eindeutig in diese Kategorie.

„Und ist die Kleine weiter auf einem guten Weg?“ Gloria blieb stehen, sortierte die Leinen von Mikey und Eve neu und sah Andrew dann gespannt an.

„Ja, ich glaube schon. Wir waren heute sogar unten im Park. Ich habe das Gefühl, dass sie so schnell wie möglich ganz ins Leben zurückkehren möchte.“ Gedankenverloren strich er erst Mac und dann Gina über den Kopf. Mit einem Brummeln machte Luke auf sich aufmerksam. Lachend bedachte Andrew auch den Terrier mit einer Streicheleinheit.

„Ich bin immer noch nicht weiter“, wechselte Gloria plötzlich das Thema und klang ungewohnt mutlos.

„Vielleicht sollte ich Amber fragen, ob du mich auf einen Besuch begleiten darfst. Ich glaube, dass ihr euch auf Anhieb verstehen würdet.“

Sie sah ihn fragend an.

„Na ja, mir geht eine Idee nicht aus dem Kopf ...“ Sollte er es ihr wirklich vorschlagen, oder war es vollkommen absurd, was ihm seit einigen Tagen durch den Kopf ging?

„Welche?“ Ihre Neugier war endgültig entfacht.

„Ich könnte mir vorstellen, dass Amber die perfekte Geschäftspartnerin für dein Country-Café wäre.“ Nun war es heraus. Nach der Andeutung hätte Gloria ohnehin keine Ruhe mehr gegeben.

Sie pfiff durch die Zähne. In ihr arbeitete es, wie Andrew unschwer an ihrem Gesicht ablesen konnte. Er wartete still ab.

„Hm“, sagte sie schließlich. „Darüber lohnt es sich vielleicht nachzudenken. Aber das braucht Zeit.“

Er nickte. Vermutlich war es doch eine Schnapsidee. Selbst wenn Gloria sich für diese Lösung erwärmen könnte, wäre immer noch denkbar, dass Amber kein Interesse hätte.

Ihre Miene wurde weicher. „Du magst sie sehr."

Er lächelte. „Ja, da könntest du Recht haben." Verlegen wandte er sich ab.

„Du hast dich verliebt", rief sie.

Er schwieg.

Gloria boxte ihn spielerisch auf den Oberarm. „Erwischt!"

„Ich weiß es nicht. Es ist auch noch viel zu früh, um darüber nachzudenken", murmelte er und ließ seinen Blick durch den nächtlichen Park schweifen. Zu dieser späten Stunde hatten sie ihn fast für sich alleine. Einzig in der Ferne war das Lachen von Jugendlichen zu hören.

„Außerdem lenkst du ab. Was ist mit dem Café?"

„Wer lenkt hier ab?" Sie lachte rau.

„Hm, vielleicht wir beide?", schlug er gutmütig vor. Verliebt? Er? Das konnte nicht sein! Gerade erst hatte er Lisa endgültig gehen lassen. Außerdem kannte er Amber so gut wie gar nicht.

„Touchez!" Sie nahm beide Hundeleinen in eine Hand und hängte sich mit dem freien Arm bei Andrew ein.

„Na, wir müssen ja auch nicht alle weit reichenden Fragen heute Nacht beantworten." Er sah zu den hell funkelnden Sternen hinauf. Eine verschwommene Erinnerung tauchte auf. Mit ihr das Wissen, dass er bei Lisa nur eine Sekunde gebraucht hatte, um sich zu verlieben. Gemessen daran, kannte er Amber bestens.

Schweigend wanderten sie weiter durch die Nacht, jeder in seinen Gedanken gefangen.

***

Amber war gerade von einer umfassenden Untersuchung in ihr Zimmer zurückgekehrt. Alle Labordaten waren unauffällig und ihre Rippe heilte so, wie es sein sollte. Der Schmerz war heute sogar schon etwas schwächer als am Tag zuvor, was ihre Hoffnung stärkte, bald ganz ins Leben zurückkehren zu können. Dr. Mitchell war mit dem Heilungsverlauf zufrieden und hatte ihr als einzigen Rat mit auf den Weg gegeben, gut auf sich zu achten und alles zu vermeiden, das sie überfordern könnte. Immerhin musste ihr Körper noch die Zeit des Komas verarbeiten. Da aber ansonsten die Rippe die einzige echte Verletzung darstellte – ihr Schutzengel musste gute Arbeit geleistet haben, wie der Neurologe durchaus ernst angemerkt hatte – sprach nichts dagegen, sich langsam wieder auf die Welt außerhalb des Krankenhauses zu konzentrieren. Auf Ambers Frage, wann sie nach Hause gehen dürfte, wollte er sich allerdings noch nicht festlegen. Mit ein paar Tagen müsse sie sicher noch rechnen.

Gut, damit konnte sie leben. Sie konnte sowieso nichts tun, um ihre Entlassung zu beschleunigen.

Wenn sie ehrlich war, fand sie die Vorstellung, noch ein paar Tage rundum versorgt zu sein, gar nicht so schlecht. Sie freute sich zwar unbändig darauf, die Wohnung von Andrew zu besichtigen, aber ihre Entlassung bedeutete auch, sich der beruflichen Frage zu stellen. Sollte sie im Diner weiter arbeiten? Vorab bei Gregg anrufen? Vortasten, ob ihr alter Job überhaupt noch auf sie wartete ... Bei dem Gedanken schnürte sich ihr Hals zu. Nein. Sie schob den Gedanken zur Seite. Ihr

252

Blick wanderte zur Uhr über der Tür. Kurz vor eins. Gleich würden Andrew und Gina kommen. Sie freute sich. Auf beide, wie sie sich eingestand. Andrew ist eben ein guter Freund geworden, dachte sie mit einem Anflug von Trotz. Ob ihr Herzklopfen noch andere Ursachen hatte, musste sich erst rausstellen. *Alles passiert zur rechten Zeit, am rechten Ort.* Die Erinnerung an diese Worte stammte aus ihrer frühen Kindheit. Daddy hatte sie gesagt. Sehnsüchtig betrachtete sie sein Foto auf dem Schrank.

Pünktlich um eins klopfte es. Allerdings sehr viel lauter und bestimmter als sonst. Amber fuhr zusammen.

Als die Tür sich öffnete, und sie sah, wer sie besuchen wollte, setzte ihr Herz für einen Schlag aus.

***

Langsam stieg Andrew die Treppe hinunter. In seinem Kopf drehte sich alles. Seine Hand krampfte sich um das Papier, in dem die Rosen – eine Nostalgie-Sorte mit weiß-rosa Blüten – eingewickelt waren. Vor wenigen Minuten war er noch beschwingt auf dem Weg zu Ambers Zimmer gewesen. Eine schnaufende selige Gina neben sich. Jetzt war die Welt auf einen Schlag verändert. Kein Hund war mehr an seiner Seite und die zaghafte Verheißung auf eine Zukunft, in der Liebe wieder eine reale Rolle spielen könnte, hatte sich binnen Sekunden in Luft aufgelöst. Andrew fühlte sich, als hätte jemand das Licht in seinem Innern ausgeknipst, das noch gar nicht lange wieder geleuchtet hatte. Derjenige hatte einen Namen. David. David Gerson. Er war Andrew kurz vor Ambers Tür entgegengekommen.

Mr.Gerson hatte sich höflich als Ambers Verlobter vorgestellt, Andrew überschwänglich gedankt und ihm dann verkündet, dass nunmehr er sich um die Patientin kümmern würde. Andrews fassungsloser Blick hatte ihn animiert sich vorzubeugen, die Stimme zu senken und ihm mitzuteilen, dass das Missverständnis, das Amber und ihn auseinander geführt hatte, nun aus der Welt geschafft sei, was sie beide überglücklich mache. Sobald es ginge, würde Amber wieder mit zurück nach Pennsylvania gehen. Andrew war zu geschockt gewesen, um etwas zu erwidern. Er hatte nur stumm genickt. Und dann ebenso stumm den Kopf geschüttelt, als David Gerson seine Brieftasche zücken und ihm eine kleine Wiedergutmachung für die Mühe und seine verlorene Zeit geben wollte.

Wie ferngesteuert ging Andrew an Patienten und Pflegern vorbei. Er steuerte den Park an, aber das wurde ihm erst bewusst, als er schon draußen war. Schwer atmend setzte er sich auf die Bank, auf der auch am Tag zuvor gesessen hatte. Es schien Lichtjahre her zu sein. Heute zeigte sich keine Sonne am Himmel. Es war ein trüber, nasskalter Tag. Andrew spürte die äußere Kälte nicht. Er versuchte, sich zu erinnern, was Amber genau über ihren Exfreund gesagt hatte. Genau, sie hatte Freund gesagt, nicht Verlobter. Und weiter? Er presste Daumen und Zeigefinger an die Nasenwurzel, massierte mit den kühlen Spitzen einen Moment die Stelle, die zu schmerzen begonnen hatte. Sein Gehirn war wie leergefegt. Schließlich fiel es ihm ein. Als sie David verließ, hatte sie mit niemandem darüber gesprochen, weil sie Angst hatte, die Trennung könnte ihr wieder ausgeredet werden. Das bedeutete, sie war nicht sicher gewesen, dass sie ohne ihn leben wollte.

Ein kalter Schauer lief über Andrews Rücken. Auf ihn hatte der Vogel einen unangenehmen Eindruck gemacht. Ein bisschen hatte er ihn an Phil, seinen Banker, erinnert. Genauso glatt und kalt. Beides Typen, die sofort auffielen, alle Blicke auf sich zogen und Frauenherzen höher schlagen ließen. Zumindest jene, die nicht auf Anhieb erkannten, wie hohl die Fassade dahinter war.

Andrew strich sich über die Haare, seufzte schwer. Vielleicht lag er auch vollkommen daneben, schließlich kannte er diesen Mann überhaupt nicht. Ihm wurde klar, dass er jeden zutiefst abgelehnt hätte, der ihm verkündete, mit Amber verlobt zu sein.

Er würde Amber und Gina verlieren. Noch ehe überhaupt mehr daraus hätte entstehen können. Ein bitterer Geschmack im Mund ließ ihn schlucken.

Eine ältere Frau mit Stock kam auf ihn zu. Sie hatte ein faltiges, freundliches Gesicht.

Kurzentschlossen wickelte Andrew das Papier von den Rosen und stand auf. Als die Frau auf seiner Höhe war, zwang er ein Lächeln auf seine Lippen. „Lady, darf ich Ihnen diese Rosen schenken?"

„Warum, junger Mann?" Sie sah ihn aus wässrigen Augen überrascht an.

„Um ehrlich zu sein haben sie gerade ihren eigentlichen Zweck verloren."

„Oh, das tut mir leid." Sie sah ihm mitfühlend an und streckte dann zögernd eine Hand aus. Nachdem sie die Blumen entgegengenommen hatte, sagte sie: „Ich glaube, das Mädchen wird es bereuen. Männer wie Sie sind rar."

Andrew verzog das Gesicht. „Sehr charmant, Lady. Aber mit Verlaub, das können Sie doch gar nicht wissen."

„Junger Mann, jetzt beleidigen Sie meine Menschenkenntnis." Sie drohte ihm scherzhaft mit dem Zeigefinger. „Nach achtzig Jahren werde ich das wohl erkennen können."

Sie wandte sich zum Gehen. „Alles Gute für Sie!"

„Danke, für Sie auch", murmelte er. Er gehörte also zur raren Sorte. Trotzdem fühlte er sich so alleine wie schon sehr lange nicht. Mit gesenktem Kopf steuerte er den Ausgang des Klinikparks an. Was sollte er hier auch noch länger.

***

Amber fühlte sich noch immer wie gelähmt. Gebannt starrte sie David an, der mit einer Vase in den Händen zurück ins Zimmer kam. Sorgfältig arrangierte er den Strauß mit den langstieligen Rosen, bis er zufrieden war und ihr das Ergebnis präsentierte. „Gefallen sie dir?"

Sie nickte stumm. Die Situation überforderte sie komplett. David war der letzte, den sie erwartet hatte zu sehen, als sich die Tür öffnete. In ihrem Kopf überschlugen sich die Fragen.

„Wie hast du mich gefunden?", fragte sie schwach.

„Das war gar nicht so leicht, Darling. Nur mit Hilfe eines guten Privatdetektivs ist es mir jetzt endlich gelungen. Es hat viel zu lange gedauert. Ich habe dich unendlich vermisst. Aber selbst Dana konnte oder wollte mir nicht behilflich sein." Er rümpfte die Nase, krempelte die Ärmel seines weißen Hemds auf, was den Blick auf seine muskulösen Unterarme freigab und trat dicht an das Bett heran.

Sofort stieg der Duft seines Aftershaves in ihre Nase. Eine herb-männliche Mischung, die eine fast hypnotisierende Wirkung auf sie ausübte. Fast so sehr wie die leuchtend blauen Augen in dem markanten Gesicht, die sie jetzt um Verzeihung bittend ansahen.

„Baby, es tut mir so leid, was geschehen ist. Aber das mit uns, das können wir doch nicht einfach aufgeben. Du bist das Wichtigste in meinem Leben, das weißt du doch." Er sah sie beschwörend an. „Lass uns noch mal von vorne anfangen, bitte. Es wird alles anders werden, das verspreche ich dir."

Sie drehte den Kopf zur Seite. Mit einem Mal war sie zurückkatapultiert in jene Zeit, in der es das Wichtigste war, vor diesen blauen Augen zu bestehen. Gefühle prasselten auf sie ein, die sie längst überwunden geglaubt hatte. Sie wollte David! Sie wollte David nicht mehr! Da war sie doch sicher gewesen. Aber nun stand er hier, mit diesen verdammten babyblauen Augen und bat um Verzeihung. Genau deshalb war sie geflohen. Weil sie wusste, wie schwer es war, ihm dann etwas entgegenzusetzen. Wie oft hatte er sie so angesehen, sie angefleht, ihm zu verzeihen, wenn er – mal wieder – zu weit gegangen war. Trotzdem, sie wollte das nicht mehr. „Doch, willst du", flüsterte eine schwache Stimme in ihrem Innern. „Ohne ihn bist du nichts."

„Ach, dieser Tierarzt, der sich um deinen Hund gekümmert hat, war übrigens heilfroh, die

Verantwortung wieder loszuwerden." Er grinste breit, sah dann zu Gina, die ihn aus einiger Entfernung misstrauisch beobachtete.

„Hättest du dir eigentlich keinen kleineren Hund zulegen können?" Missbilligend schüttelte er den Kopf.

Ambers Kehle schnürte sich zu. Andrew war froh, die Verantwortung für sie los zu sein? Die Zukunft, die sie sich vorsichtig ausgemalt hatte, zerplatzte wie eine Seifenblase. Sie hatte offensichtlich viel zu viel hineininterpretiert in die angebliche Fürsorge. Andrew hatte nichts anderes als eine Patientin in ihr gesehen. Und er mochte Gina, wie er jeden Hund schnell in sein Herz schloss. Nur deshalb hatte er ihr die Wohnung angeboten. Ich dumme Kuh, beschimpfte Amber sich im Stillen.

„Also jedenfalls nehme ich dieses Riesenvieh dann erstmal mit ins Hotel. Ich hoffe, dort sind Hunde erlaubt. Du ruhst dich noch ein bisschen aus, und dann fahren wir nach Hause, sobald es geht." Er sah sie auffordernd an.

„Ich ... ich weiß nicht." Sie konnte keinen klaren Gedanken fassen, geschweige denn, eine solche Entscheidung treffen. „Vielleicht sollten wir morgen noch mal über alles reden?"

Sei knetet nervös die Hände.

„Wie du meinst, Baby." David sah sie prüfend an. „Blass bist du, dir fehlt bestimmt noch Schlaf. Ich gehe dann mal. Kommst du mit?" Er sah zu Gina.

„Sie heißt Gina", murmelte Amber. „Geh schön mit David mit." Die Hündin dachte gar nicht daran.

„So, nun mal keine Mätzchen, Madame." Er ging auf Gina zu und nahm ihre Leine. Gina blieb sitzen.

Amber musste sich ein Lachen verkneifen. Wenn sich die sechzig Kilo nicht in Bewegung setzen wollten, hatte man schlechte Karten.

„Sie kennt dich ja gar nicht", meinte sie beschwichtigend.

Auf Davids Schläfe schwoll eine Ader an. Instinktiv machte Amber sich kleiner.

„Na, es wird doch wohl reichen, wenn du ihr sagst, dass es okay ist."

Sie nickte nervös. Ihr Mund war plötzlich trocken. Gina musste mit David mitgehen, es blieb ihnen gar keine andere Wahl, denn wo sollte sie sonst so schnell hin? Andrew war ja froh, die Verantwortung nicht mehr zu haben ...

„Los, Gina, geh mit David. Es ist in Ordnung."

Gina blieb sitzen.

„Jetzt reicht es aber!" David packte die Leine fester und zerrte daran. In dem Moment entwich ein tiefes Grollen aus Ginas Kehle.

„Sag dem Köter, was er machen soll!" Davids Schreien mischte sich mit Ginas Knurren.

Plötzlich kehrte ihre Klarheit zurück.

„Lass die Leine los, David." Ambers Stimme war ganz ruhig.

„Was?" Die blauen Augen funkelten sie zornig und ungläubig an.

„Du hast mich schon verstanden. Lass die Leine los und geh", sagte sie und hielt seinem Blick stand.

„Aber ..." Die Wut in seinen Augen wich Unglauben.

„Das kannst du doch nicht machen, nur weil dieser Köter ..."

Weiter kam er nicht. In dem Moment erklang eine Stimme von der Tür.

„Sie haben doch gehört, was Amber gesagt hat. Bitte gehen Sie." Andrew stand gelassen im Türrahmen. Gina sprang auf und lief zu ihm. Er streichelte sie, ohne David dabei aus den Augen zu lassen.

David schnappte nach Luft, während ihm das Blut ins Gesicht schoss. Seine Kieferknochen mahlten.

„Das wirst du noch bereuen", zischte er schließlich in Ambers Richtung, bevor er mit langen Schritten zur Tür ging.

Andrew trat einen Schritt zur Seite, um ihn vorbeizulassen. Mit einem letzten hasserfüllten Blick rauschte David hinaus.

„Puh", sagte Amber. „Das war knapp." Es hätte nicht viel gefehlt, und sie wäre tatsächlich in ihr altes Muster zurückgefallen. Schlagartig sackte das Blut aus ihrem Gesicht. Fröstelnd hob sie die Schultern.

Andrew trat dicht ans Bett. Sein Blick suchte den von Amber. Ihre Augen waren weit aufgerissen. Ihre Blicke verfingen sich ineinander, konnten sich nicht mehr lösen.

Die Worte der alten Lady im Park hatten Andrew nicht klar gemacht, dass Männer wie er rar waren, sondern wie rar Frauen wie Amber waren. Und dann war er umgekehrt, zurück in die Klinik gegangen. Er wollte es aus Ambers Mund hören, dass sie zu David zurückgehen wollte. Und er wollte ihr sagen, dass sie es nicht tun sollte. Dass sie bei ihm bleiben sollte.

Jetzt senkte er den Blick auf ihre Lippen, die leicht geöffnet waren, als wollte sie etwas sagen. Sanft legte er einen Finger auf ihre Lippen, strich behutsam darüber.

„Geh nicht zurück nach Pennsylvania, bleib bei mir."

Sie nickte, während ihr eine Träne über die Wange lief.

Er wischte die Träne weg und umschloss mit beiden Händen ihr Gesicht, sah ihr noch einmal tief in die Augen, bevor er seine schloss und Amber zart auf den Mund küsste. Sie schlang die Arme um seinen Nacken und drückte ihn an sich.

Als der Kuss leidenschaftlicher wurde, ertönte ein dumpfes Bellen. Sie lösten sich nur schwer voneinander. Sahen sich lachend an und blickten dann auf Gina, die zum Bett kam und wedelnd vor ihnen stehen blieb.

„Ich glaube, sie ist einverstanden." Andrew streichelte kurz die zufrieden wirkende Gina, bevor er Amber erneut küsste.

„Frauen wie du sind so rar, dass man sie auf keinen Fall wieder gehen lassen darf", murmelte er an ihrem Ohr.

„Auf gar keinen Fall!" Sie lächelte vergnügt.

„Eigentlich solltest du heute Rosen von mir bekommen, aber durch gewisse Umstände haben sie nun eine alte Lady im Park erfreut." Er strich ihr sanft eine Strähne aus dem Gesicht.

„Ach, ich glaube, du wirst noch sehr viele Gelegenheiten haben, das wieder gutzumachen."

Wieder trafen ihre Lippen aufeinander. Besiegelten eine Zukunft, die gerade begonnen hatte.

Epilog

Zwei Monate später

„Oh Gott, hoffentlich haben wir wirklich an alles gedacht!" Nervös blickte Amber sich um. Das alte Café erstrahlte im neuen Glanz. Sofas und Sessel waren mit weinrotem Samt neu bespannt, zu urig war die alte Form gewesen, um sie zu entsorgen. Genau wie die Kronleuchter. Also waren auch diese lediglich neu aufpoliert worden und durften nun für eine angenehme Beleuchtung sorgen. Anders der gesamte Thekenbereich, der von Grund auf neu ausgestattet war. Chrom und Glas blitzten um die Wette. Der überdimensionale Kaffeeautomat war teurer gewesen als Ambers letztes Auto, aber dafür würde er hoffentlich genau wie das üppig ausgestattete Kuchen-Buffet keine Gästewünsche offen lassen.

Heute würden sei Eröffnung feiern. Gloria und sie.

Ihre Geschäftspartnerin drehte sich lächelnd zu ihr um. Sie hatte ihre grauen Locken zu einer aufwändigen Hochsteckfrisur aufgetürmt und trug ihr Lieblings-Ensemble. Jeanshemd mit Fransen, eine schneeweiße Jens und abgewetzte Cowboystiefel mit hohen Absätzen. Sie breitete die Arme aus, sodass die Fransen sich wirkungsvoll in Szene setzen konnten und umfasste den Laden mit einer bewundernden Geste.

„Schau dich um, es ist alles perfekt!" Ihre knallrot geschminkten Lippen verzogen sich zu einem breiten Lächeln.

Amber kaute nervös an ihrer Unterlippe. „Langsam kriege ich doch Angst. Es geht wirklich gleich los!" Sie strich ihr moosgrünes Seidenkleid glatt.

„Du siehst hinreißend aus! Und der Laden ist der beste in ganz New York geworden. Also mach dir keine Sorgen." Gloria lachte ihr typisches heiseres Lachen, während auch ihr Blick noch einmal prüfend über die auf Stehtischen bereit gestellten Champagnergläser glitt

„Ich bin so froh, dass Andrew uns zusammen geführt hat." Ihre Miene wurde ernst. „Du glaubst gar nicht, wie viel mir das hier bedeutet."

„Und mir erst." Amber schluckte. Ihr Traum war wahr geworden. Sie war tatsächlich dabei, ihr eigenes Literaturcafé zu eröffnen. Der vordere Teil des Ladens war ihrer und sollte ganz dem Café und Literaturbetrieb vorbehalten sein. Im hinteren Bereich, an den sich ein großer Saal anschloss, durfte Gloria ihr Unwesen treiben, wie sie es selbst ausdrückte. Dort würden einmal in der Woche Country-Sessions abgehalten werden. Die Zusammenarbeit mit Gloria verlief vom ersten Tag an großartig. Sie ergänzten sich wunderbar und waren schon längst nicht nur Geschäftspartnerinnen, sondern auch Freundinnen geworden.

„Wo bleibt denn eigentlich unser Goldstück?" Gloria hob eine perfekt gezupfte Augenbraue.

„Andrew? Er hat noch einen Notfall reinbekommen. Aber sobald er den versorgt hat, eilt er zu uns." Amber lächelte selig. Seit zwei Monaten waren sie erst ein Paar, aber seit ihrem ersten Kuss waren sie so vertraut miteinander, dass es Amber schon viel länger vorkam. Und mit jedem Tag, der verging, war sie sicherer, dass sie sich dieses Mal nicht irrte. Andrew war der Mann fürs Leben. Der Eine. Sie war in ihrem ganzen Leben noch nie so glücklich gewesen. Manchmal bestand sie darauf, dass Andrew sie kniff, weil sie ihr Glück nicht fassen konnte.

„Fein, sobald wir die Türen öffnen, können wir jede helfende Hand gebrauchen", sagte Gloria trocken.

„Ich glaube, ich brauche schon mal einen Schluck Sekt. Machst du mit?"

„Schenk ein." Gloria nickte gnädig.

Ambers Hände zitterten leicht, als sie tat, wie ihr befohlen. Gleich würden auch Dana und ihre Eltern eintreffen, was ihre Aufregung nicht gerade schmälerte. Das Telefonat, das sie noch aus dem Krankenhaus mit ihrer Mutter geführt hatte, war zwar erstaunlich angenehm verlaufen – Mom hatte ihr keine Vorwürfe wegen ihrer Flucht gemacht und sich überraschend besorgt angesichts ihres Unfalls gezeigt – aber gesehen hatten sie sich seitdem noch nicht wieder. Inwieweit das zu einer tatsächlichen Besserung ihrer Beziehung führen würde, musste die Zukunft zeigen.

„Dann stoßen wir mal an auf unsere goldene Zukunft, Kleine." Gloria hob ihr Glas.

„Darauf trinken wir. Auf unsere Träume! Und auf meinen Unfall und vor allem auf Gina. Denn ohne sie würde es das alles hier nicht geben." Sie blickte auf die Hündin, die zu ihren Füßen lag.

Gloria überlegte kurz. „Du hast Recht. Wärst du nicht ins Koma gefallen und hätte es keine Gina zu versorgen gegeben, hätte Andrew sich nicht um dich gekümmert. Ihr hättet euch also nicht verliebt. Wir beide wären uns auch nie begegnet. Also ja, auf Gina!" Sie lachte vergnügt.

Gina stimmte schwanzwedelnd zu.

Ambers Blick traf sich mit Ginas. Die dunklen Augen strahlten eine Weisheit aus, die ihr für einen Moment eine Gänsehaut bescherte. Sie hätte wetten mögen, dass Gina ein größeres Wissen als sie selbst über ihr Leben besaß. Auf jeden Fall war die Hündin Teil von einer strahlenden Zukunft, die gerade erst begonnen hatte.